つなぎあう日々

松本喜久夫

新日本出版社

つなぎあう日々＊目次

初出『民主文学』二〇一六年五月号～一七年四月号連載

第1章　春の旅立ち

1

「急ごう」

「はーい」

近鉄上本町《うえほんまち》駅のエスカレーターを駆け上るようにして、ホームへ急いだ高橋真之《まさゆき》と新妻の美由紀《みゆき》は、ドアの閉まる寸前に特急電車に乗り込んだ。二人の席は車内のほぼ真ん中にある。狭い通路を、向かい側から来る乗客と譲り合いながらやっと席にたどり着いた真之は、美由紀を窓側に座らせ、二つのキャスター付きバッグを荷物棚に担ぎ上げた。座席に並んで座ると、いくぶん汗ばんでいた。

「ごめん、私がぐずぐずしてたから」

友だちとのおしゃべりがなかなか打ち切れなかったと詫びる美由紀に、「そんなことないよ」と言いながら、真之は紺色スーツの上着を脱いで膝に乗せ、ネクタイも外した。美由紀は明るいライトピンクのスーツ姿だ。

春休みが始まり、しかも日曜日の夕方ということで、車内はほぼ満席だった。伊勢・鳥羽方面に向かうツアー客や家族連れでいっぱいだ。子どもたちのにぎやかな笑い声も聞こえてくる。

「コーヒー飲む」

「うん」

美由紀は持参した水筒や紙コップを取り出し、コーヒーをついでくれた。少しぬるくなっていたが、真之の好きな苦みの強い味わいだった。

「おいしい」

「そう。淹《い》れてきてよかった」

美由紀は、二人の間のテーブルを引き出し、クッキーやチョコレートを乗せた。修学旅行に行く子どものように楽しげだった。

本当にあわただしい三日間だった。

二〇一三年三月二十二日の終了式は、真之が新任教師となって以来四年間勤務した大阪市立南部小学校での最後の授業をする日でもあった。四月一日からは、新たな職場である港小学校へ転勤することになる。午後は教室の戸棚や机の引き出しなどの私物整理に追われ、職場を出たのは九時過ぎだった。

翌二十三日土曜日は結婚式だった。両家の親族だけが集まって大阪市内の教会で式を挙げ、その後会食した。二人はこれだけの簡素な結婚式のつもりだったのだが、真之の組合青年部仲間や美由紀の友人たちが相談してお祝いの会を計画してくれたのだ。

翌二十四日は俄然《がぜん》にぎやかな会となった。会場の大阪教育会館には、美由紀の勤務先のどろんこ学童指導員仲間や、所属する市民合唱団「ピースウェーブ」の仲間たち、恩師の川嶋、同窓生、そして、真之にとっては何よりも頼りがいのある先輩教師の小宮山史朗や千葉裕子も来てくれた。たくさんの祝辞や褒め言葉をもらい、真之にとってはこの上なくうれしい、そしていくぶん面はゆいひと時だった。

二人は、お祝いの会が終わった後、改めてそれぞれの実家を訪ねることにしていた。

新婚旅行に行くことを考えなかったわけではないが、意外なことに美由紀はあまり積極的ではなかった。真之が、転勤を控えて何かと気忙《きぜわ》しそうにしていたことに気を遣ってくれたのかもしれない。

「夏休みにゆっくりと出かけましょう。私も一週間ぐらいお盆休みをもらうから」

美由紀は早く二人の生活の場を整えようとしている。真之もそれに賛成だった。経済的なことを考えると、何泊もの旅行はもったいない気がしたし、旅行に行かなくても、二人で一緒にいられるならそれで十分だった。そこで一晩くらいは新婚旅行の気分をと、三重県の賢島《かしこじま》ホテルで一泊し、翌日は鳥羽か伊勢方面を観光してから、夕方に津近郊の真之の実家を訪ねる予定だった。美由紀にとっては、初めての訪問である。

電車が大和川を渡り、トンネルを抜けると、緑の木々が車窓にかぶさってきた。ところどころに咲き始めの桜が華やかな彩りを添えている。空には一片の雲もない。二人の旅立ちにふさわしい春の風景が続いていた。

コーヒーを飲み終えた真之は、お祝いの会で出席者が書いてくれた寄せ書きの色紙を取り出した。

真ん中に二人の写真を貼り、「おめでとう！　明日への坂道二人で上れ」と書いてある。

「明日への坂道」というのは、一年前、小宮山と共に二年間担任した学年の卒業式で歌ったオリジナルの曲である。その後、美由紀たちの市民合唱団「ピースウェーブ」でも歌ってくれている。

「美由紀さんのために立ち上がって抗議した真之君の姿は感動的だった。お互いのことを思いやり、成長してきた君たちに乾杯」

これは小宮山の書いてくれた文章だ。

真之も、むろんその時のことを忘れてはいない。二年前、音楽の講師としてやって来た松永美由紀は、真之や小宮山と共に、五年生の学年ミュージカル「ウィリアムテル」に取り組んだ。だが、卒業式で「君が代」の伴奏と指導をするように命じられた彼女は、悩んだ末、それを拒み退職したのである。悩む松永に共感していた真之は、そのことを職員朝会で聞いて、「校長先生が辞めさせたんや」と思わず叫んでしまったのだ。その発言でふんぎりのついた真之は、小宮山の勧める全大阪市教職員組合（全市教）に加入し、共に組合活動に参加するようになった。昨年四月からは青年部の役員にもなった。

大阪の学校現場は、組合員が日教組所属の大阪府教職員組合（府教組）・大阪市教職員組合（市教組）と、全教所属の大阪教職員組合（大教組）・全大阪市教職員組合（全市教）に分かれている。新任として職場に来た時、真之も市教組と全市教の両組合から誘いを受けたが、どちらにも加入しなかった。二つに分かれているということもあったが、組合そのものにあまり関心がなかったのだ。

だが、信頼できる先輩の小宮山や千葉は全市教の組合員だということがわかり、二人が教育実践のみならず、職場をよくするためにもいろいろと心を配っているという姿が見えてくると、全市教が信頼できるようになってきた。組合員は少ないが、本当に真面目に職場全体のことを考えて活動している組合だと思えるようになったのだ。

一方美由紀は、退職後、高校時代の恩師、川嶋の紹介で学童保育の指導員となり、合唱団にも入って元気に活動してきた。駅頭宣伝で「君が代起立条例」に反対するビラを配っていた美由紀に再会した真之は、それを機会に様々な場所で美由紀と会い、時には語り合い、共に行動する中で次第に想いを寄せて行った。夏の「はぐるま」研究集会。大教組教研集会での歓迎行事劇づくり。突然橋下知事が辞任し、市長選に打って出たためのダブル選挙。当選した橋下市長が提案してきた教育基本条例に反対する活動。そんな経験を積み重ね、互いの想いを打ち明け合ってから、約一年。二人はようやくこうして結ばれたのだ。

「お互いにやさしくね。ぶつかりあってもやさしくね。やさしいことは強いこと」

　これは千葉裕子の言葉だ。千葉はいつも真之を見守ってくれた先輩教師であり、ほとんど母のような存在でもある。新任の時から貴重なアドバイスをくれ、婚約してからは、美由紀の相談相手にもなってくれていた。

「あなたは純粋。いつも前を向いて進んでいましたね。お幸せに」

　これは、美由紀が退職した後、音楽専科として、また学年主任として、一年間共に取り組んだ谷口高子の言葉だ。卒業式を迎えたころからがんに侵され、退職して闘病生活を続けている。祝う会には来られなかったが、メッセージを寄せてくれたのだ。所属組合や意見の違いはあったが、しばしば貴重なアドバイスをくれる先輩だった。小宮山の書いた「明日への坂道」の詞にメロディーをつけ、指導をしてくれたのも彼女だった。

　美由紀も、もう一枚の色紙に見入っていた。

「美由紀、おめでとう。二人はみんなのために。みんなは二人のために」

　尊敬する恩師川嶋の言葉だ。

「美由紀、やっとゴールインやね。早よ私に追いついてや。私はもう二人目が生まれるんやで」

　ローマ字でK・Higashideと書かれたその名前を、美由紀は指ではじいた。

「この子、私の高校時代の同窓生。けんかばっかりして、川嶋先生に迷惑かけたけど」

　美由紀の話によると、ブラスバンド部の時、彼女を中心とするグループに、いじめを受けたという。

「川嶋先生が、何度も話し合いを持って、解決してくれたん。今では大の仲よし」

「祝う会でフルート吹いてくれた人かな」

「そうそう、いきものがかりの『ありがとう』やろ。生意気やわ」

そう言いながら美由紀は、軽くメロディーを口ずさんだ。

「休みの日にでも、家へ来てもらお」

「うん、そうする。まだ、散らかってるけど」

「帰ったら一緒に片付けよ」

「お願いします。私は片付け、めっちゃ下手」

「あんなにきちんとした家で育ってんのに」

「それ言わんといて。そういう自分は」

「おれは片付け上手や」

「どこが……あの部屋のどこが……」

「きちんとしてるやろ」

「あれで……」

　他愛のない会話を続けているうちに、いつの間にか美由紀は眠りに落ち、真之に身体を預けていた。甘い髪の香りが心をかきたてる。思わず抱きしめたくなった。

　電車は大和八木《やまとやぎ》に着いていた。車内放送が聞こえてきたが、美由紀は目を覚まさず、かすかな寝息を立てていた。

　真之は、色紙を何度も見ながら、つくづく自分は恵まれていたと思った。小宮山や千葉、そして組合のちがう谷口や、時には校長も含めて、指導され、助けられ、育てられてきたのだ。

　今の大阪市にこんな学校が他にもあるのだろうか。青年部の会議などで勤務先の話を聞いても、小宮山や千葉のような先輩たちに恵まれ、和やかな職場を作っているところはそうそう見当たらない。これから転勤する学校も、きっと今までとはちがった厳しさが待っているだろう。はたしてそこでうまくやって行けるだろうか。

　だが、と真之は考えた。自分だって、この四年間にずいぶんいろんな経験を積んでいる。不登校の子ども、反抗する子ども、とりわけ女子の間でのトラブル、それを一つ一つ乗り越えてきたのだ。自分の力を信じよう。それに、これからは一人ではない。美由紀というパートナーがいる。互いに支え合い、励まし合いながら進んで行くのだ。色紙の通り、二人で坂道を上るのだ。

　美由紀はよほど疲れていたのか、安心しきって眠りつづけている。話したいことはいっぱいあるが、あせることはない。これからは毎日いっしょなのだ。

電車は青山トンネルを抜け、田園地帯に入ってきた。菜の花畑が鮮やかな黄色いじゅうたんを広げている。

真之は、小宮山たちにお礼のメールを打とうとスマホを取り出した。すでに今日の出席者たちから五本もメールが入っていた。

2

賢島のホテルに着き、部屋に入ると、ちょうど夕日が海を黄金色に染めながら沈もうとしているところだった。リアス式海岸の英虞湾《あごわん》は小さな島がいくつも重なり、自然の造形美を形作っているが、その海へ夕日が投げかける光のハーモニーは美しさを通り越して神秘的だった。

「めっちゃきれい」

美由紀はベランダに立ったまましばらく動こうとしなかった。真之も黙って傍に立つと、潮の香りを含んだ春の風が二人を包んだ。

今は言葉はいらなかった。しばらくしてふと顔を見合わせた二人は、どちらからともなく唇を重ねていた。

レストランで運ばれてくるディナーはかつて経験したことのない豪華さだった。

伊勢海老のクリームスープ、的矢牡蠣《まとやがき》のオードブル、そして鮑《あわび》のステーキ。真之は、こんな贅沢《ぜいたく》をしていいのだろうかと思いながら、出てくる料理を次々と平らげ、白ワインを傾けた。ピアノの生演奏が、会話を妨げない音量で心地よく流れてくる。曲が変わるたびに、美由紀は手を止めて演奏にじっと耳を傾けた。

「私、あの人のように、こうやってピアノ演奏する仕事に就きたかったの」

「そうなんや」

美由紀が音大に行きたかったというのはよく聞いている。子どもの時からピアノを習い、中学・高校時代にも練習を続け、音楽の講師として中学生も教えている。教師は辞めたが、今では市民合唱団のピアノ伴奏を担当している。ピアノは美由紀にとって切り離すことのできない存在だ。プロの演奏家ではなくても、何らかの形でピアノを仕事として生きていくのが美由紀の希望だったのだ。

「音大に行ってたら、今ごろピアニストかな」

「無理。私はそこまでの才能がないとわかってる」

「そうかな」

「うん。けど、これでよかった。あなたと巡り合えたし」

　美由紀は笑顔で、ワイングラスを取りあげた。乾杯しましょうと言うしぐさだった。真之も応じたが、少し酔いが回ってきた。

「ところで、明日どこへ行く」

　ホテルの予約以外、何も決めていない小旅行だった。志摩スペイン村にでも行くか、それとも鳥羽の水族館や真珠島めぐりか。真之はどこでもよかった。

「私、『おかげ横丁』に行きたい」

「え？　そんなとこがええの」

　思いがけない美由紀の言葉だった。

「私、修学旅行でスペイン村も水族館も行ったんやけど、『おかげ横丁』は素通りしただけ。だから一度行ってみたかったん」

　真之は毎年のように家族で伊勢神宮に参拝してきた。十九年ほど前、内宮《ないくう》の傍らに作られた「おかげ横丁」にも何度も行っている。江戸時代のおかげ参りのころの伊勢の街を再現したミニ・テーマパークだ。

「わかった。ほな、『おかげ横丁』でゆっくりしよ」

　翌日二人は、バスで朝熊山《あさまやま》スカイラインを通り、内宮前に着いた。内宮まではおはらい町と呼ばれる街並みが続き、その途中が「おかげ横丁」というエリアになる。濃いグレーの敷石道。本を伏せたような平たい三角形の屋根の家並み。「切妻《きりづま》つくり」と呼ばれる伊勢の伝統的な建築様式だ。家々の軒には一年を通してしめ飾りがつけられ、「蘇民将来《そみんしょうらい》」や「笑門」の文字が書かれている。郵便局や銀行も昔の姿を模して造られている。

　次第に人通りが多くなり、香ばしいお茶の香りが漂ってきた。白壁の大きな館が道の左右に並ぶ。神宮関係の建物だ。ここを通り過ぎると「おかげ横丁」だ。

　入口の広場には、屋根のある休息所が設けられ、ほとんどいっぱいの人だ。うどんを食べている人もいる。

「あれ伊勢うどんでしょ。食べよ食べよ」

「お昼にはまだ早いで」

「そっか。ほな後で食べよな」

「わかった」

　実のところ真之は、伊勢うどんと同じく郷土食のてこね寿司を食べようと思っていたのだが、美由紀の要求には勝てない。まあ、今夜も実家で御馳走が待っているだろうし、少し軽めの食事もいいだろう。

　二人は、少し奥の山口誓子《せいし》俳句館の前で足を止めた。真之は俳句の好きな父に連れられてこれまで何回も中に入っている。徳力富吉郎《とくりきとみきちろう》という版画家とセットの展示館だ。

　中に入ると正面のパネルに「俳句は、自然の刺激によって感動する詩である」と書かれている。ふと真之は美由紀を試したくなった。

「山口誓子の俳句て知ってる」

「知ってるよ。学問のさびしさに堪へ炭をつぐ」

　美由紀はあっさりと答えた。こいつそんなことまで知っているとはすごい。

「ぼくも知ってる。ピストルがプールの硬き面にひびき」

　美由紀はくすっと笑った。負けてたまるかと言わんばかりの真之の口調がおかしかったのだろう。

　反対の方向にまっすぐ進むと、おかげ座という小屋がある。ここは映像と人形で江戸時代の伊勢参りの様子をふり返るパビリオンだ。二分の一に縮小した当時の街並みも作られている。

「入ろうか」

「うん」

　約三十分間の見学後、二人はエレベーターで地上に出た。エレベーターで時空を超えて現実世界に戻るという演出になっている。

　美由紀は突然とっぴなことを言いだした。

「なあ、文楽て見たことある」

　大阪には国立文楽劇場があるが、実のところ真之は一度も見ていない。昨年来、橋下市長が、文楽協会は自助努力が足りないと決めつけ、補助金打ち切りを宣言し、賛否両論が巻き起こったが、見に行こうとまでは思わなかった。

「ぼくは見てない。美由紀は」

「私も実は見てへんの。でも、一度は見ておきたいと思って」

「さっきの人形で思いついたんか」

「うん。考えたら大阪の人間が見てないて恥ずかしいなと思って。橋下市長が文楽をけなした時、川嶋先生がめっちゃ怒ってた。大阪の誇りを汚すやっちゃ言うて」

　それは真之も同感だった。しかし、自分が文楽を楽しめるかどうかはまた別だ。あの大嫌いな橋下市長が攻撃する文楽を自分の感性はどう受け止められるだろうか。市長と同じレベルにはなりたくない。

「ほな、一度二人で行こか」

「うん」

　そんなことを話しながら、ひと通り歩いた二人はうどんを食べることにした。伊勢うどんは、太めの柔らかいうどんに甘辛いたれをからめ、ねぎをたっぷりと散らして食べるシンプルなうどんだ。大阪の人間にはほとんど見向きもされないが、真之の子ども時代は、うどんといえば伊勢うどんが当たり前になっていた。両親も大好きだ。

「おいしい。見た目ほど辛くない」

「うん。汁で服汚さんように気つけや」

　そういう真之が、さっそく汁を飛ばしてカッターシャツの胸元を汚してしまった。

「あーあ、言うてる自分が」

　美由紀が素早く近くの水道に走り、ハンカチを濡らして拭いてくれた。

　何をしていても二人なら楽しい。これから毎日そんな日が続いてほしい。そんなことを考える真之だった。


　うどんを食べた後、今度は真之が抹茶と和菓子の店に誘った。美由紀を相手にちょっと気取った雰囲気に浸りたかったのだ。

　五十鈴茶屋という大きな民家の座敷に通ると、すでに何人も先客が座っている。二人は部屋の一番端にきちんと正座した。縁側の向こうに五十鈴川の清流をバックにした庭園が見える。

　お茶とお菓子が運ばれてきた。美由紀は丁寧に一礼し、それらしき所作で茶を嗜《たしな》んでいるが、真之はなんの心得もない。

「お茶習ったことあるの」

「高校の時、一応教えられたんよ」

「あ、そう。けど、形にとらわれず自由に楽しむのが茶の心なんやろ」

そんな屁理屈に美由紀は苦笑してうなずいた。

真之もさりげなく美由紀の真似をして茶碗を取りあげて飲んだ。おいしい。

二人はそのまましばらく黙って座っていた。

時が止まっているような気がしたが、容赦なく流れていた。

3

大阪からのお土産《みやげ》に加えておかげ横丁で買ったお土産を携え、宇治山田駅から近鉄特急に乗り込んだ二人は、三十分ほどで津駅に着いた。エスカレーターで上がり、改札を出ると暖かな春の風が甘い香りを運んでくる。パンの匂いだろうか。

約束していた駅の西口に降り立つと、浅黄色の和服を着た母が笑顔で立っていた。急いで丁寧にあいさつする美由紀に、母は「よう来てくれたね。お父さんが車で待ってるから、ともかく乗って」と二人を促した。道路の向かい側に停まっているグリーンのワゴン車から、父が顔をのぞかせている。

真之は二人の荷物を積み込んで助手席に乗り、母と美由紀が後ろの席に座った。

「美由紀さん、素敵なお洋服やね。そのライトピンクのスーツ、若々しいし、パールのネックレスもよう似合ってるに」

それは実の所真之も感じていた。いつもカジュアルで行動的な服装の美由紀が、昨夜からはまぶしいくらいに美しく見えていたのだが、口に出して褒めるのは気恥ずかしくて言えなかったのだ。

美由紀は、うれしそうに応じた。

「ありがとうございます。お母さんこそ、お着物が素敵。いつも着てはるんですか」

「たまに着るだけ。今日はあんたらが来てくれたから特別や」

両親は小学校の教師をしていたが、母は真之が生まれた後退職し、今は家で書道教室を開いている。着物を着ていることも以前から結構多かった。父は現職の校長なので、地域の人や教育関係の来客も多く、母のもてなし方が評判だと父もよく喜んでいる。

「もう家の中、片付いたんかな」

　信号待ちの父がぽつりと話しかけてきた。

「まっだまだや」

　真之は先週の日曜日、ワンルームマンションから住之江区の2LDKマンションに移り、美由紀の家具も搬入したが、本も衣類も段ボール箱に詰め込んだままだ。帰ったらいよいよ二人のくらしが始まる。二人でなるべく早く片付けるつもりだった。

　津の市街地を南の方へ抜け、しばらく田園地帯を走り、古い街並みに入ると真之の実家が見えてきた。

　門構えのある古くからの大きな家だ。庭には古井戸とポンプが今も残る。父が自慢の桜は七分咲きだ。百日紅《さるすべり》の木、柿の木も元気に立っている。美由紀は、何度も周りを見回してすごいとつぶやいた。

　二人は洋風に改装されたリビングルームに落ち着いた。外目には古めかしい家だが、内装は結構新しい。ダークブラウンのソファとテーブルセット、大型テレビ。壁にはヨーロッパ風の街並みを描いた洋画もかかっている。

　二人は両親と向かい合って、改めてあいさつを交わした。

「ともかくおめでとう。いろいろこれから大変やろうけど、真之をよろしく頼みます」

　父は緊張気味の美由紀にそんな言葉をかけ、「まあ、楽にして」と言ってお茶をすすめた。

　お土産を差し出し、結婚式のこと、美由紀の両親のこと、新居のこと、一通り話が弾んだ後、母は、「ご飯の用意をするから」と言って席を立った。

　三人になったところで、少し改まった様子で父が切り出した。

「美由紀さん、もう一度教員になるつもりはないんかな」

　二人はちょっと顔を見合わせた。

「退職されたいきさつは、松永のお母さんから聞きました。そのことの是非はともかくとして、せっかく大学出て、教員免許も取ってるんやし、できたらもう一度教員になってほしいんやというてはった。それはあなたもわかってはると思うけど」

「はい、それは何回も言われました」

美由紀は、素直にうなずいた。

「両親には申し訳ないと思ってます」

父はしばらく黙って考えていた。長い時間に感じられた。

「どやろ。三重県の採用試験受けるということも考えてみたらどうや」

思いがけない言葉だった。結婚までした自分たちに何を言い出すのだ。

「何言うてるんや。どうやって通勤するんや」

「もちろんおまえも、こちらへ来たらええ。お母さんもゆくゆくは帰って来てほしいと思ってる」

真之はあっけにとられた。両親が自分を大阪へ送り出してくれた時は、いつかは帰ってこいなどとは言われなかった。むしろ失敗して帰ってきても家には二度と入れへんからその覚悟で行けとさえ言われていたのだ。

「ぼくは大阪の教師や。そこでがんばってるんや。美由紀も学童の指導員でがんばってる。そこを捨てる気はない」

父は意外と笑顔でうなずいた。

「その気持ちは大事や。そこから早く出たいと思ってるようでは、ろくな仕事はできん。しかしな、真之。私の目から見ても、大阪の教育行政はムチャクチャや。これからますますひどなるやろ」

「どういうところがひどいと思われますか」

真之より先に美由紀が言葉を挟んだ。

「いろいろあるけど、まず民間校長の採用や。教育をなめたらあかん。教員免許もない人が、学校の責任者になれるわけがない。親とどんな話をするんや。教員をどうやって指導するんや。馬鹿にしとる」

もちろんそれは真之も同じ思いだった。今年度いくつかの学校へ民間校長がやってくる。そんな人が来たらたまらんと言って南部小学校の教頭も怒っている。

「市長や知事が教育に口出し過ぎるのはええことない。学校の条件整備は必要や。けど、どんな教育を大事にするかは地域によってちがう。教育委員会と現場に任さなあかん」

父の見識がこんなに小宮山や千葉と一致するとは思ってもいなかった。まるで組合幹部の話を聞いているみたいだった。

「橋下言う人は、教育がわかってない。教育をだしにして人気取りしてるだけや」

だから、ぼくは大阪市でそれとたたかっていくんや。と思わず言いそうになって、真之は口をつぐんだ。全市教という組合に入り、青年部役員になったとはいえ、そこまで勇ましい覚悟はまだ十分ではない。これからの職場にまず適応していかなければならない。

「私、お父さんのおっしゃることに感動しました。素晴らしいご意見です」

美由紀の言葉を、父は軽く手を挙げて制した。

「しかしな、真之。美由紀さんのように、自分の思いを通そうとしたら退職するしかないというのでは困る。おまえはそうなってもええかもしれんが、これからは家族がある」

「当然やろ。ぼくは辞めたりせえへんし、首になるようなこともせえへんよ」

そう言いながら、真之は橋下市長がやった思想調査アンケートのことをチラッと思い浮かべた。学校現場でも、処分覚悟でたたかうようなことが今後起きるかもしれないのだ。

「ほんまにそう言いきれるか」

「はい」

「そうか」

父はまたしばらく沈黙した。

「三重の教育界は、大阪のような極端なことはない。こっちへ来てのびのびとやったらどうかと思ったが。……まあ、うまくいかなくて頭を打ったらよう考えることや。ところで美由紀さん」

「はい」

「学童保育の仕事はどう。楽しいか」

「はい」

力のこもった返事だった。

「私、まだ二年間働いただけですけど、学校教育と同じように大事な仕事をしていると思えるようになりました」

父は美由紀の言葉を促すように黙ってうなずいている。

「学童の子どもたちは、みんな家や学校で出せない本音を出してくれます。しょっちゅうけんかもするし、私ともぶつかるけど、ほんとにかわいいです」

「なるほど」

「それに父母会の人たちがいつも親身になって支えてくれます。橋下市長になって補助金が打ち切られそうになったんですけど、必死で署名を集めて、守ってくれました」

その話は真之もよく知っている。大阪市には放課後の児童対策として、希望する子どもたちを各学校内の施設で預かる「いきいき事業」というものがあるから、学童保育への支援などは不要だと言って補助金を打ち切ろうとしたのだ。しかし、いきいき事業とちがって、学童保育は単に子どもたちを預かる場所ではない。父母、指導員が力をあわせて子ども集団を育てる場所でもある。父母が毎月二万円近い保育料を払い、バザーなども行いながら懸命に運営している学童保育にとって、補助金は命綱のように貴重なものだった。まさに大阪市での学童保育存亡の危機だったが、全国の学童保育仲間からの支援も受けて、短期間に約四十万筆の署名を集め、見事に跳ね返したのだ。

そのころ、毎日のように署名の取り組みを電話やメールで事務局に伝えてくる美由紀は、真剣そのものだった。そして一段と頼もしくなっていた。

「それは大変やったね。しかし、あの市長は何度でも同じことを提案する人のようやから、これからもあんたら苦労するやろな」

「はい。そのつもりです」

話はそこまでで終わった。食事の用意ができたからと母が声をかけ、三人は食卓に移った。

「あんたら若いからお肉にしたよってな。いっぱい食べてな」

テーブルにはすき焼き鍋が置かれ、大皿には霜降り肉が山盛りになっていた。松阪牛、それも最上級のものに違いない。母は、熱したすき焼き鍋にヘットをひいて肉を入れ、砂糖と醤油《しょうゆ》を加えた。シュンと甘く香ばしい香りが立ち上がり、食欲をそそる。

「ともかく乾杯しよう。おめでとう」

父の注いでくれたビールで乾杯し、真之は久しぶりのすき焼きに舌鼓《したつづみ》を打った。昨夜の豪華な夕食とはまたちがって、母が用意してくれた牛肉は、舌の上でとろけそうで、いくらでも食べられそうだった。

「野菜も食べてな。このネギはうちの畑で作ったもんやに」

「すごくおいしいです」

美由紀も遠慮なく食べている。

鍋奉行の母は何度も味加減を聞きながら、せっせと砂糖、醤油、水を足しては野菜や焼き豆腐を加える。その弾んだ様子を見ながら、真之はふと、組合加入の歓迎会で千葉に食事を振る舞われた時のことを思い出した。二人とも、きっと人をもてなすことが好きなのだ。

父がぽつんと言い出した。

「私の子どもの時は、すき焼きとなると、家族一人ひとりの皿に前もって肉が配られてな。それ以上は食べたらあかんかった。親父がけちやったからな」

「もう！　何を言い出すの。あんたら気にせんと食べてな」

あわてて母がとりなしてくれた。父は少し酔ったのかもしれない。

「いやいや、それでもすき焼きはうれしかった。特別な日の料理やったんや」

父は少し残っていたビールをぐっと飲み干した。それを見て美由紀が素早くビール瓶を取りあげた。

「お父さん、お注ぎしましょう」

「ありがとう」

母は、ちらっと父をにらんだが、口元に笑みをたたえていた。

4

食事の後、しばらく歓談が続いたが、「あんたら、お風呂入りない」という母の一言で一応お開きとなり、二人は、真之が使っていた離れに引き上げた。

部屋にはすでに新しいシーツをかけた床がのべられ、お茶やコーヒーの用意もされている。ゆきとどいた気配りだった。

六畳のこの部屋は、真之の勉強机、本箱、押し入れなど何もかもそのままに残されている。本棚には、受験参考書や小説と共に、マンガ本がぎっしりと積み上げられていた。

「すごーい、このマンガ。あ、これ好き」

美由紀は、うれしそうに『のだめカンタービレ』

を取り出した。二人だけになって一気に緊張がほぐれたようだった。

「風呂入るか」

「お先にどうぞ」

「ほな、マンガでも読んで待っといて」

真之は、用意してきたパジャマやタオルを手に部屋を出た。


真之の後、入浴を終えて戻って来た美由紀は、すっかりくつろいだ様子で、両足を伸ばして座った。パジャマは用意していたはずだが、母にすすめられた浴衣を着ている。洗い髪からシャンプーの芳香が漂っていた。

「コーヒーでも飲むか」

「うん、私淹れる」

用意されているポットでドリップバッグのコーヒーを淹れると、たちまちコーヒーの香りがシャンプーの香りをかき消した。

「おいしい」

美由紀はカップを手にすると目を閉じて香りを楽しみ、コーヒーを一口飲んでは、また目を閉じて味わいを楽しんだ。そんな姿は初めてだった。

「素敵なお母さんやね。お父さんもやさしいし。な、こんないいお家から、どうして出てきたん」

真之はちょっと考えた。どう自分の気持ちを説明していいか迷ったのだ。

「『男はつらいよ』て知ってる」

「うん、テレビで時々見た」

「親父が好きで、DVDそろえてるんや。ぼくも何本か見たけど、シリーズの終わりごろになると、吉岡秀隆の満男が中心になって行くやろ」

「うん」

「ある日大学生の満男が家を出たいって言うんや。それで倍賞千恵子のお母さんが、何が気に入らないの、こんなに世話してるのにて怒るんやけどな」

「うん、そんな場面あったかも」

「満男は、それがいやなんだよって言うんや。いろいろ面倒見てもらってるのがいやなんだよって。ぼくはその場面見て、ああ、おれといっしょやと思ったんや」

「そうなんや」

「男は誰でも家から巣立って自立していくんや。そう思った」

「不安とかなかったの」

「ほとんどなかった。希望でいっぱいやった。これからはなんでも自由や。一人で生きていくんやて」

そう言いながら、真之はふと今の立場を思った。四月から新たな学校へ行くことの不安だった。

「どうかしたん」

「うん。まあな。それより美由紀のことをもっと聞きたい」

「私とこ……私の家は、真之さんとこのようにあったかくはなかった。私、いっつも姉と比較されて怒られてたし。親の期待裏切って迷惑かけてたし」

「美由紀のお母さんかてやさしい人やんか。お父さんも」

「あの人たち、外面がいいだけ。ほんまにそう」

少し強い口調だった。真之はちょっと驚いた。三回、松永家を訪問したが、いつも温かく迎えてくれ、両親とも知的で穏やかな人という印象しかなかったのだ。真之との結婚も喜んでくれていると思っていた。

「私の姉ちゃんて、美人やし、性格ええし、お父さんのお気に入り。母は、少し私の味方もしてくれたけど」

それから、美由紀はいろいろなことを話し始めた。性格きついと言われて、クラスの男の子によくいじめられたこと。先生にいろいろ質問して目立ちたがりと言われたこと。姉と同じ高校に入りたかったけど、落ちて併願の私学に入ったこと。高校でも部活で友だちともめた時、不登校になりかけたこと、そして、音大はあきらめて教育系大学に行き、教師になろうとしたが、結局辞めてしまって、家族にさんざん責められたことなどである。

退職のいきさつや高校のことでは知っていることもあるし、初めて聞く話もあったが、日頃はほとんど前向きの話しかしない美由紀がこうしたネガティブなことを言うのに、真之は少しとまどいを覚えた。

「ごめんね。なんか暗い話になった。けど、私は、すごくすっきりした」

「そんならいいけど」

「ここへきたら、なんかいっぱいしゃべりたくなったん。心の中の負い目を、きれいに洗い流したような気分。これでリフレッシュしました」

美由紀は笑顔を見せた。思わず真之は口にした。

「姉ちゃんが美人ていうけど、美由紀の方がもっと美人やで」

「え？　そんな。ほんまのこと言うたらあきませんし」

二人は笑った。笑いながら真之の胸は少し熱くなっていた。これから本当の二人の生活が始まるのだ。

「でも私、やっぱり恵まれてる。川嶋先生に助けてもらったし、生き方も教えてもらったし」

「その上、ぼくともめぐりあえたし、やろ」

「そう」

完全に明るい雰囲気が戻っていた。

おそらく、美由紀は人一倍正義感が強いのだ。そして感性が鋭いのだ。それが時に人との衝突を招く。これまで真之と激しくぶつかったことはないが、一つ屋根の下で暮らすとなれば、いろいろなことがあるだろう。楽しいこと、甘いことばかりではないに違いない。でも、何があっても愛する気持ちは変わらない。

真之はつと立って灯りを消した。窓から差し込む月明かりの中で、二人の影が重なった。


翌朝、朝食を済ませ、帰り支度をしているとスマホにメールが入った。小宮山からだった。

「楽しい旅の途中にすまん。どうしようかと迷ったが、やっぱり伝えておく。三日前に谷口さんが亡くなったと学校へ知らせが入った。すでに家族葬を済ませたそうや。よければいっしょにお宅へ弔問に行こうと思う。君もあわただしいだろうが、いつ帰って来るのか、今後の予定を聞かせてくれ」

そうだったのか。では結婚式の時、すでに谷口は亡くなっていたのか。そんなに悪い中で、メッセージを寄せてくれたのか。

これから大阪に帰ったら、美由紀の実家を訪ねることになっている。明後日には弔問に行こう。真之はそう返信した。

5

翌日午後、真之は小宮山と共に谷口高子の家を訪れた。谷口の家は、近鉄奈良線の山の手地域にある。番地の表示を頼りに探し当て、インターホンで案内を乞うと、夫が迎えてくれた。仏間で焼香を済ませた二人は客間に通された。

「なくなったら家族葬にしてほしいというのが故人の意思で、お知らせしなかったのですが、かえってお気遣いいただき申しわけありません」

夫のくれた名刺には、私立高校教諭の肩書があった。今は春休みなので、こうして傍にいてやれますと言いながら、夫は何度も言葉をとぎらせた。白髪、長身の上品な人だった。

「高子は、小宮山先生と高橋先生のことは、何度も話してくれました。ほんとに気持ちのいい学年だった、教師生活最後に幸せな一年間を過ごしたと」

それは卒業式の日にも聞いた。小宮山先生は、考え方の違いで人を分け隔てしなかった。だから気持ちよく仕事ができた。ありがとうと。

「全市教に小宮山先生のような方がいるということは驚きだったようです。高子は、先生方二人で、自分にシフトをしいてくると思っていたけど、全くそんなことがなかったと」

「おそれいります」

小宮山は深々と一礼した。

「谷口先生は、旧同和推進校で、ずいぶん御苦労されたと拝察しているのですが」

「はい」

夫の表情が厳しくなった。

「徹底的に非難され、差別されました。差別をなくす教育をしているはずの学校が一番差別的です。自分たちの考えに従わないからと言って。運動会の日には、全職員に配られる弁当も配られなかった。お菓子を配る時なども、素通りされたそうです」

そんなひどいことがあったのか。信じられないぐらいのことだった。

「どんなことが一番非難されたのですか」

「狭山学習をしないとか、『にんげん』を使わないとかですね。他にもいろいろありましたが」

狭山学習とは、埼玉県狭山市で女子高生が殺害された「狭山事件」で、犯人とされた石川一雄被告が、部落差別によるでっち上げだとして争われた事件の学習だ。無罪を立証するために死体を埋める穴掘りを子どもたちに体験させたり、ずいぶん過激なことが行われたという話は、真之も聞いている。解放教育読本『にんげん』という教材が無償配布され、使うことを強制されたという話もよく聞いている。真之にとっては想像しにくいことばかりなのだが、小宮山はそれをくぐってきているだけに、よく当時の話をしてくれたものだ。

「私たちもそれは同じでしたが」

「知っています。しかし、先生らのような方は、同和推進校から出て行かれたでしょう」

「出て行ったのではなく、排除されたのです。同和推進校へ転勤希望を出しても、市教委は私たちのような立場の者を絶対に入れなかった」

「そうでしたか」

二人のやりとりを聞きながら、真之は改めて谷口の大変さを思った。彼女の思ったことをはっきり言う率直さ、しかしそれにこだわらずきちんと協力する姿。その背景にはそんな苦労があったのだ。

「高子は先生らを誤解していたようです。役選で主導権争いばかりしていて、どちらも、失礼ながらセクト的だと。私はそんなことから遠い職場にいましたから、黙って聞くだけでしたが」

小宮山が何度もうなずくのを見て、夫は話を続けた。谷口は一般校に移ってから、ひたすら仕事に打ち込み、組合には関わろうとしなかった。周りから出世志向と見られていたが、必ずしもそうではない。ただ、自分の思う教育がしたかっただけだと。

「そんなわけで、仕事人間というか、人間ドックもおろそかにしていたようです。意地があったのかもしれません。もっと気づいてやるべきでした」

夫は淡々とした口調で語っているが、心の奥はきっと悲しみでいっぱいなのだろう。これから始まる美由紀との生活、それとは逆に失われた夫婦のくらし。それが人生というものなのだろうか。帰って来ることをお母さんも望んでいると言った父の言葉がふと思い出された。

帰り道、小宮山はしばらく黙っていたが、駅のホームに立つとぽつりと言った。

「谷口さんは、あの市長選挙の時、橋下市長に期待してたな」

「そうでした」

　今の大阪市は、横暴な組合と市当局が癒着して教育をゆがめている。橋下さんならそれを変えてくれるというのが谷口の意見だった。そして谷口はこうも言った。

「あなた方の全市教がそれとちがうのはよくわかっているけど、圧倒的に少数でしょう。やはり橋下さんでなくては変えられないわ」

　橋下さんなら変えてくれる。変えんとあかん、変わらなあかん。これが根強く大阪市民の心をとらえている。どうしたらそれを打ち破れるのだろうか。

　小宮山も同じことを考えているようだった。

「谷口さんは解放教育の犠牲者やな」

「はい」

「解放教育がようやくおさまったと思ったら、そのツケが回って今度は橋下維新や。どっちもひどい」

　橋下人気の背景には、長年にわたる解放同盟や連合労組と市当局の癒着に対する市民の批判があるというのが、小宮山の持論だった。谷口もまさしくその批判者の一人だったのだ。

「このままいくと、今度は橋下につぶされて、また犠牲者が出る。そうならんように知恵を出さなあかん」

「はい」

　電車がホームに入って来た。二人は乗りこみ、空いているボックスシートに並んで座った。

「まーくん。忙しいのによう来てくれたな」

「いえ。とんでもない」

「久しぶりに飲みに行きたいところやけど、美由紀さんに悪いからやめとくわ」

「一度家に来て下さい。お酒も用意しときます」

「おっ、いっちょ前のこと言うな」

　小宮山は、ポンと真之の膝をたたいた。

「落ち着いたら寄せてもらうわ。君も初めての異動で、新学期から何かと大変やろ」

「はい」

「ぼくも、一応これが現役最後の年や。お互いにがんばってやろ」

　小宮山は真之に握手を求めた。握るその手は温かく強かった。

第2章　民間校長

1

「えっ」

　谷口家の弔問に行った翌朝、新聞を見ていた真之は、思わず驚きの声を上げた。朝食に目玉焼きを作っていた美由紀が振り返った。

「どうしたん」

「民間校長が来る」

　真之は大阪市の校園長人事が発表された新聞を美由紀に見せた。今年度から採用される民間校長が、何と真之の赴任先、港小学校に着任することになっていたのだ。元証券会社支店長の山中隆作という人物だ。四十三歳という若さである。

「民間校長って、そんなにようけ来るの」

「いや、確か小学校で十人足らずや」

「それが当たったたん」

「ああ、よりによって」

　美由紀は、トーストと目玉焼きに刻んだキャベツを添え、喫茶店のモーニングサービスのように皿に盛りつけた。コーヒーも香ばしい香りを漂わせている。差し向かいで迎える楽しい朝食だが、真之の心は落ち着かなかった。

「お父さん、民間校長のこと怒ってはったね」

「うん」

　実家で民間校長のことが話題になったが、まさか自分がそこへ行くことになるとは思ってもいなかった。四十三歳という働き盛りの年齢で、何を考えて学校へ来たのだろうか。いったい何がやりたいのだろうか。どんな人なのか。

　気がかりではあるが、あらかじめあれこれ考えても始まらない。自分は自分なりに教育活動にがんばっていくしかない。真之はそう自分に言い聞かせながら、心を落ち着かせようとした。しかし、これから行く学校が、途方もなくきびしい場所のような気がしてきた。

　美由紀は、急に箸《はし》が進まなくなった真之を心配そうに見ていた。

家の片付けも十分終わらないうちに、四月一日が来た。昨晩緊張であまり眠れなかった真之は、五時過ぎに起きて、身支度を整えた。美由紀はすでに学童保育の勤務についているが、出勤は昼前なので、朝はゆったりしている。

だが、今日は真之に合わせて起き出し、早めの朝食を調えてくれた。今日は和食だ。ご飯、シジミのみそ汁、だし巻き卵、シシャモ、野菜サラダとたくさんのおかずが並んでいる。

あまり食欲はなかったが、美由紀の前で弱気な姿を見せたくない。ご飯もおかわりして食べた。

「何時ごろ帰って来る。今日は学童の父母会があるから遅くなるんやけど」

父母会は夜行われるから、美由紀が帰って来られるのは十時頃になるだろう。自分はそれほど遅くなるとは思えないから、当然のことながら、夕食の用意をすることになる。

「わかった。なんか作っとくわ」

「お願いね」

食事当番などを決めていたわけではないが、美由紀は当然のようにうなずいた。一人暮らしの時はほとんど食事など作らなかったが、これからはやらなければならない日もある。とりあえずはカレーでも作ろうと思った。

赴任先の港小学校までは一時間ほどかかる。

八時半に来るよう指示されているが、大事を取って真之は七時前に家を出た。利用する交通機関は地下鉄だ。最寄駅を降りて十分ほど歩くと校舎が見えてきた。学校への道筋は大小のマンションや府営住宅などの集合住宅が多いが、脇道には古い文化住宅なども残っている。近くには大きな公園もあるのだが、この辺りは緑が少ない。建物の色は多様なのに、何かしら同じトーンで塗りつぶされた街という印象を受けてしまう。

学校に着くと、校門の門扉はすでに開かれ、管理作業員とおぼしき職員が掃除をしていた。一本だけだが、満開の桜が学校らしい雰囲気を作っている。

「おはようございます」

真之があいさつし、「転勤してきた高橋です」と言うと、職員は、何も言わず軽くうなずいて校舎内に招き入れてくれた。

「職員室は二階です」

「ありがとうございます」

名前も言わない職員がちょっと気になったが、ともかく二階に上がって職員室に入ると、四人ほどいた教職員たちが一斉に目を向けた。

「南部小学校から転勤してきた高橋真之です。よろしくお願いします」

真之があいさつすると、校長室からジャージウェアを羽織った男性が出てきて、真之を招じ入れた。校長室には同じく転勤してきたらしい女性教員が座っていた。

「教頭の柴田です。まあ、かけて」

真之を先客の隣に座らせ、向かい側に腰を下ろした柴田教頭は眼鏡越しにじっと真之を見た。年は五十歳くらいだろうか。スポーツで鍛えたような引き締まった体形だった。

「こちらは川岸先生。君と同じく転勤してきはったんや」

川岸という教員は立ち上がってあいさつした。少し肥満気味で、足が不自由なのではと思えるようなしぐさだった。

「西成小学校から来ました。川岸ゆかりと申します。よろしくお願いします」

真之も立ち上がってあいさつを返した。

「今回異動してきはったのはあんたたちお二人や。これから、本校の中堅として、おおいにがんばってください」

真之と川岸は顔を見合わせた。川岸は自分より一回り年上に見える。中堅と言って並べられるのはおこがましい。

「八時半に職員集会を開いて、あんたたちを紹介します。ま、しばらくここにおってください。その後、十時に新校長が着任されるので、それまで、学校の中を見といてもらうなり、事務室でいろいろ説明を受けるなりしてください」

教頭はそういうと、二人を残して外に出た。せわしない感じだった。

教頭が出て行くと、川岸がすぐ話しかけてきた。

「高橋先生の南部小て、千葉先生のいてはるところですね」

「はい、そうです」

「私、千葉先生の講演聞いたことがあります。本も読みました。すてきな先生やね」

　真之はいっぺんに気持ちがほぐれた。千葉を知っているということはこの人も全市教の組合員なのだろうか。だが、いきなりそんなことを聞くのは憚《はばか》られた。

「ぼくは千葉先生にはすごくお世話になりました。新任の時から、いろいろ教えてもらったし」

　真之は新任の時、千葉から「子どものくらしがわかったら、本当にかわいくなるよ」と、家庭訪問を勧められ、子どものくらしに寄り添うことの大事さを教えられた時の話をした。

「いい先輩がいてよかったですね」

「はい」

　真之は、もう一人小宮山という先輩にもずいぶんお世話になったと話し、文学や演劇の指導で教えられたり、不登校の子どもをめぐって助けてもらったことを話した。

　川岸はうなずいて聞いていたが、突然ぽつんと言い出した。

「先生、組合は全市教？」

「はい」

「私も全市教入ってたけどやめたの」

「なんでですか」

　川岸はしばらく黙っていたが、ぽつりと言った。

「許せない人がいたから」

　どういうことですかと聞こうとした時、スーツに着替えた教頭が入って来た。

「そしたら、職員集会始めるから出てください」

　二人は立ち上がった。

2

　職員集会で、あいさつを済ませた後、真之と川岸は大沢教務主任の案内で一通り校舎内を回り、給食室や保健室であいさつを交わして時を過ごした。校舎の様子は、南部小学校と大きな違いはないが、壁にいくつか落書きを消したような跡があり、いくぶん荒れているような気もした。もしかしたら、この学校はかなり大変なのだろうか。真之はそんなことも含めて川岸と話を続けたかったが、教務主任のいる前では軽々しくできなかった。

十時が近づくと、全職員は校門前に集合した。新校長を出迎えるためである。ＰＴＡの役員たちもかなり来ている。まもなくタクシーが停まり、礼服に身を固めた新校長が降り立った。山中校長は、女性のＰＴＡ役員が差し出す花束を笑顔で受け取り、拍手の中、何度も頭を下げながら、校舎内へと入って行った。

お迎えのセレモニーが終わると、ＰＴＡ役員たちは会議室に行き、教職員は職員室に入った。いよいよ新校長のあいさつが始まる。

どんなことを言うのだろうかと真之はいくぶん身構えたが、山中校長は、「初めまして。山中です。私はまだ何もわかりませんから、これからみなさんよろしくお願いします」と通りいっぺんのあいさつを短く述べただけだった。教頭に促されて校長が出て行くと職員室にはざわめきが起こり、拍子抜けしたような空気が漂った。教務主任が立ち上がった。

「校長先生はＰＴＡ役員さんたちにごあいさつをしておられますので、このましばらく待機してくださいい。戻られたら、今年度の校内人事を発表していただきます」

職員室は賑やかになった。立ち上がってお茶を淹れに行くものもいる。みんなはこれまでの学年同士でしゃべっているが、なじみのない真之は黙って座っているしかなかった。

まもなく校長と教頭が戻り、職員会議が始まった。教頭の司会で、校長がまず校内人事を発表する。一年担任に始まって、真之が読み上げられたのは四年生だった。

「一組、中井咲江先生。二組、岩崎規子先生。三組、高橋真之先生。学年主任は岩崎先生にお願いします」

真之はいくぶんほっとした。四年は新任の時経験しているので指導内容がある程度わかっている。だが、あの時の子どもたちともちろん同じではない。甘く考えてはいけないとすぐ気持ちを引き締めた。

担任発表に続いて、各部署の主任が紹介され、入学式の分担その他が確認され、午後からは一回目の学年打ち合わせ会が行われることになった。南部小学校にいた時は、入学式の日が最初の学年会だったが、もうそのテンポではない。子どもが登校していなくても、すでに春休みは終わっているのだ。

校長は依然として特別な抱負を述べたりはしない。ただメモを読み上げただけだ。教頭が、それではこの分担でみなさんよろしくお願いします、と述べて会議が終わると、みんなは一斉に立ち上がり、机の移動を始めた。新しい学年の位置に自分の机を移すためだ。真之は三、四年が集まったブロックの机に座った。三年担任になった川岸が斜め前にいる。

「よろしくお願いします」

真之は立ち上がって同学年の二人にあいさつした。

「こちらこそ、よろしくね」

学年主任の岩崎がおっとりとしてあいさつを返した。五十代ぐらいの、いかにもベテランの女性教師という感じだ。中井は岩崎より少し年下だろうか、ぐっとスリムな女性だ。

「お昼行きましょか」

岩崎が立ち上がった。

午後からの学年会は、各学級の名簿の確認から始まった。

岩崎の話では、この学年は三年生になってからいろいろ問題があり、三学期は、新任の植村光彦という教員が担任したクラスがほとんど崩壊状態になっていたという。他の二クラスもしんどくなっていたようだが、その担任は今回二人とも転勤してしまった。組分けしたが、どのクラスもかなりしんどい子らが多い。しっかり引き締めて、学習の習慣づけをしていかなあかんということだった。

「それを私らに任されたわけですね」

中井がいくぶん皮肉な口調でつぶやいた。

「そう、がんばりましょう」

岩崎は自信ありげな態度だった。

「植村君は子どもらよう抑えんかったけど、私らがしっかりしつけていったらすぐちゃんとできるよ」

「わかりました」

中井が今度は真面目な顔でうなずいた。

「最初が肝心やからね。始業式、びしっとやりましょ」

しきりに引き締めを図る岩崎の言葉に、真之は不安を覚えた。本当にそれでうまくいくのだろうか。

「高橋先生もよろしくね。先生は期待されてるから」

「え、ぼくがですか」

「教頭さんが言うてはったよ。今度来る人らはどちらもやり手や言うて」

「ほんまですか」

「先生のこと、問い合わせてたんと違う。管理職同士で」

　そうなのか。自分はそんな風に評価されていたのだろうか。確かにこの三年間は順調だったが、決して自分だけの力ではない。

「先生は演劇指導とかも上手やと聞いてるよ。学習発表会の時はがんばってな。そうそう、学年研究授業はお願いしていい。今年は国語やから」

　いやとは言わせない口調だった。真之も研究授業はそう嫌いではない。授業をてこにしてクラスを盛り上げていけばいい。

　あっさり真之が引き受けると、岩崎は笑顔でつけ加えた。

「がんばってね。私らも応援するから」

「ごくろうさん」

　中井も言葉を添えた。


　この後、学年での仕事分担、年間行事の確認、補助教材の選定などへ話が進んだが、三時間ほどたったところで、それぞれの仕事もあるから、今日のところはここまでにしようということで会議は終わった。いろんな書類を抱えて自分の教室に落ち着いてから、真之はあれこれと考えをめぐらした。

　自分はまだこの地域のことを何も知らない。いったいどの程度のしんどさなのだろうか。植村という新任のクラスはなぜ崩壊したのだろうか。単に抑える力が弱かっただけなのだろうか。

　自分も新任の時は、学年主任から子どもになめられたらあかんと言われて、怖い先生を演じてみたが、それではどうにもならなかった。ほんとに苦しかったが、千葉の助言などもあって、何とか乗り切ることができた。岩崎の言うようにしっかり引き締めたらうまくいくというようには思えない。

　南部小でも、転勤してきた女性教員が一年生の学級をうまく経営できずに病欠になってしまったが、その原因の一つは、学年主任からあれこれと注文をつけられ、思うような指導ができなかったことだという。自分も岩崎や中井からきっといろいろ言われることだろう。うまく合わせていけるだろうか。

千葉や小宮山に助けられたこれまでとは違って、この学校には全市教の組合員がいるという話も聞いていない。困ったことがあっても、自分の力で乗り切って行かなければならない。ふと、いっしょに転勤してきた川岸の顔が浮かんだ。もしかしたら力になりあえるかもしれない。だが、許せないことがあって全市教をやめたという言葉が気がかりだ。いったい何があったのだろうか。

陽が傾き、西日が差しこんできた。


勤務一日目を終え、帰宅したのは六時過ぎだった。郵便受けを見ると、千葉から手紙が届いていた。

「私はメールが苦手なので、手紙を書きました。いよいよ新学期が始まるね。新聞を見たら民間校長が来るということだけど、直接子どもたちを教えるのは私たち教師だから、あまり意識しないで、子どもたちとしっかり向き合ってね。今度自分たちの前に来る先生は、どんな人なんやろ。自分たちの気持ちをわかってくれる人かどうか、子どもたちはそれを見ているよ。いろんな行動をとる子どもがいるだろうけど、その背景には、必ずそうなる原因がある。子どものくらしをしっかり見てあげてね。また会いましょう。　千葉裕子」

いつもながら、千葉の温かいアドバイスだった。真之は何度も読み返しながら、少しずつ力が湧いてくるのを感じていた。

3

翌日から、真之は毎日出勤した。

やるべき仕事の内容はたくさんある。各種名簿の作成。学級通信の準備、教室の環境整備などだ。当面の教材研究もしておかなくてはならない。

岩崎は中井と真之にしばしば声をかけ、学年で集まってはいろいろ先のことを相談した。仕事の早い岩崎はすでに学年通信も作っている。南部小の時とは比較にならないほど仕事のテンポが速かった。

四日には入学式の準備のため会議が開かれ、会場設営や配布物の準備に関わった。南部小での入学式はいつも放送担当だったが、ここでは新一年生の看護が割り当てられた。保護者とともに登校してきた新一年生をいったん教室に案内し、式が始まったら講堂へ連れて行く。終わったら、引き続いて行われる保護者会が済むまで、教室でゲームをしたり絵本を読み聞かせたりしてひと時を過ごす。これは真之には初めての仕事だった。

翌日の入学式は、あっさりと終わった。校長も特別なことを言わなかったし、お迎えの会も簡単なものだった。ただし、教室でのひと時は楽しかった。教室に置いてあった紙芝居は、古ぼけた昔話だったが、真之が時々めくるのを止めて間をとると「はよ読んで」という声が飛んできた。「おしまい」というと「もっと見せて」と口々に言う。こんな子らと、このまま一年間やっていけたら楽しいだろうと思える素直さだった。

終了後、職員会議が開かれたが、相変わらず民間校長は何も言わず、学校経営の方針が特に提示されるわけでもなく、実務的な話ばかりだった。午後からは校務分掌の部会が開かれ、真之は生活指導部に所属し、児童会関係の仕事をすることになった。学校新聞づくりの仕事も割り当てられた。

真之は、始業式までの間にできるだけ同僚教員と話してなじもうとしたのだが、なかなかその機会がなかった。昼食時はいつも学年でまとまって行動するし、職員室でもそれぞれが固まりを作っている。退勤もばらばらで話すきっかけがつかめない。あいさつはするものの、積極的に話しかけてくれる人もいない。

ただ、同学年となった岩崎や中井とはいろいろな話ができた。岩崎はこの学校で五年目、中井は四年目で、どちらもベテラン教員としての自負を持ち、女性教員の中では中心的な役割を果たしているようだった。

二人も民間校長には警戒心を持っているようで、時々そんな話が出た。

「なんでうちみたいな学校に来たんかようわからん。普通は環状線の内側に行くんと違うの。なあ」

岩崎がぼやくと、中井もしきりに相槌《あいづち》を打った。

「ほんまやねえ。ここで何をする言うんやろ」

「まだなんも言わはらへんしなあ」

「実質教頭さんが万事やって行くんと違う」

「ひょっとして教頭さんが引っぱったんか」

「まさかまさか」

中井が笑い飛ばした。

「誰か地域に仲よしの議員さんでもいてはったんと違う」

そうかもしれない。しかし今はどうでもよかった。荒れた学年と聞いてからは自分のクラスのことが心配だった。


四月八日。始業式の日が来た。いよいよ担任する子どもたちと対面する。真之は学級通信を準備し、学級開きにふさわしい詩の朗読やあいさつをいろいろ考えてきた。

新任の時は、いきなり子どもたちを叱りつけ、怖い先生と思われようとしたことが、今では恥ずかしく思いだされる。まずはいい雰囲気でスタートしたい。

校庭で始業式が始まった。校歌斉唱に続いて、新校長が朝礼台に上がる。真之は自分が担任する四年生の様子をうかがった。子どもたちが落ち着いていない。集中していない。

校長が話し始めた。

「みなさん、おはようございます。新しく校長として赴任した山中です。私は、教育はグローバルな視点に立つことが重要だと考えています。国際競争の中で活躍できる人材を、この大阪、この学校から生み出していくことが私の望みであります」

教員がかすかにざわめいた。この人は小学生相手に何を言っているのだ。言っていることの良しあしはともかく、こんな話が通じるはずがない。目の前にいる一年生が見えないのか。

校長の話は、それからも延々と続き、橋下市政の賛美まで飛び出した。

「大阪の市長さんは、日本一すばらしい市長です。これから教育はどんどん変わります」

失笑している教員もいる。いい加減にやめてほしい。そんな思いを知ってか知らずか、ようやく校長の話は終わった。

初めて赴任した時には何も語らなかったのに、どうしてこんな「演説」を子どもたちにしたのだろうか。いくら教育現場を経験していないとはいえ、自分の言葉が子どもたちに通じるか通じないかぐらいわからないのだろうか。

　三日前の入学式の時は、ごく普通のあいさつをしていたのにどうしてだろう。そう言えば式場では原稿を読んでいた。おそらく毎年同じようなあいさつ原稿があるのだろう。それを棒読みしていたのかもしれない。何を考えて行動しているのかよくわからない人だ。


　校長はこの後、メモを見ながら赴任した教員の紹介を行った。

「それではお二人の先生から、みなさんにごあいさつをしていただきます。川岸ゆかり先生」

　司会に促され、川岸が朝礼台に上がる。やはり少し足が不自由そうだ。

「港小学校のみなさん。おはようございます」

　川岸はちょっと言葉を切ってあいさつが返って来るのを待った。低学年の方から少しだけおはようございますと声が返ってきた。

　にこにこして子どもたちを見回した川岸は、マイクから離れて、大きな声で話しかけた。

「元気なみなさんとこれから一緒に勉強したり遊んだりできると思うと、とってもうれしいです。明日から、仲よくしてね。先生の名前は川岸ゆかりです。ゆかりというのは、誰とでもなかよくなれる名前ですよ。よろしくお願いしまーす」

　拍手を受けて川岸が降壇した。次は真之だ。

　あいさつの中身は考えてあったのだが、川岸の話しぶりを目のあたりにして、思ってもいなかった言葉が口をついて出ていた。

「先生の名前は高橋真之です。みんなからまーくんと呼ばれていました。よろしくお願いします」

　かすかに笑い声が聞こえた。もっと何か子どもたちを惹きつけるようなことを言いたいと思ったが、もう何も思いつかない。後は型通りのあいさつしかできなかった。

　この後校長から担任が発表され、新担任の教員が子どもたちの前に立つ。それからそれぞれの学年で組分けを行い、教室に入るのだ。真之も四年生の前に立った。

「一組から名前を呼びます。呼ばれた人は返事をして、先生の前に来てください」

　一組担任の中井が名簿を見て、子どもたちの名前を読み上げると、子どもたちが返事をして場所を移動する。

「もっとしっかり返事しなさい」

岩崎が叱咤《しった》すると、少し子どもたちの声が大きくなったが、まだ小さい。同じクラスになった子どもたちの中には喜ぶ子もいて、騒がしくなった。

「黙って移動しなさい」

また岩崎が厳しい声で注意した。

一組と二組が名前を読み上げたので、残りは真之の三組ということになる。すでに自分のクラスが三組とわかった子どもたちがてんでにしゃべりだした。

「静かに！　まだ終わってない！」

岩崎がまた叱りつけると何とか静かになった。真之が一人ひとりの名前を呼ぶと、はっきり返事をする子もいるが、ほとんど聞き取れないような子もいる。友だちに足でちょっかいを出す子もいる。またざわついてきたが、ともかく全員の名前を読み上げた。

「それでは教室に入ります。担任の先生の後について教室へ行きなさい」

岩崎が全員を起立させた。

教室は三階にある。ひとまず子どもたちを教室に入れたところで休憩を告げるチャイムが鳴った。真之が何か言うよりも早く、数人の子どもたちが、勝手に飛び出して行った。

一瞬真之は言葉が出なかった。

4

十分間の休憩が終わり、服装を着替えた真之が教室に戻って行くと、子どもたちがテレビをつけていた。半分くらいの子はまだ着席していない。

「はい、みんな席に座って」

そう言いながら真之はテレビを消した。

「消さんといて」

「もっと見よ」

そんな声が飛び交った。

「教室のテレビは学習に使うためのものやで。テレビは家で見なさい」

叱るような口調ではなく、軽く言ったつもりだったが、とたんに一人の男の子がぷいと立ち上がった。

「ほな、家で見るわ」

　そう言い捨てて子どもは、教室から出て行った。あわてて真之は後を追った。階段の手前で追いつくと、男の子はニヤニヤしながら真之を見上げた。

「帰らんといてくれよ。まだ予定があるんや」

　男の子も本気で帰るつもりはないのかもしれない。真之の穏やかな口調にうなずいて、あっさり教室に戻りかけた。ところが教室の中がやけに騒がしい。中に入ると、驚いたことに今度は窓から教室の外へ出ている子がいる。数人の子どもたちが「ショウタ、ショウタ」とコールで囃《はや》し立てていた。ここは三階だ。もし足を踏み外せば、命にかかわる。

「やめろ！」真之は窓に駆けより、身を乗り出して、子どもの腕をつかんだ。

「放してえや。入る」

　ショウタという子が、自分から中へ入り、とにもかくにも全員席に着かせた時、またまた別な子が立ち上がった。

「先生、トイレ行く」

　休み時間に行かなかったのかと聞くと、「うん」と言ったきり出て行った。

「おれも行く」「おれも」

　立て続けに三人が立ち上がった。

　そんなこんなでようやく全員が座るまでに十五分かかった。詩を読もうなどという気持ちはすっかり失せていた。どうすればいいのかわからなかった。

　ともかく一通りの配布物を配り、連絡帳を書かせようと黒板に向かって明日の予定と持ち物を書き始めると、子どもたちはてんでにしゃべりだした。

「先生、明日体育やろ」

「サッカーしよう」

「おれ、バスケがいい」

　全く無秩序な状態だ。

「連絡帳を出して、明日の予定を書きなさい」

　真之の指示で、女子はだいたい書き始めたが、男子数人は連絡帳を出そうともせずしゃべっていた。

「書けた子は持ってきなさい。サインします」

　真之の言葉でようやくみんな書き始めた。

　これまでの経験でサインがないと帰らせてもらえないということはわかるようだ。

「連絡帳はお家の人に見せてサインもらって来てな。明日学校に来たら先生の机に出しといてな」

「なんでそんなんいるの」

誰かが言った。

「毎日お家の人に見てもらう必要があるからや。今までもそうしてたやろ」

「やってない」という声が上がった。

「そうか。でもこれからは、必ず家の人に見せてください。大事なことやから」

子どもたちもそれ以上は文句を言わなくなったが、書けた子が次々と前に来てサインをしている間も、しゃべり続けていた。

サインが終わると一人の女子が手を挙げた。

「席はどうするんですか」

真之が答える前に、「このままでええ」「好きなもん同士」といった声が上がった。

「とりあえず明日来たらこのまま座ってください。みんなの意見も聞いて決めます」

手を上げた子は納得したようだった。

ようやく少しは話ができると判断した真之は、考えてきたことを言おうかと思ったが、その時チャイムが鳴った。今日はこれで終わることになる。

「帰りのあいさつをしましょう。起立」

真之が「さようなら」と頭を下げると、さようならの返事がまばらに返り、子どもたちはどっと出て行った。廊下には靴箱にきちんと入れなかった上靴がいくつか転がっていた。

荒れた学級とは言え、想像をはるかに超える状態だった。真之はしばらく立ち尽くしていた。

しばらくたって真之はポケットに入れていた千葉の手紙を取り出した。

「自分たちの気持ちをわかってくれる人かどうか、子どもたちはそれを見ているよ」

それはわかる。きっと今自分は子どもたちに試されている。管理的に抑えにかかるか。それとも寄り添ってくれるか、それを見ているに違いない。

しかし、だからと言ってここまで無秩序でいいのだろうか。窓から飛び出すような危険な真似はさせられない。チャイムは守る。人の話を聞く。それができなければなんとしてもしつけていく必要がある。だが、叱りつけるのはやめよう。それはたぶん無力だ。常に話し合い、納得させよう。

まずは席を決める。班や係も決めていかなければならない。持ってきていい物、悪い物、その他のルールを決めていかなければならない。多分、子どもたちは教師にいろいろなことを認めさせようとするだろう。だが、もちろん何でも聞き入れるわけにはいかないし、勝手に自分の一存で判断できないこともあるだろう。そんな時どうすれば子どもたちを落ち着かせることができるのだろうか。

そもそもこうなる前の学年はどんな状態だったのだろう。岩崎や中井のクラスはどうなのだろう。真之はあれこれ考えをめぐらしながら、乱れた机といすをそろえ始めた。ふと気がつくと、手提げ袋が床に落ちている。配ったプリント類や連絡帳が入ったままだ。連絡帳には、西浦勇気と書いてある。あの子だ。テレビを見ると言って帰りかけた子だ。連絡帳にサインした時に見た字はかなり整っていた。学力は高いのかもしれない。

届けよう。とっさに真之は思った。どんな家庭かも見ておく必要がある。

真之は職員室に行き、家庭調査書のファイルを取り出し、西浦の家を調べた。学校から三百メートル程度の位置にある集合住宅の七階だ。シングルマザーで兄妹二人。妹は二年生にいる。もしかすると経済的には厳しいのかもしれない。

職員室に下りてきた岩崎に家庭訪問に行くと告げると、不思議そうな顔をされた。

「なんかあったん」

「忘れ物した子がいたんで、届けに行きます」

「電話して取りに来させたらええやん」

そうかもしれない。新任の時の自分の感覚もそうだった。だが今は違う。

「どんな家か見ておきたいんで、ちょっと行ってきます」

真之は、岩崎の返事を待たず、素早く職員室を出た。

七階に上がり、部屋の前まで行くとテレビの音に交じって女の子の声が聞こえた。だが、インターホンを押しても返事がない。

「こんにちは。学校から来ました。忘れ物を届けに来ました」

しばらくすると、ドアの向こうから「だれ」という女の子の声が聞こえた。

「西浦勇気君の担任になった高橋です」

またしばらくたってドアが少し開いた。

「なに、先生」

玄関先に出てきたのは勇気だった。焼きそばでも作っているのだろうか。香ばしいソースの匂いが漂ってきた。

「忘れもん届けに来たんや。お家の人に見せてや」

真之がそう言いながら手提げを差し出すと、勇気はニヤッとして受け取った。

「ありがとう」

「お家の人は」

意外に素直な態度だった。

「おらん」

「ご飯の用意、きみがしてんのか」

「うん」

「そうか、えらいな」

もう少し話し合おうかと思ったが、食事のじゃまになるだろう。改めて家庭訪問に来よう。真之は「ほな、また明日」と言い残してきびすを返した。

おそらく勇気は日常的に妹の面倒を見ているのだろう。親の帰りも遅いのかもしれない。「子どもたちのくらしを知ることが大切やで」という千葉の口ぐせを思いだしながら、真之は少し気持ちを切り替えていた。

5

午後からは、教科ごとの部会が行われ、その後、研究部会が開かれた。各学年の研究授業予定者が集められ、授業の年間計画を決めるのである。今年は昨年に続き国語科を中心に行うことが確認され、真之の研究授業は十一月と決まった。あの子どもたちを相手に、いったいどんな授業ができるのだろう。引き受けたことが悔やまれたが、いまさらどうにもならない。前向きに考えていくしかない。

教室に戻った真之が、明日の授業のことを考えていると、教頭が校長を連れて入ってきた。校舎内を回っているらしい。

「どうでしたか。子どもたちは」

教頭が気軽な口調で尋ねてきた。

「驚きました。正直のところ」

「何が」

どう答えたらいいかちょっと言葉に迷った。

「元気がよすぎて」

教頭は軽くうなずいた。

「そうですか。まあよろしく頼みます。ところで今日さっそく家庭訪問に行ってくれたそうやね」

「はい、忘れ物届けに」

「そうですか。えらい前向きやなあ。まあ、がんばって。頼んどきます」

教頭はそう言うと、次行きましょかと校長を促して教室から出て行った。校長はうなずいて真之に軽く手を上げて出て行った。一言もしゃべらない。何を考えているのかまるでわからない人だ。だが、今の真之には校長のことはどうでもよかった。大事なのはクラスの子どもたちにどう対応していくかだった。


それから真之は教材研究に取り掛かったが、なかなか集中できなかった。やることはいくらでもあるのに、子どもたちのことが気になって仕方がない。明日も今日と同じような状態に陥るのだろうか。教室に行ったら、まず何を言えばいいのだろう。座席はどうするのがベストなのだろう。あの子らにちゃんと物事が決められるのだろうか。ともかく教材研究しておこうと教科書を見ては別のことを考えたり、また教科書を開いたりと、いっこうに仕事がはかどっていないのに、時計が六時を回った。

退勤時に「ちょっと行こか」と誘ってくれる小宮山が無性に懐かしかった。小宮山に今日の子どもたちの様子を話したら、きっと貴重なアドバイスをくれるだろう。千葉も親身に聞いてくれるだろう。しかし、もう自分は一人なのだ。まず一人でたたかってみよう。

真之は思い切って立ちあがった。教室を閉めて、職員室へ下りるともうあまり人は残っていなかった。

「お先に失礼します」

声をかけて職員室を出ると、「高橋先生」と後ろから声をかける者がいた。昨年度三年担任だったという植村光彦だ。真之より少し長身で、メガネをかけた細身の青年だった。

「お疲れさん。帰るの」

「はい」

　二人は連れ立って学校を出た。植村の頭からは整髪料の匂いが漂ってきた。

「先生、今日、子どもらどうでした」

「うん、まあ」

　どう答えるか迷った。あまり悪くは言いたくない。

「ひどかったんと違いますか」

「まあ……」

「岩崎先生に言われました。三年生がどうやったらあないなるのと」

　岩崎のクラスも相当ひどかったのか。自分のところだけではないと思うと、いくぶんほっとする気持ちもあった。

「すみません。ぼくのせいです」

　植村はそれが言いたかったみたいで、「ご迷惑をかけています」とつぶやいた。

「そんなん先生だけの問題と違うやん。三クラスあったんやし」

　真之がとりなすと、植村は強く首を振った。

「ぼくのクラスがめちゃくちゃになったから、お二人にも迷惑をかけたんや。ぼくのせいです。教師辞めよかとも思いました」

　植村は次第に感情的になっていくようだった。真之はますます今の気持ちを言いづらくなっていた。

　しかし、植村の話はもっと詳しく聞きたい。

「ちょっと喫茶店でも行きますか」

「はい」

　駅前にはこれといった喫茶店はない。二人は少し歩いてファミレスに入った。


　植村の話によると、学年の初めは落ち着いたクラスだったという。だからそれほど叱ることもなかったし、楽しく毎日を過ごしていた。ところがだんだん子どもたちが落ち着かなくなってきた。次第に自分も注意することが多くなり、毎日のように叱っていると、逆に子どもたちが言うことを聞かなくなり、授業も乱れてきたというのだ。

「ぼくの新任の時も一緒ですわ。最初はおとなしかったんやけど、だんだんおかしくなってきて」

「そうなんですか」

「ぼくは、学年主任に子どもになめられたらあかん言われて、かなり厳しくやってたんやけど、先生は」

「それはないです」

植村はきっぱりと否定した。

「学年主任の先生が、新任指導も兼ねてはって、子どものことをよく見るようにと言われましたが、管理的なことは一切言われませんでした」

「そうなんや」

意外だった。子どもを締めつけすぎて反発されたわけでもないのか。ではなんだろう。甘やかしすぎたのだろうか。

「学年の先生らはいつも優しかったけど、クラスがしんどなってきてからは、教頭先生にいろいろ注意されました」

「どんな風に」

「きみは、アルバイトと違うぞ。プロの教師やろ。しっかりせえとか」

「そんなこと言われたんですか」

「このまま行ったら評価Cやな、て二回くらい言われました」

「なんやそれは」

思わず真之はカッとなった。それが新任に言う言葉なのか。

「ひどいですね。具体的なアドバイスはなかったんですか。こんな風にやったらどうやとか」

「学年でよく相談しなさいだけです」

南部小とはまったく違う。それが現実なのか。自分は温室にいたのか。

植村の話はそれからも続いた。二学期の後半からは授業がほとんど成り立たなくなり、教務主任や専科の教員が入った時は何とか静かに学習していたが、いない時は相変わらずだった。保護者の要求もあり、三学期は担任代行として音楽専科の教員が入り、自分はそれを補佐する格好で学年を終えたという。新任指導も兼ねていた学年主任も親身に助けてくれたが、自分の学級も厳しくなってきたので、クラスを放っておいてまで授業に入ることはできなかったらしい。

「何かきっかけになるようなことはなかった。子どもらが反発するような」

植村はしばらく黙っていた。

「特に思い当りません。ただ、子どもたちやのうて、ぼくががっかりして、モチベーションが落ちたことがあります」

「なにそれ」

「六月に道徳の授業で、『花さき山』やった時です」

「花さき山」は真之も知っている。斎藤隆介の絵本で、滝平二郎の切り絵も有名だ。山姥《やまんば》が山で道に迷った少女サキに、「優しいことをすれば一つ花が咲く」と教える。少女はそれにこたえて、我慢したりするたびに、おらの花が咲いていると思う。

「ぼくは教室に毎日花を咲かそうといって、友だちのいいところを見つけたらそれを花に書いて貼るようにといったんです」

なるほどと真之は思った。自分ががんばったことを書くという方法もあるが、友だちのいいところを書くというのはそれ以上にいいことではないか。

「いいことを思いつきましたね」

「読んだ本を真似したんですけど、なかなかみんな書いてくれませんでした。中には、だれもおらんと書いて貼った子もいたり。いったん書いた子も自分で外したり」

植村は唇をかみしめた。

「ひと月ぐらい置いといたけど、花が咲かないから、止めました。けど、子どもたちはなんも言いませんでした。その時思ったんです。この子らに、ぼくの気持ちは通じへんと」

そう決めつけるのは早いかもしれない。だが、なぜ子どもたちは乗ってこられなかったのだろう。何がいけなかったのだろう。真之にはわからなかった。

「それからぼくの態度が変わったのかもしれません。イラついたり、説教が増えたりしたと思います」

「それから子どもたちがだんだん反抗してきたわけですか」

「そうかもしれません」

それからはいろいろやればやるほど、教室の空気は悪くなる一方だったという。おそらくよかれと思って言う言葉が子どもたちには棘《とげ》となって刺さったり、動揺して態度を変えたりすることがまた反発を招いたり、悪い方へ悪い方へと転がっていったのだろう。自分も同じ轍《てつ》を踏むかもしれない。植村の話は他人事とは思えなかった。

子どもたちは教師の態度を見ている。今きっと、自分は子どもたちに試されているのだ。どんな教師かいろいろやって試しているのだ。

「いろいろ話してくれてありがとう」

真之は植村に頭を下げた。

「先生、今年の担当は……」

「五年の理科と書写の専科やらしてもらってます」

担任希望はしなかったのだろうか。それとも外されたのだろうか。

「また時々話し合いましょ」

「こちらこそお願いします」

真之は伝票を持って立ち上がった。

第3章　苦闘の日々

1

新学期が始まって二週間が過ぎた。

真之の様々な努力にもかかわらず、子どもたちはなかなか落ち着かなかった。始業のチャイムが鳴ってもなかなか席に着かない。授業中全く関係のないことを言い出す子、私語をやめない子。給食や掃除の時も、雑然とした状態は変わらなかった。

朝、教室に行くと、チョークが散乱していたり、落書きが黒板いっぱいに書きなぐられていることもあった。誰かの上靴がバケツに投げ込まれていることもあった。出勤するとすぐ教室に行き、点検してから職員室へ行くのだが、あとから登校してきた子どもたちのいたずらが続いているのだった。始業時からは、職員室に戻ることもなかなかできなかった。目を放すとすぐケンカや飛び出しが起こるからだ。

真之はできるだけ子どもたちを叱らずに、一つ一つ学校生活のルールを守らせようとした。

「チャイムが鳴ったら教室に戻り、席に着こう」

「授業中はおしゃべりをやめ、人の話をちゃんと聞こう」

「ケンカはやめ、なんでも話しあって解決しよう」

だが、こんなことをいくら呼びかけても、半数近い子どもたちは、一向に聞く耳を持たなかった。男子に比べて女子はそれほど目立たなかったが、授業に集中しないという点では同じで、私語はむしろ多かった。

何日か経てば落ち着いてくるだろうという期待は崩れ、真之は次第に焦りだした。同学年二人の目も気になったし、来週は最初の学習参観も控えている。このままでは、保護者からの苦情も避けられないだろう。何をやっているのかという目で見られたくはなかった。

やはり自分には厳しさが足りないのだろうか。抑える力がないのだろうか。そんな思いが何度も頭をよぎった。だが、それでは新任の時の繰り返しではないか。厳しくしたところで子どもたちはついてこないということは経験済みではないか。もう少し待とう。必ず子どもたちはわかってくれる。そう思いながら過ぎた二週間だった。

午前中の授業を何とか終え、教室で給食後の清掃をしている時だった。トイレ掃除の担当になっている女子たちが走ってきた。

「先生来て、男子がケンカしてる」

真之は急いでトイレに向かった。分担場所は同じ階の廊下を曲がった、三年の教室との間にある。

駆けつけると、三年担任の川岸がケンカを止めて話を聞いてくれていた。

「あ、先生来はったから、ちゃんと聞いてもらいなさい」

川岸はちらっと笑顔を見せ、すぐに引き返して行った。

ケンカは男子三人だった。その一人、沢村雄大はズボンをぐちゃぐちゃに濡らしていた。バケツが転がっているところを見ると、ひっくり返して濡れたらしい。あとの二人、大道と山脇は特に何もないようだ。一方的にやられたのだろうか。

幸いもうケンカは収まっている。

「なんでケンカになったんや」

三人はしばらく黙っていた。

「何があったんや」

再度問いかけると、山脇が小さく言った。

「こいつが勝手に切れたんや」

「何か理由があるやろ」

「ちょっとふざけただけや」

大道もうなずいた。

沢村は黙っている。

「ふざけたて、沢村君に何をしたんや」

少し真之が語気を強めて聞くと、二人はまた押し黙った。

「ちょっと押しただけやのに、こいつが殴ってきたんや」

「殴ってない」

大道の言葉に、初めて沢村が言い返した。

沢村は目立たない子だ。これまでも授業中は静かにしていたし、特にケンカもしていない。

「殴ったやろ」

「殴ってない」

「ウソつくな」

そんな言い合いが始まり、また興奮しかけた時、真之の後ろから声がした。

「先生、山脇が悪いで」

翔太の声だった。始業式の日に窓から飛び出したりして、毎日のように教室を騒がせている門倉翔太だ。

「オレ見てた。こいつらが、沢村を女子トイレに押し込んだんや」

二人は、翔太を見たが、何も言い返さなかった。

「それはほんまか」

二人は黙っている。

「沢村くん、そうなんか」

「はい」

今度は沢村がはっきり答えた。

「ともかく着替えに行こ。話はあとで聞く」

真之は沢村を保健室に連れて行き、体操服に着替えさせた。濡れたズボンは、養護教諭の三好が洗濯してくれた。

沢村の話によると、トイレ掃除をしている時、いきなり二人に後ろから女子トイレに押し込まれ、こいつ痴漢やなどと言われたという。怒って二人を押し返したが、逆に押し倒され、バケツにあたってしりもちをついたというのだ。

「これまでもそんなことされたことあるの」

沢村は首を横に振った。

山脇と大道はしょっちゅう人にちょっかいを出しているが、特に沢村だけをいじめているのではないようだ。

すでにチャイムも鳴った。教室を放っておけない。

「チャイムも鳴ったし、放課後ちゃんと話し合おう」

真之は三好に礼を言って保健室を出た。

放課後の話し合いは意外と早く終わった。二人がふざけてやったとあっさり認め、沢村に謝ったからだ。横で様子を見ていた翔太は早速二人を誘って帰って行った。

二人は翔太の言いなりになっているようだ。こいつらが悪いと言われても言い返さなかったし、今も一緒に帰って行った。翔太は、彼らを従わせる力を持っているのだろうか。

　まだよく見ていないが、遊びの時も、翔太について行く子は多い。好き勝手にふるまってはいるが、かなりのリーダーシップを持っているようだ。今日の態度を見ても、正義感や公平さもあるようだし、これから学級の中心になっていけるかもしれない。そんな期待と同時に、ちらっと不安がよぎった。

（もしかして、陰で糸を引いて、今日のようなことをやらせているのではないだろうか）

　考えすぎだ。そんなことはない。そう心で打ち消した。

　沢村は黙って自分の席に座っている。真之の言葉を待っているようだった。

「一緒に家まで行くわ。お家の人に今日のことを説明するから」

「ぼく、学童へ行くから、家には帰らへん」

　沢村は学童っ子だったのか。

「お家の人、何時ごろには帰ってくる」

「お母さんが大体六時半。けど、遅なる時もある」

「そしたら、そのころに行く。保健室に服もらいに行こ。もう乾いてるやろ」


　真之は沢村を連れて教室を出た。

　沢村の家は、学校の近くにある市営住宅の一階だ。その日、七時ごろに訪問すると、ちょうど母親が自転車の前後ろの籠いっぱいにトイレットペーパーや卵などを積み込んで帰ってきたところだった。小柄だが、目のくりくりしたいかにも元気そうな母親だ。

「今晩は。雄大君の担任の高橋です」

　真之が名乗ると、母親は驚いたように真之を見た。

「雄大が何か」

「はい、ちょっと、今日の掃除の時に……」

「ともかくお入りください」

　母親は、家の鍵を開け、荷物を持って中に入って行った。

「どうぞ上がってください」

　真之は玄関先で済ませるつもりだったが、部屋に通された。

　母親が買い物をかたづけている間に、真之は通された部屋の様子を観察した。沢村の勉強机、本箱、タンス。狭いがきちんと片づいている。壁には沢村が幼かったころの家族写真がいくつか飾られていた。

「すいませんでした。待っていただいて」

母親は、お茶を用意し、真之の前に座った。

「雄大は妹と一緒におばあちゃんのところへ行ってるんですけど、何かありましたか」

真之が今日の学校での出来事を話し、頭を下げると、母親は何度もうなずいた。

「わざわざ、ありがとうございました。いつも雄大から、学校の様子は聞いてます。先生もいろいろ御苦労さまです」

母親は、落ち着いた物腰でそういうと、お茶を勧めてくれた。

意外なくらい好意的な雰囲気だった。

「あの子は先生好きや言うてます」

「え、そうですか」

「先生はやさしい、ぼくらの言うことをよう聞いてくれる言うてます」

初めて聞くうれしい言葉だった。

「けど、今のクラスはいややとも言うてます。勉強中もうるさいし、みんなまじめにやらへん言うて」

今度は重い言葉だった。沢村のようなおとなしい子には、今の雰囲気は耐えられないだろう。早く何とかしなければならない。だが、なかなかめどが立たない。

「すみません。早くいいクラスになるようにがんばります」

真之はそういって頭を下げた。辛かった。

2

次の日は土曜日だった。休日なのだが、来週は参観日も控えているし、しなければならないことはたくさんある。

九時頃に出勤すると、平日と同じようにほとんどの職員が来ていた。真之は教室にこもって、来週の教材研究を始めた。子どもたちが来ていないことが、今はほっとする。そんな自分が腹立たしかった。

「明日も子どもに会えると思うと、ぼくはうれしいんや」

小宮山と居酒屋で話している時、そんな言葉を聞いたことがある。まるで今の自分とは正反対だ。真之は思わずこぶしを握り締めて机を叩いてしまった。力不足の自分が悔しかった。どうしてみんな自分の言うことを聞いてくれないのだろう。何が不満なのだろう。力で抑えるのがだめなのはわかるが、いったいどうすればいいというのだ。結局自分も植村と同じ道をたどるのか。

考え込んでいると携帯にメールが入った。全市教青年部長の遠藤真琴からだ。笑顔の顔文字を添えて、「元気？　今日の午後二時青年部常任委員会・新歓フェスタの実行委員会兼ねてます。よろしくね」とあった。

青年部のことはすっかり忘れていた。考える心のゆとりがない日々だった。しかし、今日の午後は空いている。こうして連絡されると行かないわけにはいかなかった。

全市教書記局に行くと、遠藤部長や小坂哲、結城晴美などの青年部役員が集まっていた。今年から専従の書記長になった野瀬が奥でパソコンに向かっていたが、真之が入って行くと笑顔で迎えてくれた。

「おう、まー君、久しぶりやな。今日はご苦労さん」

青年たちも口々に声をかけてきた。

「ご苦労様」

「民間校長来たんやろ。どんな感じ」

「まだ特に何も」

そう答えながら、真之は校長のことなど考える余裕もなかったことに気がついた。

「今は学級が大変で」

真之がそう言うと、すぐに「いっしょいっしょ」「どこも一緒やで」という声が返ってきた。

「うちは民間と違うけど中学から来た校長がめっちゃワンマン。みんな怒ってはる」

「うちはみんな黙ってる。職員室にも降りてこんし。新任の男性二人来たけど、話する間もないんや」

「今週毎日学校出たん十時やで。家に帰ったら十一時でセブンイレブンや」

コーヒーを飲みながらしばらく雑談が続き、青年部役員がほぼ全員揃ったところで、野瀬も加わって会議が始まった。

「今、みなさんの話を聞かせてもらいましたが、どこも共通して職場がしんどい、子どもがしんどいという声があふれかえっています。

だからこそ、ますます組合の役割が重要になってると思います」

野瀬書記長は、橋下市政の問題へと話を進めた。

「教育基本条例が強行されてから、いろいろな問題が出てきましたが、中でもひどいのは保護者による授業評価アンケートの押しつけ、評価育成システムの賃金リンクです。もちろん学校選択制の導入や、幼稚園民営化も重大です」

真之のこれまでいた学校ではこうした問題を強く感じることはなかった。管理職も、横暴ではなかったし、保護者のアンケートによる自分への評価もまあ納得のいくものだった。もちろんそこには、小宮山や千葉を中心とする組合の力も働いていただろう。二人は言うべきことは言うが、学校運営にも積極的に協力し、管理職にも感謝されていた。そのことが職場の和を作り出していたし、保護者も安心して学校に協力的だったのだ。転勤してみて、そのことがいまさらながら強く感じられた。

しかし、自分は今たった一人だ。これからは容赦なく授業を評価されることだろう。

それもあの民間校長に評価されるのかと思うと、耐えられない思いだった。子ども相手にこんなに悩んでいる自分の思いがわかるはずがない。何がわかるというのだ。

「しかし、そういう中でこそ、共同の輪が広がっているということもまた事実です。評価育成システムの賃金リンクは、教員の資質向上に役立たないと考える管理職が七四％です。ぜひこの点に確信を持ってほしい。全市教を信頼して、四月一日から組合加入してくれた数は既に五十人になっています。職場の仲間、とりわけ青年教職員に働きかけ、いっそう仲間を増やしていきましょう」

野瀬書記長の話に続いて、青年部長の遠藤が今年の取り組みを提案した。

「今年も若い仲間が職場にたくさん来られました。希望持って働いていると思うけど、この先の仕事に不安や悩みも抱えているし、それは私たちもみんな一緒です。毎月の青年部常任委員会で交流し、タンポポ通信として発信します。五月の連休明けには新歓フェスタを行います。たくさん新任の方に来てもらえるように、職場の先輩たちにも力を借りて取り組みます。青年部大会は六月に行います。夏休み前半は原水禁大会への参加、後半は親組合と一緒にツアーを計画。秋の教研では青年部でパフォーマンスをやりたいと思います。そのほか連続講座の『先輩のワザ伝授』で、いろんな教育技術を学び、『マルかじりゼミナール』で憲法と社会科学の学習などにも取り組みます。青年部交渉もあるし、支部独自の取り組みもあると思うし、大教組の青年フェスタにも積極的に参加してほしいと思っています」

元気よく話す遠藤の提案を聞きながら、真之は昨年自分も参加したそれらの活動を思い浮かべた。忙しいこともあったが、それなりに楽しかった。「マルかじりゼミナール」には時々美由紀も一緒に参加してくれて、帰り道みんなと一緒に飲みに行ったりもした。

だが、これからの自分がはたしてそうした取り組みについて行けるのだろうか。今はまったく先が見通せない。

「詳しいことはこれからじっくり話し合っていくとして、とりあえず新歓フェスタのことなんやけど」

遠藤は、レジメを見ながら説明した。

「二時開会で、オープニングに太鼓サークル、それから『子どもと読みたい詩』の朗読、部長あいさつ。ここまでで大体三十分。それから千葉先生に講演してもらうんやけど、一時間ぐらい話してもらって、そこからインタビュー方式で、いろいろみんなの日ごろ抱えている悩みや疑問に答えてもらうことにしたらと思うんや。千葉先生もそれがええと言うてはるし」

千葉が講師になることは、昨年度から決まっている。真之も楽しみにしていた。以前、学童保育の研究集会で千葉の講演を聞いたが、聴衆を笑わせながらしっかりとつかんでいく話術に驚いた。きっと素晴らしい話を聞かせてくれるだろう。

「それで、聞き手を結城さんと高橋さんにお願いしたいんやけど」

「ぼくが？」

突然の話に真之は驚いた。結城はあっさりとうなずいている。

「高橋さんは、千葉先生と一番身近なとこにいてはった人やから、最適やろ思って」

みんなも賛成している。断る理由がない。

今は心の余裕がないが、そのころには少しは学級も落ち着いているだろう。そうしなければならない。千葉の名前が出たことが真之をいくぶん前向きにしてくれたようだった。


会議が終わって、一同は駅前の居酒屋に向かった。いつものコースなのだが、真之は気が進まなかった。

「今日は帰るわ」と言うと、すかさず「美由紀さん待ってるもんなあ」という声が飛び、笑いが起こった。

「では、お先に」

行きかけた真之を遠藤が呼び止めた。

「まー君相当しんどそうやね」

「わかるんですか」

「わかる」

遠藤は真之をじっと見た。

「私も三年前、めっちゃしんどかったから、ようわかる。今日の会議、ずっとなんか考えこんでたやろ」

その通りだった。遠藤の観察力に驚いた。

「家でちゃんとしゃべってる。一人で抱えこんでると、美由紀さんかえって心配するよ」

それも図星だった。最近美由紀との会話が減り、食欲も落ちていたのだ。

「ありがとう。気をつけるわ」

真之は軽く手を上げ、みんなにあいさつして、駅に向かった。

3

日曜日は、久しぶりに美由紀とゆっくり過ごそうと思っていた真之だったが、美由紀は学童保育連絡会主催の研修会に出かけることになり、一人になった。美由紀も仕事があるし、忙しいのは自分だけではないということを再認識したような気持ちだった。いっそのこと学校に行って仕事をしようかなどと思ったりもしたが、すぐにその気は失せた。

洗濯物を干し、コーヒーを淹れ、見るともなしにテレビをつけ、だらだらしてるうちに昼前になった。家でも仕事はいくらでもできるのだが、なんとなくやる気が起こらない。

美由紀と遊びにでも出かけていたら仕事はできなかったはずだと自分を納得させ、真之はぶらっと外に出た。

ラーメン屋に入って昼食を済ませ、喫茶店で週刊誌を読んで帰ってくるともう三時近かった。プロ野球の中継を見ながら、いつの間にかうとうとと居眠りしていた。

「ただいま」

美由紀が帰ってきた。ケーキの箱を下げている。

「おっ、ケーキやんか」と喜んでやりたかったが、お帰りとしか言えなかった。

美由紀はちょっと首をかしげたが、黙って着替えていた。美由紀に今のしんどい気持ちを話そうか。いや、まだ愚痴《ぐち》っぽいことは言いたくない。弱音は吐きたくない。三重の実家では父親の前で、ぼくは大阪の教師やと言い切ったではないか。子どもたちが手におえないなどと言いたくない。

「紅茶でも淹れよか」

「私する。コーヒーより紅茶がいい？」

「うん。レモンあるか」

そんなことを言いながら、真之は、胸につかえる思いを呑み込んだ。もう日曜日も終わる。明日がやってくる。軽く頭を左右に振りながら気持ちを切り替えようとする真之だった。


月曜日、相変わらずの苦しい半日が過ぎ、やっと子どもたちを帰した後、岩崎から、協議事項があるから学年会を開くと言われ、真之と中井は岩崎の教室に集まった。

「金曜日にあった企画会の報告をしときます」

岩崎は、ノートを見ながら事務的にしゃべった。

「校長先生から学校運営目標が発表されました。一、国語の診断テスト正答率を三％アップして七〇％にする。二、読書量年間二十冊以上にする。三、あいさつ運動を行う。四、廊下、階段を走らない。この四つだそうです。各学年で、実現するための具体的方策を相談して、職員会議で報告しろということでした」

職員会議は明後日だ。ゆっくり相談する時間などない。

「具体的方策て言うけど、つまり適当に作文しといたらええんよ。もう私考えてあります」

岩崎はまたメモを読んだ。

「一、過去の問題を研究し、反復練習を行う。二、朝の読書タイムを活用し、読書意欲を育てる。三、毎日、帰りにあいさつができたか自己評価させる。四、看護当番が休み時間の指導を強化する。以上です」

中井がすぐ相槌を打った。

「すばらしい。ありがとうございます」

「高橋先生はどう、これでいい」

「はい」

白けた気持ちでいっぱいだった。どれも悪いことではないが、そんなことが学校目標になるのだろうか。

「それから、あいさつ運動と廊下、階段を走らないについては、達成率を毎月数値で報告しなさいて。数値がないと評価できませんからと、校長さんが言わはったわ」

「あいさつできたかどうか、どうやって数値に表わすんですか」

真之の問いかけに岩崎はあっさりと答えた。

「簡単や。今日あいさつできた子、言うて全員手を上げたら一〇〇％達成や。そんなに深く考えんでええ」

「走らないも一緒やね。自己評価させるんやね」

「そうや。ちゃんとできた日はシールでも貼ってったらええんと違う」

まるで二人は真剣に考えていない。学校目標など、所詮は形式的なことなのだ。

「そうそう、言い忘れてた。ほかにも目標があったんや。各部、学年で連携を図るいうのがあったわ」

「そうなんですか」

「それがな、その評価が傑作やで。休憩時間に職員室へ降りてくる数を数えなさいて」

「ええ、なんで」

「仲がいいかどうかを見るんやて」

「そんなん誰が数えるの」

「そら教頭とか教務やろ」

岩崎と中井のやり取りを聞きながら、真之は言葉を失った。民間校長の考えることはそんなことなのか。のんびり職員室へ降りていけるようなクラスだと思っているのか。

真之が考え込んでいると、突然岩崎が尋ねてきた。

「高橋先生、失礼やけど、子どもちゃんと怒ってる」

一瞬言葉につまった。

「三組の子、今朝も朝礼に出てくるの遅かったやろ。帽子はかぶってないわ、名札はちゃんとつけてないわ、しょっちゅう後ろ向いてしゃべってるわで、はたから見ててもめちゃ気になる」

真之は、いきなり冷たい水を浴びせられたような気持ちになった。そういう状態はもちろんわかっていたし、気にはなっていた。しかし、こうあからさまに注意されるとは思っていなかったのだ。

「すいません。注意はしていますが」

「怒らなあかんよ。やさしく注意しとっても言うこと聞かん子にはびしっと怒る」

「はい」

「子どもは、一つ譲ると何ぼでも甘えてくるよ。先生まだ若いから甘えてるんと違う」

真之は言葉が出なかった。その考え方に対する反論はあったが、現実を見た時に、何を言っても無力なのだ。それは理想論とか何とか言われるに決まっている。現に二人のクラスはそれなりに落ち着いているのだ。

真之が黙っているのを見て、岩崎が少し柔らかい口調になった。

「ごめんな先生、きついこと言うて。けど、子どもらは学年全体で見ていかなあかんからな。私らも気がついた時は注意もさせてもらいます」

それは結構ですと言いたかった。だが言えなかった。言い切る力がなかった。

このあとは、今後の行事日程の確認や、こまごました話になり、やがて雑談になった。真之はほとんどしゃべらず、二人のやり取りを聞いていた。

その日の帰り道、真之は迷っていた。本気で子どもに怒ってみようか。「お前ら何やってるんや」と叫んで教卓を力任せに叩く。子どもたちがしんとなる。

だが、そんなことをしても無駄だろう。体罰などは許されない。子どもたちはいっそう輪をかけて反発してくるだろう。「先生も結局そうやって怒鳴るだけか」といった言葉が返ってくるだろう。だが、それならどうしたらいいのだ。いくら心を通わせようとしても開こうとしない子どもたちにいったいどうすればいいのだ。なぜ岩崎のクラスにはきちんとなるのだ。何が自分には足りないのだ。いくら考えても答えの出ないまま、真之は駅のホームで考え続け、何台も電車をやり過ごしていた。

4

その日の晩、真之は美由紀に今の悩みを初めて詳しく話した。

千葉から学んだ、子どもたちのくらしに寄り添うことの大切さも、小宮山から学んだ子どもの自主性を生かした指導のあり方も、十分わかっているつもりだった。だが、今目の前にいる子どもたちはどうしてもわかってくれない。このままではまじめに勉強したいという子どもたちがつぶされてしまう。そんな思いを話す真之を、何度もうなずきながら美由紀は真剣に聞いてくれた。

「ごめんな。今まで真之さんのしんどさをわかってなくて」

「いや、それはおれが何にも言わんかったからや」

美由紀はしばらく考えていたが、ちょっと微笑みながら言った。

「実のところ、私の学童も、あなたのクラスと一緒のようなもんやけど」

「ええ？」

「うん、毎日ケンカするし、私なんかむちゃくちゃ言われるし」

「なんて」

「あっちへ行けとかうっといんじゃとか、くそばばあとか、まあいろいろやね」

美由紀は至極《しごく》ケロッとしている。知らなかった。そんな職場でずっとやってきたのか。

「今までそんな話しなかったやろ。いつも子どもがかわいいて言うてるやんか」

「かわいいで。けど、憎たらしいこともあるよ」

「そうなんや……」

「いつも言うてるやろ。しょっちゅうケンカするし、私ともぶつかる言うて」

「そういや実家へ来た時も、そんなこと言うてたな。けど、それほどひどいとは思ってなかった」

美由紀は子どもたちの顔を思い浮かべるように、ふと遠い目をした。

「最初にどろんこ学童に行った時はそれほどでもなかったんよ。ほとんど坂口先生に頼ってたし。でも去年、彼が議員になる言うて退職しはってから、ちょっと変わってきたんよ。私より若い倉石君が来て、私の責任も重くなったし」

坂口は爽《さわ》やかな青年だった。真之は美由紀を想うようになってから、彼のことが気になっていたが、坂口は美由紀の気持ちが真之の方にあると思って引き下がってくれたのだ。

それにしても美由紀は、学童での苦労話をこれまで一言も言わなかった。学童のことを聞くと、腕相撲で勝負したとか、自分もけん玉が上手になってきたとか、歌を教えているとか、楽しげな話ばかりだった。学童という世界がユートピアのように聞こえた。

だが、考えてみるとそれは真之も同じだった。南部小での最後の一年間は落ち着いた学級だったから、それほど悩みもなかったが、やはり美由紀に対して見栄を張るような気持ちがあり、しんどい話は言いたくなかった。自分もきっといいことばかりを話していたのだ。美由紀も同じ思いだったのかもしれない。

実家での夜、美由紀は初めて家族とのことを本音で語ってくれた。そして今、真之がしんどさを語る中で、自分の大変さを少し見せてくれたのだ。こうして夫婦の間は深まっていくのかもしれない。

そんなことを考え込んでいると、美由紀は冷蔵庫から缶酎ハイとチーズを持ってきた。

「飲みましょ、ちょっとだけ」

アルコールを口にするのは久しぶりだった。

二人はしばらく黙って飲んだ。

「君もしんどい中でやってるんやな」

「まあね」

美由紀は少し笑った。

「けど、学校と違って、私らはこうしなさいああしなさいとか上から言われることはないし、給料も低いけど評価で下げられたりはせえへんし、そこが違うと思う」

それは千葉からも聞いていた。だから、美由紀は教員に戻ろうとせず学童でがんばっているのだろう。

「けどな、こっちが一生懸命やってんのに、そんな反抗的態度とられてストレスたまらへんか」

「まあね。でもそれも仕事のうち」

真之は改めて美由紀の強さを思った。それに比べて自分は弱すぎるのかもしれない。

「真之さんの校区にある学童、かもめ学童な。そこに素敵な指導員さんがいてはるんよ。藤井隆さんいう人で本も出しはったん。『ガチンコ勝負』いう本やけど、めっちゃ面白かった」

「どんな本や」

「いろいろあるけど、とにかくすごい荒れてる子とだんだん仲よくなっていく話やね。うちの学童と比べたら桁違いの迫力」

「君も親しいんか」

「うん、連絡会で何度かお話を聞いたし、気さくな人やで。小宮山先生を若くしてスポーツマンにしたみたい」

「そうなんや……」

美由紀は、一度会ってみたら何かヒントが得られるかもしれないと、勧めてくれた。

かもめ学童には沢村も行っている。沢村の母親も好意的だった。南部小学校でも、学童の保護者にはずいぶん助けられた。

見学しに行ってみよう。真之は決心した。

翌日から真之は少し元気になった。美由紀がそんなに大変なところで平然と働いているとしたら、自分も負けてはいられないと思ったのだ。子どもたちは相変わらずだったが、なんとなく受け止め方に余裕ができたような気もした。

水曜日の職員会議は、岩崎の言った通りのことが校長から提案され、誰も異論を唱えず、学校運営目標が決定された。提案と言っても校長はメモを読むだけ、ほとんど教頭が補足的に発言した。今ではどの学校でも、会議というよりは伝達機関になっている職員会議だが、南部小学校の時はまだ意見がいろいろ交わされていた。ここではまったくない。みんなは早く終わるのを待っているという雰囲気だ。真之はいろいろな疑問があったが、今の自分の立場ではとても発言できなかった。

金曜日の学習参観は算数の授業だったが、保護者がいるせいか、子どもたちはまずまず静かに学習し、無事に一時間が終わった。そのあとはＰＴＡ総会があるので、子どもたちは集団下校させる。保護者達が後ろで見守る中で連絡帳を書かせ、終わりのあいさつをして帰らせるまで気が抜けなかったが、何事もなく子どもたちは帰って行った。

5

その日の勤務を終えて、六時半ごろに真之はかもめ学童を訪ねた。前もって美由紀が、見学してお話を聞きたいとの電話を入れてくれている。邪魔にならないように一時間ほど保育の様子を見学し、そのあと少し話を聞かせてもらうつもりだった。

かもめ学童は学校から四百メートルほどのところにある小さな公園の前にあった。四階建てのビルの一階を借り切っている。もとは何かの会社か倉庫だったのかもしれない。

中は結構広く、教室の縦半分ぐらいの部屋があり、子どもたちがけん玉やオセロで遊んでいる。沢村の姿も見えた。

トイレや炊事場は土間を隔ててもうけられているようだ。土間には一輪車や竹馬、籠に入れたボールなどが置かれ、本棚には絵本や漫画などもならべてある。南部小学校の時、校区にあった学童保育は、文化住宅の一軒を借りた手狭なものだったが、ここはそれよりもだいぶゆったりとして、備品も多そうだ。

「お邪魔します」

真之が声をかけると、子どもたちが一斉に振り向いた。驚いたような顔を見せた沢村に、真之は笑顔で手を振った。

「高橋先生ですか」

台所にいたジャージ姿のがっちりと大きい男性が声をかけてくれた。藤井だった。少し髪の毛が白いが、若々しい顔立ちだった。

「初めまして。港小学校の高橋です。今日はお邪魔します」

真之があいさつすると、藤井は握手を求めてきた。

「松永さんから伺ってます。あ、違うた。今は高橋美由紀さんか」

藤井はにやりと笑い、真之を招じ入れた。

「沢村君からも先生の話は聞いています。ええ先生や言うてますよ」

母親もそう言っていた。本当にそう思ってくれているのだろうか。こんなに無力な自分を。なぜだ。

「沢村君は、面倒見がええ。元気が良くてやさしいから、好かれてます」

真之は沢村の様子を見た。

よく見ると、沢村が三人を相手にけん玉を教えているということがわかった。時々手を添えて教えている。誰かが失敗すると、「あほやー」という声や大きな笑い声が聞こえてくる。だが、意地悪な声ではない。一緒に楽しんでいる笑い声だということがわかる。沢村の声もよく響く。教室では全く見られなかった彼の別な姿だった。

「沢村君のお家に行かれましたか」

「はい、ちょっとだけ」

「そうですか」

藤井は何か言いたそうだったが、迎えに来た保護者に対応するために、ちょっと失礼と言って話をやめた。何が言いたかったのか少し気になった。

子どもたちがすべて帰ると、藤井は、カップラーメンを作って真之にも勧めてくれた。

「すみません、いただきます」

自分のために帰りを遅くしたのではないだろうか。そのことを聞くと、藤井はあっさり首を振った。

「今日は、九時頃に行くところがあるから、大丈夫です。学校の先生とお話しできるのはこちらもありがたいし、気を使わんといてください」

気持ちをほぐしてくれる人だ。美由紀が言ったように小宮山と話しているみたいな安心感をもたせてくれる人だった。真之は、始業式から今日までのクラスのしんどさを話し、いろいろ教えてほしいと言った。藤井はしばらく考えていた。

「子どもたちは、先生を試しているんと違いますか。こんなこと言うたらどういうか、こんなことしたらどうするか」

千葉の手紙にも、子どもたちは先生を見ていると書いてあった。しかし、だからどうすればいいのだ。

「先生は、力で管理するんやのうて、子どもたちの気持ちをわかろうとしてはりますよね。ぼく、それがようわかりました。だから沢村君は先生好きや言うてるんですよ」

「はい」

「先生のクラス、決して荒れてませんよ。静かに先生の言うこと聞いて、きちんとして勉強するいうことはできてへんけど、子どもたちは先生の気持ちから離れてないですよ」

「そうでしょうか」

「沢村君がケンカした時、ほんまのことを言うてくれる子がおったんでしょう」

「はい」

「ええクラスですやん。そんな子がいて」

それは事実だが、だからと言ってとてもいいクラスとは思えなかった。

「けど、沢村君は今のクラスいやや言うてます。ぼくの力不足で落ち着いた状態が作れないでいます」

藤井はうなずいた。

「先生、子どもたちが夢中になって遊べるようなこと、何かできませんか」

真之ははっとした。これまでそんなことは考える余裕がなかった。

「先生、主任さんからもいろいろ言われて、子どもたちをきちんとさせなあかんという気持ちがだんだん強くなってきてるんと違いますか」

確かにそうだ。

「それは大事やけど、なかなかうまいことといかんと思います。ぼくもそうでした。早い話、学童に来る子は、学校みたいに管理することはできません。抑えつけたりできへんいうことはわかってました。けど、ケンカばっかりするから仲よくせえよとか、人のいいとこ見つけようとか、いろいろ言うてみてもうまいこといかんかった。だんだんいらついてきて、指導員やめよかとも思いました」

藤井の話を聞いて、ふと真之は植村の話を思い出した。花さき山の取り組みは、人のいいところを見つけようということだった。なぜ失敗したのだろう。

真之がその話をすると、藤井は大きくうなずいた。

「ぼくも同じことをしました。あとから気づいたんですが、そのやり方はやはり管理主義なんです。柔らかい管理主義です」

「友達のいいとこを見つけて貼っていくのが管理主義になるんですか」

納得できない。叱って抑えようという管理主義の真逆ではないのか。

「その方法では、否定的な行動でしか自分を表現できない子は、初めから見放されてしまいます。やさしさやがんばりでお互いを評価させるという管理主義なんです」

ガーンと頭を打たれたような気がした。そういうことなのか。

「否定的な行動に走る子には、必ずその背景があります。人を傷つける子には、自分が傷つけられてきた背景があります。それをわかってやることが必要です」

それから藤井は、いろいろな子どものケースを話してくれた。「おれなんか死んだほうがましや」と言って台所に包丁を取りに行って、思いっきり泣き出した子。これという理由もないのに小さい子に暴力をふるい、注意すると逆切れする子。そんな子たちには、それぞれ家庭の背景があったという話だった。

まだ家庭訪問期間に入っていないので、真之もほとんど訪問していない。西浦勇気が、家では妹の世話をしていたように、翔太も、大道も、山脇も、きっといろいろな事情を抱えているだろう。目の前の子どもの姿ばかりに目を奪われて、くらしを知るということを忘れていたのではないだろうか。

「さっきの夢中になれる遊びの話ですが。ぼくは子どもたちと相談してＳケンをやることにしたんです」

Ｓケンは、二チームに分かれて、Ｓ字型に線を引き、それぞれの陣地を作り、相手の陣地の奥にある宝を踏むと勝つというゲームだ。真之も子どもの時遊んだが、教師になってからはやっていない。一つ間違うと怪我をする危険もある激しい遊びだ。しかし、それだけに面白さもある。

「低学年から高学年まで一緒に安心して遊べるには

どうするか。最初は彼らも小さい子に手加減していたんですが、だんだんルールを作っていったんです。自分たちで相談して」

　藤井の話は、真之をぐいぐい引き込んでいった。もしかしたら、クラスの子どもたちにやらせることができるかもしれない。

「これはあくまでも一つの例です。Ｓケン以外にも学校でできる遊びはいろいろあると思いますから、子どもたちの声を大事にして遊んでください」

「ありがとうございました」

　真之は心から頭を下げた。来てよかったと思った。

「ところで、さっき、沢村君の家のことで何かおっしゃりたかったのと違いますか」

　藤井はちょっとためらいながら話してくれた。

「いずれお聞きになると思いますが、お父さんが派遣切りにあって大変なんです。おそらく裁判闘争に踏み切ると話してくれました」

　知らなかった。あのお母さんは明るく元気そうに見えたが、そんなことを抱えていたのか。

「お父さんは父母会の役員もしてくれていたので、いずれそこでも支援の話が出るかと思います。早く解決するといいのですが」

「そうでしたか」

　真之は、以前サラ金に追われて夜逃げ同然に転校して行った子どもを担任している。あの子も学童っ子だった。

　沢村の顔が浮かんだ。

第4章　前に向かって

1

五月に入り、ゴールデンウィークが終わると、家庭訪問期間に入った。以前は午後の授業をカットしてゆったり訪問していたようだが、今は放課後の四日間で回らなければならない。数だけこなすという形式的な時間設定だった。

真之は気が重かった。子どもたちのくらしを知るという目標はあったが、行く先々で苦情や注文を突き付けられるのではないかというプレッシャーが重くのしかかっていたのだ。

だが、実際に回ってみると、そんな家はほとんどなかった。学校での様子にはあまり関心がないように思われた。同時に、習い事や塾通いの多さには驚かされた。ほとんどの家庭が塾に行かせている。土日もびっしりと詰まっている子もいるようだった。私学をめざして勉強させているという親もいた。

一方では、母子家庭で、必死に二人の子を育てていて、塾などはとても無理という家庭も幾つかあったし、認知症の祖父を家族で介護しているので、子どもにも負担をかけているという家庭もあった。就学援助を受けている家庭は七軒ある。ほぼ二割だ。「格差社会」「子どもの貧困」という言葉が実感された。

最後の日に訪ねた翔太の家は一戸建だが、家に入ると、荒れていることが実感された。玄関先に座布団を出してもらい、そこで母親の話を聞くと、建設会社に勤務している父親は単身赴任で台湾に行っており、なかなか帰ってこられないとのことだ。母親一人で、兄弟二人の面倒を見ているのだが、中学生の兄が荒れていて、翔太がよく暴力を受けるという。兄は野球部に入っていたが、膝を痛めて休んでいるうちにレギュラーを外され、落胆のあまり学校も休みがちになり、結局退部してからは荒れてきたのだそうだ。

「高校へは推薦入学で行けると思っていたよって、ショックが大きかったんやと思います。翔太もかわいそうやけど、あの子もかわいそうで……」

母親は何度も同じ言葉を繰り返した。

「学校では迷惑かけてると思うけどよろしくお願いします」

真之は、翔太の辛さを思った。学校はあの子の発散できる場所なのだ。

「おじゃましました」

これといったアドバイスも言えず、家を出た真之が振り返ると、二階の窓から翔太がこちらを見ていた。真之が手を振ると、軽く振り返して引っ込んだ。

最後に残ったのは、雨宮香織の家だ。家庭調査書によれば、父は歯科医で母親は専業主婦、香織は三人兄弟の真ん中だ。中一の兄は私学に行っている。妹は三年生だ。まだひと月ほどしかたっていないが、香織の学力は明らかに際立っていた。ノートの文字も美しいし、言葉遣いも丁寧だ。休憩中は普通に友達と遊んでいるし、掃除などはきちんとやる。家庭環境には恵まれ、どこから見ても非の打ちどころのない子なのだが、真之にはちょっと気になったことがあった。

それは、いつもパーフェクトの漢字テストで、珍しく一問だけ間違えた時だった。一人ずつ名前を呼んでテストを返す時、あわててテストをひったくり、隠すように席へ戻ったのだ。人に見られたくないという気持ちがうかがわれた。もちろん誰しも自分のミスを見られたくないのはわかるが、それにしても異常なまでのこだわり方だった。

真之が香織の家を訪ねると、ちょうど川岸が家から出てきた。

「あら」

「こんにちは」

川岸は妹の担任だという。あとでまた話しましょうと言い残して、自転車にまたがり走り去って行った。

香織の家はブロック塀の向こうに樹木が並ぶ大きな家だ。一階は駐車スペースを取り三階建の造りになっている。玄関先に立つと、少したどたどしいピアノの音が聞こえてきた。大学時代に習ったバイエルの八十八番だ。香織だろうか。

真之がインターホンを押して名を告げると、ピアノの音は止んだ。

その日の訪問を終え、六時過ぎに職員室に戻ると、川岸が待っていたように声をかけてきた。

「どうだった、雨宮さんとこ」

「ちょっと緊張したけど、特に何も」

それは真之の実感だった。整った大きな家、できのいい娘。きっと今のクラスの状態に苦情を言われるだろうと構えていたのだが、何も言われなかった。紅茶を振る舞われ、当たり障りのない話で終わったのだ。

「私、ちょっと気になったことがあったんや」

川岸は二人分のお茶を淹れ、真之にも勧めてくれた。

「どんなことですか」

「あのお母さん、姉ちゃんと妹を比較するんよ。姉ちゃんのこと二回も褒《ほ》めた」

真之には妹の話はなかった。姉の香織が、行っている習い事、英会話、バレエ、そして学習塾の話があったが、いずれも楽しくやっているという。香織は今日も英会話に行っているとのことだったから、あのピアノの音は妹だろう。妹もいっぱい習い事をこなしているに違いない。それでも不満なのだろうか。

「姉ちゃんは素直でがんばりやさんやけど、妹は姉ちゃんと違って、文句言いやとか、わがままやとか、いろいろ愚痴りまくってた。そんなこと親が思ってたら心配やわ」

「そうですか」

真之はふと美由紀のことを思い出した。姉は父のお気に入りだったが、私は違ったという美由紀の言葉には実感がこもっていた。一人っ子の真之には経験がないが、姉妹を上手に育てるのはきっと難しいことなのだろう。

「妹は教室ではどんな様子なのですか」

「ええ子やで。みんなと仲ようしてるし、何も問題ない」

「けっこうですやん」

「だから心配なんよ。親がそんなことでは必ずしんどくなる」

そうかもしれない。美由紀が屈折した感情を持って育ったように、妹もひがんでいるかもしれない。しかし、今の真之には妹のことまで考えるゆとりはなかった。

「明日千葉先生の講演あるんやね」

突然川岸がそんなことを言い出した。そういえば明日は新歓フェスタの日だ。チラシで見たのだろうか。

「来られますか」

川岸は少し笑いながら首を横に振った。

「先生はしっかり勉強してきて下さい。さあ、もう一軒行ってくるわ」

川岸はそう言い残して出て行った。

ふと、植村に声をかけていたことを思い出した。まだ返事を聞いていない。真之は理科準備室へ向かった。

2

夕べ遅くから降り出した雨が、朝起きると幸い上がっていた。午前中出勤した真之は、十一時過ぎに仕事を切り上げ、新歓フェスタが開催されるエル法円坂会館に向かった。全市教の書記局もこの会館内の二階にある。


真之たち青年部役員は十二時に書記局に集合し、配布物などを持って、七階ホールに上がった。組合と提携している書店も教育書などの販売に来ている。みんなは賑やかにしゃべりながら動いているが、真之は黙って机といすを並べていた。

昨日植村から「誘ってくれてありがとう」とは言われたが、参加するという返事はもらえなかった。青年部役員でありながら、この間ほとんど誰も誘っていないのが少し引け目に感じられた。

千葉に会ったら、どんな話をしようか。しんどさを思い切りぶちまけて甘えてみたい。いや、何とかやっていますと笑顔を見せたい。やはりそうしよう。

「高橋さん、打ち合わせするから来て」

司会役の小坂に呼ばれ、質問役の結城と三人でおにぎりを食べながら相談をしていると、早々と千葉がやってきた。驚いたことに着物姿だった。

「みなさんご苦労様。まー君久しぶりやね。元気にしてる」

草木色の紬に柿色の帯。千葉の和装はなかなか決まっている。真之には、普段からよく着物を着る母が思い起こされた。

「私も久しぶりに学級担任に戻ったんやで。二年生。終わったらゆっくりしゃべろ」

千葉の目が細くなった。幾度となく見慣れた子ども相手に見せる表情だった。


およそ百人の参加者を前に、千葉は講演を始めた。講演は、「生きる希望を子どもたちに」というタイトルで、子どもとの出会いに始まり、親とのつながり方や、学級づくりの進め方を語るものだった。文学の指導や作文指導の楽しさも大いに語ってくれた。

真之はこれまで千葉の話を聞き、その本も読んでいる。大体はわかっているつもりだったが、今、子どもたちを相手に苦戦していると、一つ一つの何気ない言葉が心にしみこんでくるようだった。

大きな拍手とともに、約一時間の講演が終わると、インタビューコーナーが始まる。千葉を挟んだ結城と真之は、用意していた質問をぶつけた。

「作文はきらい、書くことないー、と子どもたちに言われてしまうんですけど、どうしたらいいですか」

結城のこの質問は、真之にとっても同じ悩みだった。今の子どもたちには、なかなか作文が書かせられない。会場からもうなずく姿が見られた。

「みなさんからよく聞かれますね。まずは、作文て面白いなと思ってもらうことが一番ですね。たとえば、『教室で一緒に読みたい綴り方』っていう本も今日置いてもらってるけど、そこに載っている作文を先生が楽しそうに読んでやってください。上手に書いてるねとか、こんな風に書くのよとか。お手本にしないでね」

去年の秋に千葉からもらった本だ。確かに面白い作文がいっぱいある。うるっとするようなのもある。

「兄弟のこと書いた作文とか読んであげると、たちまち、おれの弟も腹立つでとか言うて自分のことをしゃべりだしますよ。その時黙ってとか言うて止めないで、そうか、一緒やねと共感しながら聞いてあげてください。そうすると、胸の中に語りたくなる話がたまってきて、そのうちぼくも作文書きたいわという声が出てきます。びっくりしますよ」

本当だろうか。子どもたちが書きたいと言い出すのだろうか。実のところ真之はあまり作文指導はしてこなかった。小宮山とともに取り組んだ演劇指導の影響もあって、音読指導や文学の授業は好きだが、作文指導はそれほど好きではなかったのだ。その理由の一つが、文章の指導が難しい、子どもたちが乗ってこないということだった。ところが千葉の話は逆だった。

「それとね、作文というと、文章の構成とか、初め、中、終わりとか、三枚以上とかいろいろ注文をつけるでしょう。そうやって言われてきたから、作文嫌いになったのよ。書きたいことを自由に書いたらいいのよ。先生楽しみに読ませてもらうよ、と言うてあげてくださいね」

その通りだと思う。しかし、国語の教科書はそんなことは書いていない。むしろ、作文指導と言えば、実用に適した文章を書かせる教材が多い。そんな指導も自分なりに一生懸命やってきた。だが、今はともかく自由に書かせてみよう。何かが変わるかもしれない。

真之も質問をぶつけた。それは自分の思いそのものだった。

「子どもたちと心を通わせたい、管理的になりたくないと思っているんですが、先生は甘い、もっと厳しくと周りの先輩から言われてしまいます。どうしたらいいでしょうか」

千葉はこの質問を待っていたかのように笑顔でうなずいた。

「わかる。わかります。私もそうやってたびたび言われてきました。つい子どもにきつく当たってしまって、また落ち込んで、その繰り返しでしたよ」

千葉にしてそうなのか。魔法のように子どもとなかよくなってしまう千葉が。

「子どもが周りに寄ってきてくっついてしゃべってるのを見て、甘やかすなとも言われました。けど、そういう先生の周りに子どもは寄って行きません。優しいとか甘いとかもっと締めろとか言われている若い先生を、子どもたちは大好きなんですよ」

千葉の言葉に力がこもった。

「親に甘えることのできない子が手を握りに来たり、背中に乗ってきたりする、これって甘やかしやないよね。今、子どもたちがそんな先生を求めていますよ」

　その時なぜか真之は雨宮香織のことを思い出した。あのしっかり者の香織を。なぜだろう。

「ただ、教育の仕事は厳しさを要求することも、一方では大事ですよね。幾つかこれだけは譲れないというものを持って毅然としたいですね。なんでもありではありません。私の場合は、命を粗末にしたり、障害のある子や勉強のわからない子をバカにしたりすることは許しませんでした」

　真之は次第に熱くなってくるのを感じた。やはり今のまま進もう。来週は学級懇談会がある。自分の気持ちを率直に訴えよう。

　千葉の言葉が終わると、会場から共感の拍手が起こった。


　新歓フェスタが終わり、森ノ宮駅前の居酒屋へと場所を変えての二次会では、五人の新任教員が組合加入してくれた。参加者数も予想以上だったし、取り組みは成功を収めたと言える。野瀬書記長は何度も「よかったよかった。お疲れさん」を繰り返し、青年部役員たちに握手を求めていた。仲間が増えるということは役員にとっては何にも増してうれしいことなのだ。

　手放しで喜んでいるその姿を見ると、真之もよかったという気持ちがじんわり湧いてきた。学級がしんどくても、やはり青年部活動は続けていこうと思えた。

　会場を出てから、喫茶店やカラオケに行くグループもあったが、千葉はみんなに笑顔であいさつすると、さっと真之を誘って駅に向かった。真之の悩みを聞いてくれるつもりだったに違いない。

　だが、千葉と二人だけになった途端、もう真之は何も話すことがないような気持ちになった。今日の講演とトークで、十分だという気がしたのだ。もう傍にいるだけでよかった。

　二人は天王寺方面行のホームのベンチに並んで座った。

「今日の質問はまー君の一番悩んでいることやね。あなたは優しいから」

「はあ」

「若い先生、みんなそれで悩んでるね。若い人だけやなしに、ベテランも一緒。退職間際の人も、むしろ若者以上に悩んでる人が多いんよ」

そうなのか。

「子どもも先生も生き辛い。ますますそんな学校になってきてるけど、あなたなら大丈夫」

「ほんまですか」

「ほんまやで。あなたは自分が思う以上の力を持ってる。お世辞と違うよ」

真之は、美由紀の勧めで学童に行き、藤井と会ったことだけを話した。

「すごく勉強になりました。それと、美由紀の仕事の大変さもわかりました」

「そう。それはよかったね。家でいっぱいしゃべって、元気つけて。時々は二人で遊びに行ったりできるといいね」

「はい」

「美由紀さんはしっかり者やけど、これからあなたの支えが必要なこともあると思うよ」

強い光を放って電車が入ってきた。二人は立ち上がった。

その晩真之は、千葉の話を思い出しながら、学級懇談会でどんな話をするか考えた。

率直に実情を話し、力不足を詫びる。同時に、自分のやろうとしていることも話す。それは力で抑えるのではなく子どもたちと分かり合えるために誠意を尽くすことだ。反抗する子にも必ず理由がある。長い目で見てほしい。そんな風に話そう。当然いろいろな意見が出るだろう。そこから先はまたその時だ。

なんとなく、気持ちにゆとりができていたのは千葉の励ましのせいだろう。

真之はパソコンに向かい、参観・懇談会にお越しくださいという呼びかけを学級通信に書き始めた。すでに十二時を回っていたが、頭が冴えていて、少しも眠くなかった。

3

真之は、毎朝始業前に詩を読んでいる。前任校では、毎朝子どもたちに順番で読ませていたが、今はその気になれず、自分で読んでいた。時々は子どもたちが笑ったりして反応を示すこともあったが、ほとんどの日は黙って聞いているだけだ。しかし、真之はこれだけは止めないで続けていこうと思っていた。

その日読んだのは、まど・みちおの「てつぼう」という詩だった。

「くるりんと、足かけ上がりをしたら」というフレーズを読んだ時、後ろを向いてしゃべっていた翔太が突然大きな声を出した。

「うわあ！　くるりんやて」

子どもたちはあっけにとられて翔太を見た。

「くるりんやて。おい、みんな言え」

翔太の言葉に応じて、男の子らが「くるりん、くるりん」と連呼し始めた。

真之は戸惑った。詩を読むのを止めてしばらく立ち尽くしていた。「やめろ」とか「静かにせえ」とか叫ぼうと思ったが、声が出なかった。

しばらくして子どもたちは静かになった。

「門倉君、くるりんっていう言い方うまかったな、実感こもっとったなあ」

精一杯の真之のフォローだった。

「実感てなんや」と聞き返す翔太の顔つきは柔らかかった。

「鉄棒うまいやろなあと思ったいうことや」

真之がそう答えると、すぐに子どもたちから声が返ってきた。

「先生、何で知ってんの」

「翔太めっちゃ鉄棒うまいで」

教室はたちまち賑やかになった。

真之はまだ体育の授業で鉄棒をしていない。この子どもたちが、危険技をしそうで怖かったこともあるし、縄跳びやボール運動を主にしてきたこともある。

「今から鉄棒行こ。見せたるわ」

翔太はそう言って立ち上がった。

翔太となかよくなれるチャンスかもしれない。だが、いくらなんでも今出て行くわけにはいかない。

「チャイム鳴ったら一緒に行くから待ってえや。もうちょっとこの詩、みんなで読んでほしいんや」

真之の懸命の言葉に、意外とあっさり翔太はうなずいた。真之は、詩を黒板に書き、一緒に読もうと呼びかけた。

子どもたちは大きな声で詩を群読してくれた。しかも、鉄棒について話が弾み、好きな技や、落ちた体験まで話してくれた。思いがけない楽しい授業ができたのだ。

　休み時間になると、待ち構えた翔太は、連続逆上がりや足かけ上がりの技を披露してくれた。確かに翔太はうまい。流れるような動き、伸びきった両足。まるで体操選手のようなフォームだ。一緒についてきた子どもたちと真之はそのつど拍手を送り、感心しきった。

「もしかしたら、これが学童保育の日常ではないだろうか。夢中になって遊ぶということはこういうことなのだろうか」

　真之は、何かしら新たな一歩を踏み出したような気持ちで、心が弾んだ。二時間目からは、また普段通りのがさがさした状態だったが、あまり気にならなかった。


　放課後子どもたちを送り出し、背面掲示板に「てつぼう」を書いた色画用紙を貼っていると、廊下を歩いていた川岸がひょいと入ってきた。

「先生、今日楽しそうにやってはったね、鉄棒」

「見てはったんですか」

「うん。ほんまに楽しそうやった」

「そうですか」

　真之は、その日のいきさつを話した。川岸は少し驚いた表情で聞いていた。

「えらいわ、先生」

「ぼくが」

「ふつうはそんな対応できへんよ。静かに聞きなさいとか怒る先生がほとんどと違う」

　そうかもしれない。あんなふうに対応できたのは、千葉の話を聞いたあとだったからだ。

　真之はそのことも話した。川岸は何度もうなずきながら聞いてくれた。この人とは気持ちが通じる。同学年になりたかったと思った。

　それにしても川岸はなぜ全市教をやめたのだろう。許せないことがあったと言っていたのは何があったのだろう。聞いてみたかったが、なんとなく怖い気もする。真之が考え込んでいると川岸は思いがけないことを言い出した。

「なあ、高橋先生。うちのクラスといっぺん一緒に遊ばへん。ドッヂボールでもSケンでも」

「え？」

「私な、縦割りで遊ぶといろいろええことがあると思うんや。一つ下の子らと遊ぶことで、四年生の子らも、必ず違う面が出てくるよ」

川岸の言うことは、まさに学童で聞いた藤井の話と同じだった。四年の子どもたちは、相手が小さい子だと、手加減が必要になり、いろんなルールを作ってハンディをつけたりしようと考える。三年生も、負けまいとして協力するし、クラスの雰囲気も変わる。

「学年同士で相談したらどうかとも思ったんやけど、どっちの主任さんもあんまり乗ってきてくれそうもないやろ」

「そうですね」

岩崎に相談したらきっと「なんでそんなことする必要があるの」などという言葉が返ってきそうだ。川岸の学年もそんな雰囲気なのかもしれない。

「先生もいろいろ苦労してると思うけど、うちも一緒やで。いろんなことを試してみたいし、先生なら一緒にやれると思う」

川岸は、熱っぽくしゃべり続けたが、その場での返事は期待していないようだった。

「まあ考えといて。懇談会終わったら相談しましょ」

川岸は「お邪魔しました」と言って教室を出て行った。あの人とは協力できる。真之は気持ちの高ぶるのを感じていた。

4

二日後、学習参観と学級懇談会が行われた。

授業は国語だった。「ヤドカリとイソギンチャク」という説明文の読み取り学習である。

授業はまずまず静かで、教師の発問に対しても数人が手を上げて答えてくれたので、無事に終わることができた。その後の終わりの会も無事済み、子どもたちは帰って行った。

いよいよ学級懇談会である。残ってくれた保護者は二十一人。父親が三人いた。真之は、用意した学級通信を配り、クラスの現状と、今後の決意を述べた。

「新年度になって約一か月たちましたが、まだ子どもたちが落ち着いて学習できていませんし、ケンカやもめ事もなかなかなくなりません。担任としてほんとに申し訳ないと思います。しかし、子どもたちを信じてがんばっていきたいと思いますので、もうしばらく見守っていただきたいのです」

真之はそう述べて、保護者からの意見を求めた。厳しい声が相次ぐことは覚悟していた。

「うちの子が、先生はあんまり怒らへん言うてますんやけど、そうなんですか」

「うちの子も言うてます。先生は優しい。もっということ聞けへん子を注意してほしいと」

二人とも女子の母親だ。予想される苦情だった。真之が答えようとした時、一人の父親から手が挙がった。

「沢村雄大の父親です。実は子どもの懇談会には初めて来ました。よろしくお願いします」

沢村の父は、白いジーンズに紺色のポロシャツを着た、少し細めのおとなしそうな人だった。

「うちの子は、先生好きや言うてます。先生はみんなの話をよう聞いてくれる。最後までちゃんと聞いてくれると言うてます。私は、怒ってくれる先生より、話を聞いてくれる先生がありがたいです」

沢村の言葉は助け舟だった。何人かの保護者が、同じような意見を出してくれた。

「うちの子は怒られてばっかりやったから、今度の先生はええと言っています」

「先生は連絡帳にいつも一言、よかったことを書いてくれるのでありがたいです」

「先生はもう少し待ってほしいと言うてはるでしょう。三年生の時もはっきり言うて大変やったんやから、すぐには変わらんと思います」

なんとなく話が終わりかけた時に「すみません」と言って手が上がった。香織の母親だった。

「失礼します。雨宮香織の母でございます」

母親は、地味だが高級そうなスーツを着ている。落ち着いた口調で話し始めた。

「私も先生のご努力はよくわかるつもりですし、感謝しております。ただ、このままでは困ります。娘は、授業が落ち着かないし、グループでの学習もほとんどまじめにやってくれないので、学校での勉強では学力がつかないと思うと申しております。ルールを守らない子が多いので、給食なども落ち着かないと申しております」

　丁寧な物言いだが、その言葉は一つ一つ真之に突き刺さった。だが、その後の発言は意外なものだった。

「私は、先生や学校だけに頼るのではなく、親の方でも、何か協力できることはしていく必要があるのではないかと思います」

　ざわめきが起こった。何ができるというのか。そんなことを言われても困るという雰囲気が流れているようだった。その時、沢村の父が再び手を挙げた。

「これは、先生さえよかったらの話ですが」

　沢村は真之を見ながら話を続けた。

「私らも今日のように授業を見守りませんか。今日見せてもろた授業は、特に子どもらが騒がしいということはなかったと思います。それは、大勢の親が見ていたからと違いますか」

　確かにそうだ。親たちの前では子どもたちもおとなしくしている。だが、そうやって毎日のように授業を見られるということは真之にとっても大変なプレッシャーになる。

「もちろん、できる範囲での話です。私とこも、そんなにしょっちゅうは来られません」

　沢村は言葉を続けた。

「子どもたちを監視するというより、来てやって、どの子に限らず、がんばっていると思ったら褒めてやったりして励ましてやったら、だんだんやる気を出してくれると思います」

　保護者たちは、沢村の言葉にうなずいている。賛成する雰囲気が強まっていることが感じられた。

「どうですか。先生」

　沢村の言葉に、真之は前向きに答えざるを得なかった。

「ありがたいです。よろしくお願いします」

　このあと、いろんな意見が出た。教室にノートを置いて、授業を見た感想を書いて帰る。学級通信に、親の声をのせてもらう。家で子どもたちと学校のことを話し合う。などである。

　自分たちでニュースを出そうという意見まで出たが、それは先生に任そうということで落ち着いた。

　真之は喜び半分、不安が半分だったが、ともかく学級は大きく動き出した。もはやあと戻りはできない。明日からがんばって行こう。

懇談会が終わり、保護者たちを見送っている真之に沢村が近づいてきた。

「ご迷惑やなかったですか」

真之を気遣ってくれる沢村の表情は優しかった。

「そんなことありません。うれしかったです」

「ほんまですか。それならよかったけど」

「ありがとうございました」

そう言いながら、ふと真之は学童でのやり取りを思い出した。

「沢村さんも、今、お仕事の方が大変だとか……」

沢村は笑顔でうなずいた。

「ご存知でしたか。実は雇い止めにあいまして」

沢村はポケットから一枚のチラシを取り出した。

「D工業争議団ニュース　派遣切り撤回を求めて裁判闘争に立ちあがった沢村さんたちの支援を呼びかけます」と書かれている。真之は急いで目を通した。沢村たち派遣社員が五十人も解雇され、しかも新たに派遣社員をそれ以上雇うというのである。経営規模を縮小するのではなく、社員を入れ替えるためだけに首を切るということが真之には理解できなかった。

「十五年、D工業で働いてきましたが、残念ながら正社員にはしてもらえませんでした。何回試験受けてもだめでした。はっきり言うて出来レースです」

沢村は無念さをにじませながら、静かな口調で語った。

「けど、仕事は一生懸命やってきたし、正社員と同じだけの技術も身に着けて、後輩の指導にもあたってきたんですわ。それが突然の解雇で、モノのように使い捨てされました」

真之は言葉が出なかった。そんな大変な中で、懇談会に来てくれ、積極的に支えてくれたのか。

「再就職を考えましたが、どうにも納得できないので、裁判に踏み切りました。幸い支援共闘会議も作ってもろて、生活支援もいただいているので、何とかやっていけます」

「そうですか。あの、何かご支援できることがあれば」

真之がそう言うと、沢村はうれしそうに頭を下げた。

「そういっていただくだけでもありがたいです。いずれまた先生方の組合にもお願いに行くと思いますので、その節はよろしく」

　二人は、それぞれの感謝をこめてあいさつを交わし、沢村は帰って行った。

　一人になって真之は、今日の懇談会をもう一度振り返った。もし明日から保護者が来るとしたら、管理職に言っておく必要がある。

　真之は急いで職員室に行き、教頭に懇談会でのことを報告した。教頭は至極あっさりと親が授業を見に来ることを了承した。

「熱心な保護者さんでよかったやん。がんばってい い授業してください。私も時々見せてもらいます」

　教頭はそう言い残して、校長室へ入って行った。教頭の言葉で真之は幾分ほっとした。

5

　真之が教室へ戻り、学級通信を作り始めていると、岩崎と中井が入ってきた。

「先生、どういうこと、明日から保護者が授業見に来るの」

　岩崎はかなり激しい剣幕だった。

「はい。保護者の意見で」

　真之は、ちょっと戸惑いながら答えた。

「そんなこと先生が勝手に決められたら困るわ。そうでしょう」

「はあ」

「さっき教頭さんから言われたんよ。先生が明日から保護者に授業見てもらう言うから、あんたらも協力したってやて」

　岩崎は、ちょっと落ち着きを取り戻したように言葉を続けた。

「私、いくら要望があったかなんか知らんけど、軽々しく親の言う通りにするのはあかんと思いますよ。先生とこがそんなんしたら、うちらのクラスも授業見せてて言われるかもわからんやろ。私はそんなんいらんで。違う」

　中井もうなずいた。

「そんなことになったらしんどいですね」

「なんで前もって相談してくれへんかったん。よう考えますと、学年で話し合いますとかいうたらよろしいやん」

そうかもしれない。学年での話し合いは大事だ。それを否定するつもりはない。だが、あの沢村の言葉をむげにはできなかった。たとえしんどくても、沢村の誠意に応えることが今の自分には必要だと思えたのだ。

「相談しなかったことは謝ります。すみませんでした」

真之は頭を下げた。

「けど、ぼくは保護者の好意を無にできません。せっかく子どもたちをよくするために協力しよう言うてくれたんやから、それに応えるのが教師として必要なことやと思います」

真之の抗弁は岩崎にとって少し意外だったのかもしれない。ちょっと黙り込んだ。

中井がとりなすように言葉を挟んだ。

「高橋先生も、クラスを何とかしたいと思ってのことやから、気持ちはわかるけど」

岩崎がまた声を荒らげた。

「それは自分がしっかりせなあかんことやろ。親の力を借りて、子どもを落ち着かせるて、なんやのそれ。情けないんと違う。見損なったわ」

こうまで言われてはさすがに真之も黙っていられなかった。

「ぼくは、先生の言うように、子どもを押さえつけることが教育やとは思いません」

「どういうこと」

「それでは一時的に静かになっても、必ずまた荒れます。ぼくは子どもらの心をつかみたいと思ってやってます」

真之は、自分に言い聞かせるようにそう答えた。

「ああそう。ほな、がんばって。けど、私らに迷惑かけんといてな。自分の力でやってちょうだい。いこ」

岩崎はそう言い捨てて部屋から出て行った。中井はちょっとためらいながらあとに続いた。

真之は、口の中がからからに乾いていた。

岩崎との間が完全に切れてしまった。これからどうすればいいのか。明日からどうやっていけばいいのだろうか。わからない。だが、自分の言ったことは間違っているのだろうか。教頭も了解してくれたではないか。なぜそれが責められなければならないのだ。

　真之は、何度も自問自答しながら、考え続けた。

　翌日、真之は重い気持ちで出勤した。岩崎と顔を合わせたくなかった。また、逆に保護者が来ることも負担に思えてきた。

　しかし、朝の職員室で出会った岩崎はまったく変わりなかった。「おはようございます」とあいさつするとあいさつを返し、真之の分もお茶を淹れてくれた。

「今日からほんまに親が来るの」

「わかりませんけど、来るかも」

「そう。ご苦労さん」

　それだけの会話を交わすと、岩崎は中井としゃべりだした。真之は幾分ほっとしたが、考えてみれば気まずいのはお互い様だ。岩崎にしたところで、自分を無視したら学年主任としてやっていけない。幾分強気を取り戻した真之が職員室を出ると、音楽専科の江藤博美に呼び止められた。

「高橋先生。今日の放課後よろしくお願いします」

　一瞬真之は戸惑った。何のことか忘れていたのだ。

「校長先生の子どもインタビュー。四時からやりますので」

　思い出した。真之は江藤とともに新聞委員会を担当している。毎月発行する子ども新聞で、校長へのインタビュー記事を載せることになっていたのだ。二人はそのインタビューに立ち会うことになっていた。江藤は真之より少し年下だが、今月は江藤が企画の中心になることになっていた。

「わかりました。四時ですね」

　真之は軽くうなずいて教室へ向かった。


　真之は、朝の会で子どもたちに「今日からお家の人が授業を見に来るかもしれない」と言ったが、結局その日は誰も来なかった。しかし、それぞれの家で話し合いがあったのか、子どもたちはいつもより落ち着いていた。真之はいくぶん緊張しながら一日の授業を終えた。

　放課後のインタビューは校長室で行われた。

　新聞委員で六年生の二人と真之、江藤の四人が校長と向かい合うと、早速インタビューが始まった。

「校長先生が一番大事に思っているものは何ですか」

　六年女子のこの問いに、「それは君たちだよ」となんとか答えるだろうと思ったが、校長の答えはまったく違っていた。なんと校長は「これだよ」と言って校長室の金庫を指さしたのだ。思わず真之は江藤と顔を見合わせた。

「そこには何が入っているのですか」

「大事な書類とお金」

　もう一人の子がたずねた。

「校長先生のお仕事はどんなことですか」

　校長は即座に答えた。

「三つあります。一つはお金を取ってくること。二つは人を取ってくること、そして三つは先生たちを評価することです」

　子どもたちは懸命にメモを取った。

「学校を運営する予算をたくさんつけてもらわんと何もできないやろ。いい先生来てもらわんことにはあかんでしょう。先生がちゃんとやってくれるかどうか評価します。私の評価で先生たちの給料が決まります」

　思わず真之はこぶしを握りしめた。これが校長として子どもたちの質問に答える内容なのか。あまりにもひどい。何を考えているのだ。江藤の気持ちも同じだったようだ。その後幾つかの質問が用意されていたが、「これくらいにしましょう」と言って早めに質問を打ち切らせた。

「ありがとうございました」

　江藤はさっと立ち上がった。


　子どもたちを帰らせたあと、真之と江藤は音楽準備室で今後のことを相談した。

「あんなインタビューはとても載せられません。止めときましょう」

　真之の言葉に江藤もうなずいた。

「私もそう思います。けど、どうやって止めますか。一応インタビューしたんやから」

「子ども新聞の記事には不適切やから、ボツにして差し替えますとはっきり言うたらどうですか」

「そうですねえ、けど、角が立つし」

「ぼくが言います」

怒りが真之の背中を押した。校長室に向かったが、校長はすでにいなかった。

「校長さんに用事か」

教頭に聞かれて、真之はインタビューのことを話した。教頭は苦笑を浮かべて言った。

「わざわざ言わんとき。黙って差し替えたらええ。どうせそんなこと忘れてはる」

かなり冷ややかな口調だった。

「わかりました」

そうかもしれない。そもそもあの校長が、この学校の子どものことをまともに考えているとは思えない。子ども新聞のことなど眼中にないだろう。

真之は、急いで江藤の待つ音楽準備室に向かった。江藤は真之の話を聞いてほっとしたように笑顔を見せた。童顔の江藤がふとかわいく見えた。

「すみませんでした。先生にばっかりお願いして。助かりました」

「いいです、そんなこと」

江藤は、「コーヒー飲みますか」と言って、真之にインスタントコーヒーを淹れてくれた。こうして落ち着いて話すのは初めてだった。

「私、怖くなりました。あの校長さんが、私らをどんな評価してくれるのか」

それは真之も同感だった。あんな校長に評価され、給与が査定されるなど耐えられない思いがする。もしかしたら、教頭も不満を溜めているのかもしれない。

「代わりの記事どうします」

「子どもたちに考えさせたらどうですか。自分らの書きたいことを書かせたら」

「そうですね」

二人はコーヒーを飲みながら、当たり障りのないおしゃべりをした。

「ごちそう様」

真之が立ち上がってコーヒーカップを洗いに行こうとすると、「置いといてください」と言って江藤も立ち上がった。

「今日はありがとうございました」

「どうも」

真之が部屋を出ようとした時、ふと江藤が呼び止めた。

「先生、中井先生とはふだんお話しされてますか」

「え？」

　突然の問いに戸惑った。岩崎といつも一緒の中井とは、あまりやり取りがない。

「私、新任で来た時、中井先生にはいろいろ教えてもらいました。今でも時々おしゃべりするんやけど、先生は高橋先生のことを褒めてはります」

「え？　ほんまに」

　意外だった。なぜ自分が褒められるのだ。

「あの先生はしんどい中でもまじめで前向きや言うて。私も今日そう思いました」

　いつも岩崎の言いなりで、調子をそろえているだけの中井が、自分のことをそんな風に見てくれている。知らなかった。やはりもっと心を開いて話さなければだめなのだ。学年の人たちは理解がないと決めてかかるのは止めよう。岩崎にも、自分の気持ちをわかってもらうように努力しよう。

　窓の外は夕焼けだった。

第5章　美由紀の季節

1

学習参観・懇談会、そして学年でのぶつかり合い、子ども新聞での校長インタビューなど緊張の続く一週間がようやく終わり、土曜日の朝が来た。

真之がいつもよりゆっくりと起きると、美由紀がテレビを見ていた。よく見る「サタデーずばッと」だ。橋下市長がキャスターのみのもんた相手にしゃべっている。この間、大きな問題になっている「戦争中、慰安婦制度というものが必要なのは誰だってわかる」という発言をめぐる釈明のようだった。

「何言うてんの、この人」

美由紀がしきりに怒っている。

「またまた、そうやってメディアのせいにする。卑怯や」

美由紀は、真之をちらっと見て「おはよう」と言ったきりテレビに集中し続けた。真之も黙って横に座ってテレビを見た。

橋下市長の発言を巡って連日批判が続いていることは知っていたが、この間、そんなことを考える余裕がなかったのだ。

橋下市長は、しきりにマスコミ批判を繰り返し、「メディアは全部橋下嫌いだ。もう、日本人向けは置いといて、世界各国に対して、日本も悪かったけど、君たちもだろと言っていきたい」などとしゃべり続けた。

「米軍にフーゾク行け言うたりして、批判されてるくせに、何言うてんのよ」

番組が終わると、美由紀は一冊のファイルを持ってきて真之に見せた。

「見て見て、これ」

それはこの間の橋下発言に関する新聞記事やネット報道の切り抜きだった。真之は目を通しながら、改めて美由紀の政治意識の高いのに驚いた。

「私、この投書、すごく共感した。その通りやと思う」

それは、元教職員という七十代女性のネット投稿のコピーだった。

「厳しい批判の前に、橋下氏が卑怯な言い訳を始めました。そもそもツイッターで一日中自分の言い分ばかり発信しているほど市長は暇なのですか？　いつもぼろカスに言っている市職員は働いていますよ！

　言い訳は要するに、戦時下では慰安婦は必要だったが、現在では認められない。だから自分は慰安婦を容認していないというものです。しかし、彼は、銃弾の飛び交う中で戦っている猛者《もさ》にとって慰安所は必要だったといっているし、それは誰でもわかりきったことだといったのです。わかりきったことなどでは決してありません。では激しい戦場で戦っていた八路軍やベトナム解放戦線の兵士たちは、慰安所など利用していましたか。決してそんなことはありません。日本の兵士だって、橋下が言うような人たちばかりではありませんよ。因《ちな》みに石原慎太郎氏や靖国派がことあるごとにお国のために命を捧げたと持ち上げている『英霊』たちは、慰安所で女性をはけ口とすることが必要だったといって、貶《おとし》めたいのですか。

　つまり、男たちは女性を性のはけ口にするものだといって、風俗を勧め、自分も大いに利用していた橋下氏の女性観、人間観の低劣さが今さらけ出されているのです。

　自分の発言に責任を持たない、言い逃れとすり替えにきゅうきゅうとするほんとに卑怯な人格の持ち主ですね」

　痛烈な批判だった。真之にとっても溜飲が下がるような文章だった。

　一年半前の大阪市長選挙は悔しい結果だった。橋下市長を許すなと、立場の違いを超えて平杉前市長を支援し、小宮山たちとともに初めてたたかった選挙戦は、投票箱が閉まると同時に、あっけなく橋下当確が出た。なぜそんなに橋下の人気が高いのか、どうしても理解できなかった。

　その後は次々と無法な市政が行われた。思想調査アンケート、組合事務所追い出し、入れ墨調査、そして果ては市の職員が政治的意図を持った演劇をやることを禁止するという、戦前のような命令まで出たのだ。真之たち教職員にとってはまったく納得のいかないことばかりだったが、橋下市長が当選してから、支持率は七〇％を保ち、その人気は絶大だった。することなすこと支持されるという感じで、テレビなども一貫して彼を持ち上げ続けた。

だが、ここへきてようやく橋下批判が沸騰してきた。もしかしたら、流れが変わり、橋下氏も凋落《ちょうらく》の一途をたどるのではないか、そんな期待を抱かせるほど、各界の批判が高まっているのがわかる。抗議のための行動もすでにいろいろ行われている。四百人の「人間の鎖」が市役所を包囲し「橋下市長は辞任しろ」などの声を上げた市役所包囲行動などの写真も切り抜かれている。とりわけ女性が怒っているというのがよくわかる。

「私も抗議集会に行きたい。今度いっしょに行こ」

すっかりハイテンションになった美由紀は、フレンチトーストを作りながら、しきりに真之を誘った。もちろん美由紀とそういう場所に出かけることは嫌ではない。二人でともに歩んでいるという姿を青年部の仲間たちに見られるのは、何かしら誇らしい気持ちでもあったし、元気にもなれた。

そんな真之にとって忘れられない思い出の一つは、互いの思いを打ち明けあったころ、一緒に腕を組んで、教育基本条例反対のパレードに出かけた時のことだった。二人してシュプレヒコールを繰り返していると、自分たちはたたかいの真っただ中にいるという思いが高まり、互いの絆が深まる気がしたのだ。おそらく美由紀も同じだったに違いない。

しばらく学校の中だけに目が向いていた真之だったが、美由紀の元気さに刺激を受ける思いだった。

真之はファイルを置いて、コーヒーを淹れ始めた。

「今日は、全市教の大会があるんや。多分このことも話題になると思う」

「そうなん、帰り遅くなる」

「いや、夕方には帰るけど」

そう言いながら、真之はちらっと小宮山のことを思い浮かべた。多分大会に来るだろう。

「小宮山先生に誘われたらちょっと行くかも」

「わかった。電話して」

「うん」

それぞれの朝食準備が終わり、差し向かいで朝食を取り始めた時、美由紀がちょっと遠慮がちに言い出した。

「なあ、明日私の友達が家に来る言うてるんやけど、いい」

「もちろんええよ。誰」

「久美。結婚式でフルート吹いてくれた子」

「ああ、あの人」

　東出久美は、美由紀の高校時代の友達だ。一時対立したが、恩師の川嶋の指導もあって仲直りし、今では大の親友だという彼女のことを、美由紀はよく話してくれた。

「前から一度来て、言うてたんやけど、何か聞いてほしいこともあるから寄せてもらうわて。ごめんな」

「何言うてるんや、おれも歓迎するで」

「子連れで来ると思うけど、よろしくね」

　美由紀はちょっといたずらっぽい顔になった。遊んでやってなという意味のようだった。

　真之の参加した全市教大会は、青年層を中心に活発な討論が行われ、組合運動の勢いを感じるものとなった。橋下が暴言でつまずいたということが、みんなの気持ちを高揚させているのかもしれなかった。

「学校選択制に反対する全市教の号外を五千枚配布し、街頭宣伝も行った。連合町会長を訪問すると、地域が壊されると心配しておられる」

「三十人学級の早期実現を始め、行き届いた教育を求める請願署名に五千五百筆が集まり、大阪市会に提出した。議長とも懇談し、強く訴えた」

「幼稚園フェスタを開催し、保護者とともに公立幼稚園無くさんといての思いを共有した」

「職場の仲間の悩みに応える中で、相次いで組合加入があった」

　次々と続く元気な発言を聞くと、真之の心は揺れ動いた。学級のことに悩んで何もできていない自分と引き比べて、バリバリ活動している人たちが遠い存在に思えた。青年部役員になるのは背伸びしすぎではなかったか。去年一年間、それなりに活動に参加してきたとはいえ、小宮山や千葉のいる職場だからできたことではなかったか。

　これまでは、小宮山からいろいろな組合運動の動きを聞かされ、何が問題になっているかをつかんでいた真之だが、一人になってみると、知らないことがほとんどだった。もちろん青年部の会議もあるのだが、そう頻繁に集まっているわけではない。組合のニュースや資料も送られては来るが、落ち着いて読むことができていなかった。今朝のやり取りからしても、今では美由紀の方がはるかにいろいろな動きをよく知っているようだ。

（おれもニュースぐらい読まなあかんな）

真之は、ほとんど読んでいなかった大会議案書をめくりながら反省した。

この日、大会の会場では小宮山に出会ったが、じっくり話したり、一緒に飲みに行くことはできなかった。大会終了後、退任した役員を囲む会が行われるということで、真之も青年部役員としてそこに出席を求められたのだ。少し迷ったが、残らざるを得なかった。

「久しぶりにお話ししたかったんですが」と言う真之に小宮山は何度もうなずいた。

「苦労してるそうやな。千葉さんからも聞いてるで」

小宮山のしみじみとした口調に思わずぽろっと弱音を吐きたくなった。

「またゆっくり話そう。いつでもメールしてくれ」

小宮山は、真之の肩を抱くようにしてそう言い残すと去って行った。

ほどなく、大会会場の机といすを移動し、飲み物が運び込まれて、退任役員を囲む会が始まった。

退任する三人のうち、前畑副委員長は、小宮山とも若いころからの友人で、何度か職場へも来てくれた、真之にもなじみの深い人だった。退任と言っても、前畑は大教組の役員になったので引退ではない。むしろ大きな仕事を担うことになる。あいさつに立った前畑は、これまでの協力に感謝を述べた後、少し黙って言葉を選んでいるようだった。

「みなさん。私たちの希望は子どもたち、青年、仲間であり、平和的生存権を高らかに謳《うた》いあげた日本国憲法です。子どもを泣かせ、教職員を侮蔑し、女性の尊厳を傷つけ、平和憲法に悪罵を投げつける橋下市長を私たちは許しません！」

強い拍手が起こった。

「日本は今大きな歴史的岐路に立っています。子どもたちの平和な未来を守るためにも、参議院選挙でがんばります。私も新たな持ち場でがんばりましょう。今日までありがとうございました」

いつも穏やかなしゃべり方をする前畑とは違った熱っぽいあいさつだった。

政治の流れを変える。憲法を守る。そうしたことの意義はもちろんわかるつもりだ。しかし、今の自分は目の前にいる子どもたちをどうにかしなければならない。それが自分のやるべきことなのだ。拍手をしながら真之の心は学級のことでいっぱいだった。

2

翌日、美由紀は朝から張り切って東出久美をもてなす準備にいそしんだ。玄関に花を活け、トイレや台所の掃除をこなし、昼食の準備にかかった。献立は子どもも喜ぶメニューということで、茶巾寿司と吸い物、それにホットケーキを焼くというプランだ。

「あの子には絶対おいしいと言わせるから」と何度も繰り返す。

どうやら、美由紀のがんばる理由はライバル心にあるらしい。真之も何となくそう言う気持ちはわかる。何か手伝おうとしたが、結局何をするでもなく時間は過ぎて約束の十一時となった。ほどなくインターホンが鳴り、東出久美が三歳ぐらいの男の子を連れて入ってきた。

「いらっしゃい、久しぶり」

「おじゃまします」

二人はうれしそうに顔を見合わせた。

あいさつがすんで、二人がおしゃべりしている間に、真之は子どもの相手をすることになった。「お名前は」と聞くと「ガクちゃん」という答えが返ってきた。「学問の学ですか」と聞いたら「まさか、山岳の岳です」と東出が笑いながら答えた。

「お父さんが山好きやから。大きくなったら一緒に日本アルプスに登るとかいうてます」

「お仕事は」

「税理士です。私も事務所を手伝ってます」

「もうすぐ二人目が生まれるんやろ」

美由紀が聞くと彼女はうれしそうにうなずいた。

「そう、今六か月。あんたもがんばりや」

「放っといて」

笑いながら美由紀が言い返した。

真之は東出が持ってきた遊び道具の中から少し大きなゴムまりを取り出した。

「さあ、行くよ」

真之が岳に向かってまりを転がすと、岳は拾って両手で真之に投げ返した。

「おおっ」

真之が少しオーバーに飛びついてまりをつかむと、岳はキャッキャッと笑った。

「行くぞ。ほれっ」

真之が今度はまりをぽいと投げ返すと、岳はうまくつかめなかったが、また喜んで笑った。どうやらこの子はまりで遊ぶのがお気に入りのようだ。安心した真之は岳を相手のまり遊びをひとしきり楽しんだ。

「さすがに先生やね。上手に遊んでくれて」

「違うって。岳ちゃんが遊んであげてるんや」

二人は夢中で遊ぶ真之と岳を見ながら、食卓を整えた。茶巾寿司がきれいに並び、東出が持ってきたイチゴも彩りを添えた。

「ごはんにしましょう」

美由紀の声が明るく響いた。


美由紀の苦心の料理は、東出親子を満足させたようだ。東出においしいおいしいを連発され、「旦那さん幸せ者やね」などと持ち上げられた美由紀は「もっと言うて」と上機嫌だった。

食事の後、岳を昼寝させた東出は、「これ見てくれる」と言って、何枚かのプリントを取り出した。それは、幼稚園民営化に反対するビラと署名用紙だった。

橋下市長が幼稚園民営化を進めていることは真之も知っている。昨日の大会でも幼稚園部長から反対の取り組みを進めているとの発言があった。何でもかんでも民営化という橋下市長の方針の中でも、際立っていると思えた。

ビラには「大阪市から公立保育所・公立幼稚園がなくなる」との見出しがあり、「お金のかかる公立保育所と公立幼稚園は売り飛ばしてしまえ」と言い放つ橋下市長の漫画が描かれている。「子どもにしわ寄せしないで」という民間保育園長の文章も載っていた。

「久美、こんな運動に取り組んでたん。すごいやん。いつから」

ビラを見ていた美由紀が、感心したようにつぶやいた。

「取り組んでる言うほどでもないけどさ、我が家にとっては大問題やねん。岳も来年から幼稚園入れるつもりやったし」

「そうか。岳ちゃん四歳になるんや」

「そうやねん。早いやろ」

「なあ、あほと言われるつもりで聞くけど、民営化になったらなんであかんの」

美由紀にしては意外な言葉だったが、実のところ真之もきちんと理解はしていなかった。

「私も初めはあんまりわからんかった。けど、ご近所のママ友や幼稚園の先生に聞いてなるほどって思ったんやけど」

東出はゆっくりと思いだすように話を続けた。

「まず、保育料が上がるやろ。教材費とか、行事費とかも絶対増えると思うわ。それもかなわんけど、問題は保育の中身や」

「中身」

「うん。公立幼稚園はベテランの先生がいて、しっかり若い先生に教えてくれるんやて。けど、民間の幼稚園は、ほとんど若い人ばっかしやて。給料低いから、長続きできへんらしいわ。ママたちが言うには、せっかく子どもが先生になじんでるのに、変わったらいややて」

「民間になるけど、先生はそのままということはないの」

「ないない。みんないったん辞めてもらうて聞いた」

それは真之にもよくわかっている。公立でなくなれば教員はいったんその身分を失うに違いない。それ自体も大変なことだ。

「ひどいねえ。それは」

「橋下さんの言うには、公立幼稚園に通ってるのは全体の二割で、八割の子は民間幼稚園に通ってる。だから、二割の子のために大阪市の税金を使う必要はないんやて」

「それって学童の時と一緒」

美由紀がすぐに怒りの声を上げた。

「去年学童の補助金打ち切られかけた時も、すぐ、そういう言い方された。いきいき事業があるのに無駄いうて」

もしかしたら、橋下氏の論理は、結構多くの人に受け入れられているのかもしれない。しかし、少数だからといって切り捨てられたらどうなるだろうか。経済効率や数字だけではなく、困っている少数の人に光を当てることが政治の役割ではないのか。真之は「多数決がなんでも正しいとは限らない」ということを教えた小宮山の社会科授業を思い出した。

「それで、署名集めとかやってはるんですか」

「はい。美由紀にも力貸してもらお思って、どかっと持ってきました」

「わかった」

美由紀は真之より先に署名用紙の束を受け取った。

「集会とかあったら呼んでな。行けたら行く」

「ありがとう」

「それにしても久美がこうやって運動するてすごいね。びっくりした」

「まあね。けど、美由紀もいろいろやってるんやろ。お互い様や」

美由紀はちらっと真之を見た。

「うん」

「お宅のご主人はどう。理解してくれてるの」

東出はうなずいた。

「うちの夫はあんまり関心なかったんやけどな。家へ来るご町内の人が、みんな幼稚園つぶしたらあかんでいうてはるから、だんだんその気になってくれて、署名用紙も事務所に置いてるし」

「それってすごい。地域の人が味方になってくれるんや」

「私もびっくりしたけど、お年寄りの人がすごい協力的。夫は子どもの時からずっと今の家で育ってるから、顔なじみの人が多いし、橋下市長がなんでも改革とか民営化とかいうのがいやや思ってる人は結構多いんや」

その話を聞きながら、真之はふと思った。

組合がいろいろがんばることも大事だけれども、

そうやって地域の人が味方になってくれることが一番強いのではないか。では、どうすればそんなことができるのだろうか。

橋下市長は、すぐに教員や公務員を悪者にする。だから教員はもっと締め上げなあかんという空気が作られる。ところが、東出の地域では逆だ。地域の人たちが地元の幼稚園を信頼し、守ろうとしている。では港小学校では学校と地域はどんな関係なのだろう。民間校長と地域は協力的なのだろうか。それとも反発が広がっていくのだろうか。

真之は、東出や美由紀の存在を忘れたかのようにひとり考えを巡らせていた。

3

次の週から、真之の学級には、ポツリポツリと保護者が訪れた。教室の後ろで授業を見て、一時間で帰って行く人もいたし、給食や掃除の様子をじっと見守る人もいた。休み時間に子どもたちと談笑する人もいた。教室の後ろにはノートを置き、感想や意見を書いてもらうようにしていたのだが、あまり厳しい意見はなく、先生いつもご苦労様とか、思ったよりみんな落ち着いているので安心しました、というような内容のものだった。

実際、真之の目から見ても、保護者が来ているせいもあってか、子どもたちはおとなしくなってきた。プレッシャーを承知の上で、保護者に来てもらったことは、成功だったと思えたし、授業にも弾みがついてきた。

真之は、思い切って、川岸が声をかけてくれた三年生とのドッヂボール試合をやらないかと子どもたちに提案した。

「三年生が君らとやりたがってるんや」というと子どもたちはすぐに乗ってきた。真之は、みんなで楽しくやれるためのルールを決めてほしいと呼びかけた。

チームは男女別にする。顔面は狙わないで、当たったボールはセーフ。審判に文句を言わない。等の意見が出た後、真之は、ハンディをどうするかと呼びかけた。

「相手は三年生やからな。ハンディをつけてやった方が、気持ちよく戦えるやろ」

子どもたちはしばらく考えていた。

「三年生は当てられても一回だけセーフにする」

「三年生は五人だけ生き返れる」

「三年生は困った時三回だけボールがもらえる」

　そうした意見が出たが、どれもみんなは乗ってこなかった。あからさまなハンディはお互いに白けた気分を招きかねないし、それで負けたら面白くないという気分もある。

「ハンディなんかなしでええやん」という意見も出た時、勇気が手を挙げた。

「コートの広さを変えたらええ」

　真之は、思わず手を打った。提案しようかと思っていたのだ。

「素晴らしい意見や。それが一番面白くなる」

　真之は黒板に図を書いた。コートの広さを三対四にするのだ。

「三年と四年の試合やから、コートを三対四にするんや。これでいい勝負になる」

　真之は自信たっぷりにそう言い切った。子どもたちは、それがどの程度のハンディになるのかピンと来ない様子だったが、ともかくそれで話はまとまった。

　翌日の四時間目、三年生の体育の時間を借りて、試合をすることになった。

　整列して準備体操をした後、両チームはコートを挟んで向かい合った。

「よろしくお願いしまーす」

　川岸の合図で三年生が元気な声を上げ、全員が帽子を取って唱和した。真之のクラスも、ばらばらだったがそれなりにあいさつを返した。いつもより少しよそ行きの態度が感じられる。

　試合は男女別に行う。真之が男子の審判、川岸は女子の審判を務める。どちらかが全滅したら、休憩を五分取り、時間の許す限り第二、第三試合を行う。チャイム五分前になったら、その時点で生き残った子の多いチームを勝ちとする。以上のことを申し合わせて試合が始まった。

　真之は、いい勝負になることを期待していたが、意外にも四年生が大苦戦となった。子どもたちが軽く考えていたコートのハンディが、厳しく作用してきたのだ。三年生の投げてくるボールで、バタバタとアウトが続く。

　四年生の投げる球は焦り気味でワンバウンドが多い。しかもやみくもに投げているが、三年生は内野からは外野にボールを送るということが徹底していて、無駄がない。結局十五分ほどであっけなく全滅してしまった。女子もまだ負けてはいないがリードされているようだ。

　休憩になると、三年生は休んでいたが、四年生は円陣を組んだ。真之は審判の立場だからアドバイスはしないが、子どもたちは翔太を中心に何事か相談しているようだった。

　第二戦が始まる時、子どもたちは「ファイト、ファイト」と掛け声をかけて、立ち上がった。今度は四年生も慎重にボールを見極めている。内野からボールを投げる時には「外野に回せ」という翔太の声が飛んだ。

　試合は互角に進んで、内野で残っている子が三人ずつになった。外野にいた沢村がかなり強いボールをジャンプしてつかみ、すばやくボールを投げ返して、三年生の子に当てた。

　真之はアウトの笛を吹いたが、その時三年生の子が、「反則や。内野に足入った」と叫んだ。

　真之は一瞬迷った。沢村の足はそれほど踏み込んでいなかったように思えるが、三年生の言うことを無視できない。

　真之が迷った時、内野でボールを取った翔太が「わかった」といってボールを三年生のコートにぽいと投げた。

　それを見た真之は、タイムをかけ、アウトを取り消して、三年生のボールで試合を再開させた。翔太の行動にだれも文句は言わず、ゲームは進行したが、結局今度は四年生の勝ちとなった。ちょうど女子も試合を終え、時間が残り十分ほどになっていたので、これで終わることとし、全員が集合した。

　川岸が子どもたちの前に立った。

「みなさん、よくがんばったね。男子も女子も一勝一敗。ハンディがあっても、さすが四年生は強いねえ。四年生に拍手！」

　真之もこれに応えた。

「三年生のみなさん。ほんとに強い。ハンディがなくても、十分戦えるぐらい強かったし、みんなよくまとまっていました。三年生に拍手！」

こうしてエール交換の後、川岸が子どもたちに感想を聞くと、三年生がさっそく手を挙げた。

「ぼくらが、反則やというた時、四年生がすぐボール返してくれたからうれしかったです」

この発言を川岸は素早くとらえた。

「そんなことがあったん。さすが四年生。勝負にこだわらず、仲よくしてくれたんやね。素晴らしいねえ。拍手！」

これには全員が拍手した。真之も誇らしい気持ちだった。翔太がいい面でリーダーシップを発揮してくれたと思うと無性にうれしかった。

その日の給食は、ドッヂボールの感想で盛り上がっていた。またやろうという声もあったし、今度は男女混合でやろうという声もあった。

真之は、担任になって初めてと言っていい幸せな気持ちだった。これも川岸のおかげだと思うと、感謝の気持ちでいっぱいだった。

４

ドッヂボール大会の成功は、真之に大きな自信と余裕を与えてくれた。子どもたちに注意する時なども、少しユーモアを交えて言えるようになってきたし、子どもたちもそれを素直に受け止めるようになってきた。

「書くことない」「いやや」と言っていた作文も、「ドッヂボール大会のこと書いてよ」と言うと、あまり抵抗せずに書くようになってきた。この分なら、落ち着いた学級を作って行けるかもしれないとさえ思えた。

一方、東出が来た次の日から、美由紀はさっそく幼稚園民営化反対の署名集めに動き回っていた。学童の父母を訪ねて署名を預けたり、大学時代の友達に手紙を送ったりしていたのだ。学童保育の補助金が打ち切られそうになり、存続が危ぶまれた時も、連日署名集めで行動していた美由紀は、こういう活動が性に合っているのか、実に生き生きとしていた。

いっしょに行こうと言われていた真之は勤務の都合で行けなかったが、橋下市長の辞任を求める市役所前行動にも参加していたのだ。土曜日の夜、二人はその話で盛り上がった。

「みんな素敵な発言しはるから、感動したわ」

「どんな発言や」

「よくぞ聞いてくれました」

美由紀は、手帳に記した集会メモを取り出した。

「『星の流れに』ていう歌知ってる」

美由紀は一節を口ずさんだが、真之は知らなかった。それは、戦争の傷跡を背負った街娼の悲しみをうたった歌謡曲だった。

「この歌熱唱してくれた年配の方が言うには、橋下市長が、米兵の犯罪を抑止するために、風俗をもっと活用しろと言うたでしょ。戦後間もなく、街娼が、米兵から日本女性を守る『防波堤』になっているって言われたそうなんやけど、橋下市長の言うことって、これと一緒です。許せませんという発言。ほんまにそうやと思った」

美由紀は、手帳を見ながら次々と発言を紹介し、驚いたことに「私も発言したかった」とまで言い出した。

「君ならどんなことしゃべるんや」

「私かて言いたいことといっぱいあるもん。学童つぶそうとしたことも腹立つし、文楽や音楽も目の敵にしてるし、去年、いつやったか、職員は政治に関係する演劇を演出とかしたら処分する言うたでしょ。信じられへんわ」

それはもちろん真之も覚えている。市の職員に対する条例で、教員に対してではなかったが、小宮山が怒りをあらわにしていたのが印象的だった。

「政治に関係ある演劇てどういうことや。忠臣蔵や女の一生やベニスの商人や、どんな名作も政治と関係ないことはない。誰が決めるんや。なんの権利があって禁止するんや」

真之も美由紀も関わった一昨年の大教組教研集会で演劇を演出したのは小宮山だった。

文化的なことには人一倍関心の高い小宮山は、怒りの声を各新聞社に投稿していた。市民合唱団で活動する美由紀も無論関心が高い。「橋下市長がね、弁護士が自分に懲戒請求するいうてるのは言論の自由に対する挑戦やて言うてるんよ。人の言論の自由は平気で侵害しといて、ようそんなこと言うわ。私それが一番言いたい」

美由紀はますますハイテンションでしゃべり続けた。真之は少し取り残されたような気持ちで、美由紀の話を聞いていた。

翌日の朝、またしても二人を驚かせるニュースが新聞に躍った。

「米新型輸送機オスプレイの訓練を大阪府で受け入れる意向を、松井知事が固めたということが明らかになった。六月六日の菅官房長官と会談する際に表明する予定だ。候補地としては国土交通省が管轄する八尾空港が有力になっている」という記事だった。

オスプレイがしばしば事故を起こし「未亡人製造機」と呼ばれていることや、沖縄の基地配備が問題になっているということは真之も知っている。なぜ突然そんなものが八尾空港に来ることになるのか。

朝食後、美由紀はインターネットであれこれとオスプレイのことを調べだした。真之も横でそれを見ていた。

翌日のテレビでもこの問題が報道された。八尾市長が、オスプレイを何の相談もなく訓練させるということに怒りと反対を表明し、八尾市議会でも維新を名乗る会派も含めて抗議決議を採択する模様だった。コメンテーターは動機が不純だと批判し、沖縄の負担も軽減されずいっそう訓練が激化すると指摘していた。

「動機が不純やというてるね」

「うん」

不純というのは、風俗を利用したらいいという発言でアメリカの不興を買って、訪米中止に追い込まれた橋下市長が、アメリカの歓心を買おうとして、こんなことを言い出したのだという判断のようだった。

「ほんまに呆れた人たちやね」

美由紀がため息交じりにつぶやいた。

職場でも、この話はさっそく話題になった。出勤した真之が職員室に入っていくと、教務主任の大沢が新聞を見ながら江藤に話しかけているところだった。

「江藤さん、あんたの家、八尾と違うか」

「そうですけど」

「えらいことやんか」

「何がですか」

江藤はまだ何も知らない様子だった。

「これや、オスプレイ。八尾空港に来るかもしれへんやろ」

大沢の説明を聞いて江藤も驚いた様子だった。真之も近づいて新聞を覗き込んだ。

「ごめんなさい。私、新聞とかあまり読んでないから」

江藤は一人暮らしだ。ＪＲ八尾駅近くのマンションに住んでいるという。

「ほんまにオスプレイが来るんですか」

「無理と違いますか。市長も反対してるし」

真之が口をはさむと、大沢は首を横に振った。

「来るかもしれんで。橋下さん、例の調子で、地元の声を聴くなんて馬鹿げてるとか、田中市長は沖縄へ視察に行って来いとかいうてるようやしな」

そんなことを言うとは、どこまで思い上がった市長なのだろう。まるで王様ではないか。

だが、大沢は意外なことを言い出した。

「まあ、沖縄ばっかしに負担かけたらあかんから、悪者になっても大阪で引き受けたる言うのは、沖縄では感謝されてるかもしれんで」

それは一理あるかもしれない。だが、だからと言って、大阪のような人口密集地に、危険と言われるオスプレイが来るなどということがあっていいだろうか。

真之は、以前、サラ金に追われて転校した子どもを訪ねて八尾に行ったことがある。そこはお寺と古い街並みの続く静かな町で、ちょうど灯路まつりという お祭りの夜だった。オレンジ色の明かりがさざめく静かな町の上空を、すさまじい爆音を響かせてオスプレイが飛んで行く光景がふと目に浮かんだ。

だが、それは沖縄の日常でもあるのかもしれない。真之は大沢の言葉が心に残っていた。

5

その日、教室に行くと、雨宮香織が来ていなかった。保護者からの連絡もない。これまで休んだことのない香織がどうしたのだろう。一時間目が終わったら、家に電話してみようと思いながら、授業を終え、職員室へと下りた時だった。息せき切って香織の母親が階段を上がってきた。

「先生、香織来てますか」

「いえ、お休みなので、お電話しようと思っていたところです」

母親は小さくええっとつぶやいて、その場にかがみこんだ。何があったのだ。真之も動悸が高鳴った。

「先生、これを見てください」

母親は手を震わせながら、ハンドバッグから便箋《びんせん》を取り出した。

「わたしはこんな自分がきらいです。消えたい。お世話になりました」

これは遺書ではないか。どういうことだ。なぜ香織がこんなことを書き残したのだ。今どこにいるのだ。

二人が廊下で呆然としている時、職員室から大沢が出てきて、真之を見つけた。

「高橋先生。今、警察から電話があった。先生のクラスの雨宮香織いう子が大阪駅で補導されたそうや」

「なんで補導されたんですか」

「トイレで服を着替えてるところを婦人警官が見かけて声をかけたら、家出してきた言うんで補導したそうや。名前も素直に言うて、今は落ち着いているらしい」

二人はほっとして顔を見合わせた。

真之と母親は、校長室で教頭に事情を説明し、真之は授業に戻り、母親が香織を迎えに行くことになった。詳しいことは、放課後、家庭訪問をして話しあうことになった。

なぜ香織はそんなことをしたのだろう。妹が心配だと川岸が言っていたが、なぜ香織がそんなことをしでかしたのだろう。まったくわからなかった。

落ち着かない気持ちでその日の授業を終えた真之は、放課後を待ちかねて香織の家を訪ねた。応接間に通された真之に、母親は何度も頭を下げて、迷惑をかけたと詫びた。

「香織は今、自分の部屋で寝かせております。少し気分が悪いと申しますので」

真之は香織と会って話し合うつもりだったが、そう言われては無理に会うことはできない。ともかく母親と話し合うことにした。

「今回のことでは、私も驚いています。これと言った心当たりもありませんので」

「何も変わった様子はなかったんですか」

「ございません」

真之もそれは同じだった。学校ではまったく変わりなく過ごしていたように見える。あのドッヂボールの時も、元気よく振る舞っていたようだし、何の変化も感じ取れなかったのだ。

「消えたいというのはどういうことでしょうか。何かしら傷つくようなことがあったのでしょうか」

真之のこの問いにも、母親は答えられなかった。

「香織さんとお話はされたのですか」

「ママ、ごめんなさいとは言ってくれましたが、どうしてこんなことをしたのと聞いても何も答えてくれません。ごめんなさいと言うだけです」

「何がいやだったとか言わないわけですね」

「はい」

計画的だったのか、衝動的だったのか。ほんとに死ぬ気だったのか。それは何かのサインで、家出だけするつもりだったのか。結局何一つわからないいま、真之は引き上げざるを得なかった。

学校へ戻った真之は教頭に訪問の様子を伝えた。

「ご苦労さん。あとは親の責任や。家でよう話し合ってもらわなしかたないやろ」

無責任とも取れる言い方だったが、実際どうしようもないことは事実だった。家に何か想像できないような事情があるのだろうか。それとも、学級の問題だろうか。いや、学級の問題なら親に相談したり、親が申し入れてきたりするはずだ。香織と周りの女子とのトラブルめいたこともまったくない。

真之は、今日のことを学年には報告しなければならないと思ったが、岩崎は出張していた。中井に話そうと思ったが、ふと川岸に話そうと思いついた。妹のことを気にしていたから、何か参考になることを教えてくれるかもしれない。川岸の教室に行くと、ちょうどもどってきたところだった。真之は、手短に香織のことを話した。

「そんなことがあったん。大変やったね」

川岸はしばらく考え込んでいた。真之も考えながら川岸を見ていた。

「私な、あの家で問題起きるとしたら妹やと思ってたんやけど、間違ってたわ。香織ちゃんて真ん中やろ。真ん中の子は難しいて言うやん」

「どういうことですか」

「兄ちゃんは超エリート。妹はいろいろ文句言いかもしれんけど、親から見ていつも気にかかる存在や。真ん中は目立てへん」

「そうかも」

「無理してたんと違うかな。親の期待に応えようとして」

　やはり真之にはピンとこなかった。そんな無理をしていたようには見えない。

「ふつうに自然にやっていたと思うんですが」

　そう言いながら、真之の頭にひらめくものがあった。あのテストだ。漢字の間違いを必死で隠そうとしたあのこだわり。あれが香織の必死の姿だったのかもしれない。

　しかし、それにしても遺書を残して飛び出すなどということはどうしても理解できなかった。これから、どうやって香織に接していけばいいのだろう。明日は学校に来られるのだろうか。

　真之の気持ちは重く落ち着かなかった。


　その日、家に帰ると、美由紀はまだ帰っていなかった。どこかに寄り道しているのかもしれない。遅くなる時はお互いにメールしているのだが、連絡がなかった。食事の用意をすべきかと思ったが、今は食欲がなかった。香織のことも気になったし、体がぐったりと重かった。

　八時を回った時、ようやく美由紀が帰ってきた。

「ただいま」

　美由紀は部屋へ入ってくるなり、いきなり言った。

「私、子どもができた」

　一瞬、真之は言葉が出なかった。

「今日、お医者さんへ行ったの。妊娠してるって」

「ええ？　ほんと」

　真之は戸惑った。その真之の顔を見て美由紀はぽつんとつぶやいた。

「うれしくないの」

　真之は言葉がすぐには出なかった。結婚すれば子どもができるのは当たり前だ。いずれその日が来るとはわかっていた。だが、今の真之にはうれしいよりも、驚きと戸惑いがあった。今の自分が父親となれるのか。ちゃんと子育てができるのか。目の前の学級は。仕事は。そんな思いが心にどっと渦巻いたのだ。

美由紀は、悲しそうな顔で真之を見たが、何も言わず隣の部屋へ入って行った。

どうしていいかわからなかった。うれしいということが、今は言葉にできず、美由紀にどう声をかけていいのかわからなかった。

真之は立ちつくしたままだった。

第6章　職場に吹く風

1

美由紀が妊娠を告げた夜、二人はそのことをまともに話し合えなかった。

着替えて部屋から出てきた美由紀が、「ごめんね、ご飯の用意するから」と言って、いつものように台所に立ち、冷凍食品などを使って簡単な食事を調えた後、「今日はちょっとしんどいから、先に休みます」と言って、部屋にこもってしまったのだ。仕方なく真之は一人で食事を済ませ、食器を片づけた後、自分の気持ちをどう話そうかと考えた。

子どもができたことはもちろんうれしい。だが、不安や戸惑いもあるし、今は心の余裕がない。その気持ちを美由紀にどう話そうかと思ったが、今何を言っても余計美由紀が感情的になってしまうような気がした。結婚前、なかなか自分の思いを打ち明けられなかった時と同じく、こんな肝心な時になると、うまく気持ちを話せない自分が腹立たしかった。

翌日から、美由紀は何事もなかったようにふるまい、真之との会話も普通に続いたが、もうこの話題にふれることはなかった。真之も自分からはますますしゃべりにくくなっていた。夫婦の間に微妙なしこりを残したまま、何日かが過ぎて行った。

学級では、香織が休んだままだった。親の方からは、「しばらく休ませます。落ち着いたらこちらからご連絡します」という言い方で、暗に家庭訪問を拒むような姿勢が感じ取れた。

学級の子どもたち、特に女子たちがどう思っているかが気になりだした。早く訪問して話し合いたかったが、無理に行くのもはばかられる。なんとも落ち着かない状況を抱え、せっかく前向きになりかけた学級の状況も、また乱れていくような気がした。

三日間が過ぎた時点で母親から一度来てほしいとの電話があり、早速真之は訪問した。

「ご苦労様です。ありがとうございます」

母親は、真之を客間に招じ入れたが、香織は出てこなかった。

「なかなかしゃべってくれません。どうしたらいいのかわかりませんが、このままではいけないので、先生や学校のお知恵も借りたいと思いまして」

「部屋に引きこもっているのですか」

「そういうわけではありません。普通に食事もするし、部屋では勉強もしているみたいです。ただ、肝心なことは何も言おうとしないので」

母親はかなり憔悴《しょうすい》しているようだった。真之は思い切って切り出した。

「香織さんと直接話をさせてもらえませんか。しゃべってくれるかどうかわかりませんが」

「わかりました」

母親は真之を香織の部屋に案内してくれた。

「香織、先生が来てくださったよ」

母親は戸を開けた。机に向かっていた香織は立ち上がって真之を見た。

「こんにちは、元気か」

香織は黙ってうなずいた。

母親は席を外し、真之は香織と向かい合って座った。真之はこの間の宿題や配付物を取りだし、香織に手渡してから笑顔で切り出した。

「どうして、あんな手紙を書いたんや」

香織は黙ったままだった。

「家族に言いたくないことやったら、誰にも言わんと約束するから、思ってることを言ってほしい」

香織は黙ったままだ。

「君の担任になったのも何かの縁や。至らん先生やけど、力になりたいんや。しんどいことがあったら分けてほしいんや」

そこまで言うと真之は不意に言葉がつまりそうになった。自分でもよくわからない感情だった。

しばらくして、香織はぽつりと言いだした。

「私は、どうでもいい子やから」

「え、どういうことや」

「パパも、ママも、兄ちゃんと妹のことばかり。私のことを無視してきた」

やはりそうか。川岸の言った言葉が思い出された。

「けど、それは、君が信頼されていたからと違うか。あの子は何をしてもちゃんとできるし、大丈夫やと思われてたんと違うか」

香織の眼に見る見るうちに涙が盛り上がった。

「ちがう。私、そんなにできる子とちがうもん。そんなん言われるの、もういやや」

香織は泣きながら「いやや、いやや」と言い続けた。それは、今までためていた鬱積《うっせき》を一挙にぶちまけるような激しさだった。

この子は懸命にいい子を演じてきたのだ。そうすることによって、親から認められ、愛されたかったのだ。だが、そのことがもう耐えられなくなったのだ。

香織の泣く声を聞いた母親が部屋に入ってきた。

「香織」

母親は香織をしっかりと抱きしめていた。

翌日から香織は登校してきた。連絡帳には母親の感謝の言葉が綴られていた。

「昨日はありがとうございました。香織の気持ちをわかってやれなかったことを恥ずかしく思っています。これからは、しっかりと子どもに寄り添っていきます。今後ともよろしくお願いします」


真之は、じんわりとした喜びをかみしめた。教師として、新たな経験を積むことができたのだ。自分もこれからもっともっと子どもたちをしっかり見ていこう。どんな小さなサインでも見落とさないようにがんばろう。

その日は、久しぶりに気持ちよく一日を過ごすことができた。香織も、友達といつものように談笑していたし、給食もちゃんと食べていた。とりあえずは大丈夫だろう。

少し早めに帰宅すると、千葉からの手紙が届いていた。急いで封を切ると「この手紙を読んだら、必ず美由紀さんに見せてください。できれば美由紀さんと一緒に読んでください」と書いたカードと共に千葉の手紙が入っていた。

「美由紀さんから妊娠したとのお電話をいただきました。おめでとう。よかったね。体に気をつけて元気な赤ちゃんを産んでくださいね。

美由紀さん。まー君は、あなたも知っての通りシャイな人です。あなたに自分の気持ちを打ち明けるのにどれだけぐずぐずしていたかわかるでしょう。あなたの妊娠を喜んでいないはずがありませんよ。

彼は今、学級のことで大変苦労しています。きっと悩みを抱えたまま帰宅したのでしょう。わかってあげてください。

まー君。父親となることによって、親の気持ちがよくわかるようになりますよ。子育ての喜びと苦労を、あなたも存分に味わってください。きっとそれを教育実践に反映させることができますよ。

二人とも、もういろいろ話し合っているかもしれないけど、もしまだだったら、この手紙を前にして笑顔で話し合ってくださいね。

千葉裕子」

美由紀は、あれから千葉に相談したのだろう。そして千葉は気遣ってすぐこんな手紙を書いてくれたのだ。読み返しているうちに、真之は涙が出そうになった。

「ただいま」

美由紀の声がした。真之はあわてて涙をぬぐった。

「どうしたの」

「……」

真之は千葉の手紙を差し出した。読みながら美由紀の眼もうるんでいた。

「ごめん、おれの態度が悪かった」

「そんなことない。あの日は私がどうかしてた」

美由紀はあっさりと答えた後、真之をじっと見た。

「ほんとの気持ちはどうなの。子どもができるということ」

もちろんうれしい。それに嘘はない。しかし、不安もいろいろある。子育てのこと、保育所のこと。

真之は率直に口にした。

「うれしい。けど、不安もある」

美由紀はうなずいた。

「私も一緒」

そうなのだ。美由紀の方こそ不安があって当然なのだ。思い切って真之は言いきった。

「おれが責任持つ。何もかもまかせろ」

美由紀はじっと真之を見て、笑い出した。

「何かっこつけてるの。そんなこと望んでません」

「そうか。そやな」

二人は笑った。笑いながら何かしら涙が出そうになった。やっと自然に戻れたと思うと、安堵感がこみ上げてきた。

2

それから一週間が過ぎた。真之のクラスは四月当初から見るとずいぶん落ち着いてきた。まだまだ、わがままな言動や、ケンカもあり、授業中もよく脱線したが、少なくとも、朝からチョークがばらまかれていたり、教室を勝手に出て行ったりというようなことはなくなった。授業を見に来る保護者達も、落ち着いてきたとか、子どもたちの表情が明るくなってきたとかの感想をノートに書いてくれた。

子どもたちに呼びかけてきた作文もかなり抵抗なく書くようになってきた。中でも真之を感動させたのは、次の作文だった。

「きょうだいができるぞ　吉岡大介

五月の終わりごろ『きょうだいがほしい』って、おかあさんとぼくとで言っていて、びょういんへ行ったら、しまいに、『あかちゃんができます』って言ったから、ぼくが『ほんま?』って言いました。ぼくはとうとうできたんやなと思いました。

ほんで『なん月ごろに生まれるの?』ってきいたら『よていやけど十二月の二十六日や』って、おしえてくれました。

ばん、おとうさんがかえってきて、ぼくが『ぼくにきょうだいができる』と言ったら『ほんとか?』って言いました。

ぼくが『ほんまや』って言いました。

おとうさんが、『そらよかった』って言いました。

おとうさんがぼくに『生まれたらちゃんとあそんだりや』と言いました。ぼくは『はい。あそんだるよ』と言いました。

それはいいんやけど、おかあさんは、毎日毎日あげたりしてしんどそうで、ぼくは『代わりたいなあ』と、思いました。ぼくは『がんばりや』と言いました」

吉岡はこれまで、ほとんど作文は書かなかったが、こんな素敵なことを書いてくれた。うれしさと、家族への思いやりが伝わってくる。なんども読みながら真之は美由紀のことを思った。

作文と違って、幸い美由紀はまだあまりつわりで苦しんでいる様子はないが、気遣いを忘れないようにしなければいけないと思う。

これからは、いつも美由紀の体のことを考えるようにしよう。家事もできるだけ負担しよう。

そんな風に思えるのも、だいぶクラスが落ち着いてきたからだと、真之は改めて感じた。ようやく、家庭の中の自分ということを考えられるようになったのだ。

ところが、それとは逆に、職員室の空気が日に日に険しくなっているような気がした。教頭のイライラした物言いが目につき、学校目標とは真逆に教職員が職員室に寄りつかなくなっているようだった。もしかしたら、職員室内で不和が進んでいるのかもしれない。民間校長と教頭の間もうまくいっていないのかもしれない。

そういえば、あの子どもインタビューの時、教頭の校長に対する言い方は、ひどく冷ややかだった。苦笑を浮かべて「どうせ忘れてはる」と言った教頭の口調が思い出された。

週末の日、真之が居残って印刷室でテストを印刷していると、江藤が入ってきた。しばらく二人は黙ってそれぞれの仕事をしていたが、やり終えた真之が出て行こうとすると、江藤が小声で声をかけてきた。

「先生、知ってはります？」

「何が」

「校長室のこと」

真之は何も知らない。何があったのだろう。

「校長先生が、六年の女子を校長室に入れて、遊ばせてるんです。休み時間に」

「そうなんや」

どういうつもりだろう。

「冷蔵庫のジュースも飲んだりしてるらしいです。六年の先生も困ってはります」

「それって、特定の子ですか」

「誰でも来ていいと言うてはるらしいけど、大体行く子は決まってます。学級ではみ出してる子がたまり場にしてるみたいです」

民間校長のやることはほんとにわけがわからない。教頭もそんなことも含めていらついているのかもしれない。

「学年で話し合って、やめさせるようにはできないんですか」

「学年会で話題にはなったけど、まあしばらく様子を見よう言うことで。でも私はやっぱりおかしいと思います」

「ほんまやね」

　相槌を打ちながら、ふと真之は思った。校長も淋しいのではないか。子どもとなかよくなりたいのではないか。だとしたら、なぜもっといい方法を選ばないのか。

　江藤も同じことを考えていたようだ。

「校長先生、もっと、私らと話し合えばいいのに。なんで黙ってやりはるのか」

「そうですね」

　思い切って校長室へ行って、疑問をぶつけてみようか。いや、六年担任でもない自分がそこまでするのはやりすぎだろう。

　考えている真之を江藤はじっと見ていた。

「ごめんなさい、先生になんか負担かけるような話してしもて」

「いえ、とんでもない」

　話はそこで立ち消えて、二人が印刷室を出ようとした時、思わず真之は口にした。

「先生、この頃教頭さんの様子おかしいと思いませんか」

「思います。先生も気づいてはったんですか」

　二人は、顔を見合わせた。その時、職員室から教頭が出てきたのを見て、江藤はさっとその場を離れた。


　それから真之は教室を片づけ、帰ろうとすると、また玄関先で江藤と出会った。駅へ向かって歩きながら、江藤が話しかけてきた。

「先生、この頃学級の方うまくいってるそうですね」

「え？」

「中井先生が言うてはりました。子どもたちがだいぶ落ち着いてきたって。さすがですね」

「いや、まだまだやけど」

　そう言いながらも真之はうれしかった。中井はあまり自分に話しかけてくれないが、そんな風に見てくれているのだ。

「先生、どうやってクラスを落ち着かせたんですか。植村先生も聞きたがってました」

「いや、まだそんなことないけど、一度彼とも話し合いたいとは思ってます」

「私も一緒に聞きたい」

「ほんまに」

二人を青年部の学習会に誘いたい。ちらっとそう思ったが、まだそれを口にはできなかった。とりあえず三人でしゃべる機会を持とう。もしかしたら川岸も付き合ってくれるかもしれない。ようやくこの学校の中での自分の居場所ができるような気がして、真之の気持ちは明るくなった。


さっそく江藤が植村に電話し、明日の土曜日、一緒にお昼を食べてしゃべろうということを決めて帰宅すると、美由紀が先に帰っていた。

「お帰りなさい。さっき藤井先生からメールもらったんやけど。一度真之さんに会いたいいて」

「なんやろ」

「直接電話して言うたんやけど」

藤井とは学童で話し合ったきりだ。用は何だろう。

「こちらからかけてみるわ」

真之は美由紀から番号を聞き、電話をかけた。

「はい、藤井です」と元気な声が返ってきた。真之は、訪問した時の礼を述べ、少し近況も話した後、用件を尋ねた。

藤井の話は、沢村のことだった。学童をやめたいと言われているので、そのことについて話したいということだった。

沢村は学校では特に変わった様子はない。学童も楽しんで行っているはずだ。何があったのだろうか。藤井は自分に何を求めているのだろうか。とにかく明日の土曜日、江藤たちと別れた後、かもめ学童に行ってみようと思った。

3

翌日真之は、江藤、植村と、学校から二駅ほど離れたファミレスで集まった。植村とゆっくり話すのは、あの始業式の日以来だ。二か月以上経つのに、ろくすっぽ話もしなかったかと思うと、申し訳ない気持ちがした。いかにこの間、気持ちの余裕がなかったかとも思われた。

「高橋先生、すっかり子どもが落ち着いてきたそうで、すごいですね」

「私も聞きたいです。どうやったらそうなるのか」

二人にそう言われると、真之は戸惑った。まだすっかり落ち着いたわけではない。学年全体から見ればまだ明らかにガサガサしているし、岩崎はまだ厳しい目で見ているはずだ。

「ぼくとこはまだまだです。ちょっとだけ子どもと一緒に遊べるようになってきただけですわ」

「それでもすごいです」

「すごいことないって。保護者に助けられて何とかやってるだけやて。植村先生は、子どもとどう。うまくいってる」

「しんどいです。あまり真面目に話を聞けへんし」

「そうなんや」

「六年生しんどいですね」

江藤もうなずいた。江藤は六年付き、植村は五年付きで、それぞれの学年会にも出ているが、授業は五、六年を持っている。二人とも五年に比べて六年生の授業がしんどいと一致した。

もしかして、それは五年と六年の学年のやり方が違うからではないだろうか。真之は思いついたことを口にした。

「担任の先生が管理的で厳しいと、子どもたちは専科の時間に息抜きしようとするんと違うかな」

「私もそう思います」

江藤がすぐ反応した。

「五年生の子らは音楽を楽しんでるけど、六年生はなんかテスト中心みたいです。四月は学力テストの練習ばっかりさせられた言うてました」

六年生は、全国一斉学力テストがあり、結果を担任も気にしているということは、青年部の会議でもよく話題になった。しかし、だからと言って、テスト前にくり返し過去の問題を練習させたりして時間を費やすことはばかげているし、真の学力にもつながらないということはよくわかる。小宮山と一緒に六年生を卒業させた時は、まったく特別なことはしなかったし、それが当たり前だと思っていた。だが、ここではそんな考えは通用しないのだろう。

六年の担任は男性が二人、女性が一人だ。主任は五十代の児玉健一で、四十代の宮口茂人と木原紀子がチームを組んでいる。いずれもベテランぞろいだ。

「私は先生らの足手まといにならないようにやっているだけです」

江藤の言葉には少し自虐的な響きがあった。あまり学年の雰囲気は居心地がよくないようだ。真之は何となく想像できる気がした。

「児玉先生は、何で校長先生に言わないんですかね。女子のこと」

「管理職にはなるべく逆らいたくないと思ってはるみたいです」

「けど、迷惑してるんやろ」

「してます」

江藤はきっぱりと言い切った。

「私、女子の様子がだんだん変わってきたと思います。木原先生が廊下で遊んでいる子を注意したら、そんなん言うたら校長先生に言うでと言う子もいました。おかしいでしょう。でも、木原先生は黙ってました」

「それは校長室に入り浸ってる子ですか」

「わかりません。でも、多分そのグループやと思います」

かなり事態はひどそうだ。管理職は何を考えているのかと思う。しかし、学校運営に批判の声を上げるのはなかなか勇気がいる。自分の足元を固めておかなければ何も言えない。

真之は、考えていたことを提案した。

「これから三人で、一緒に勉強して行きませんか。教材研究とか、生活指導とか」

二人ともうなずいた。

「ほかの人も誘っていいですか」

江藤は二年担任の森下奈津美を誘うと言う。

森下は、三人より少し年上で、この四月に育休明けで職場復帰している。今は子育てで忙しいけど、土曜日なら付き合ってもらえそうだという。確か西浦勇気の妹の担任だ。時折あいさつする程度で、これと言って話し合ったことはないが、優しそうな人柄に見える。植村も賛成した。

これから月一回ほど土曜日に集まろう。場所は真之の家でもいいし、江藤の家でもいい。それぞれが勉強したいことを持ちよって語り合おう。とりあえず一回目は、それぞれの授業の様子や教材研究でがんばったことなどを出し合おう。

　そんなことがトントンと決まった。真之も不思議なくらい話はまとまった。三人が求めていたのは、今の職場の中で何でも話せるつながりだったのだ。真之の心は弾んでいた。


　二人と別れてから、真之はかもめ学童を訪ねた。藤井は、もう一人の指導員に断って、真之をすぐ傍の公園に誘った。今を盛りのつつじが燃え立つように咲いている。

「お休みの日にわざわざ来ていただいてすみません」

　藤井は、真之と並んでベンチに座った。

「沢村君が学童やめるって言うのはどうしてですか」

「経済的な理由ですわ」

　藤井の話では、沢村の父が解雇され、裁判闘争に踏み切ったことで、生活が苦しくなった。家のローンもまだまだある。一定の生活支援を受けているとはいえ、やはり切り詰めて行かなくてはならない。そこで沢村も納得の上で、学童を卒業させることにしたというのだ。

「沢村君は、本当はやめたくないと思いますが、家の事情を聴けばやめざるを得ない。きっと辛いと思います」

「そうですか」

　あんなに学童で生き生きしていた沢村のことを思うと、真之も心が痛んだ。

「それで、せめて沢村さんを支援したいと思いまして、いろいろ考えたんですが、支援コンサートをやろうかと思うんです」

「コンサートですか」

「はい。心をつなぐコンサートです」

　藤井は、熱っぽく語りだした。

「ぼくは、沢村さんの支援共闘会議にも参加しているので、そこで提案したんです。そしたらやってみようということになりましてん」

　藤井はポケットから企画書を取り出した。九月初めの土曜日で会場はT区民ホール。出演依頼者の名前も書いてある。

「アマチュアの音楽家に出演してもらって、手作りのコンサートをやろうと思うんです。美由紀さんの入ってる市民合唱団にもお願いして、うたごえ運動やってる人の力もお借りします。学童保育連絡会にも、いろいろ達者な人がいますし、ぼくも音楽大好きやし、何とかできると思います」

藤井は、学童の父母会でも全面的に応援してもらえることになったと言い、地域にチラシも配るという。

「美由紀さんの話だと、先生は全市教の青年部役員をしておられるそうで。そのあたりにも広げていただきたいと思いまして」

学校の中では動きにくいが、青年部に訴えて協力してもらうことはできそうだ。小宮山の力も借りよう。きっといろいろ知恵を貸してくれるだろう。

「ぼくでできることはします」

今日江藤や植村と話し合って気持ちが前向きになっていた真之は、きっぱりと返事をした。

「ありがとう。美由紀さんにもよろしく」

「はい」

その晩、真之がコンサートの話をすると、美由紀はたちまち乗ってきた。

「素敵な計画やね。ピースウェーブも絶対協力してくれるから、楽しみやわ」

沢村の父には、懇談会で応援発言をしてくれてずいぶん助けてもらった。今度は自分も何とか支援したい。青年部の会議で訴えるのはもちろんだが、クラスの親にも訴えられないだろうか。いや、それはまだちょっと無理だ。もっと力をつけて、いいクラスを作っていけば、やがてそんな話も平気でできるようになっていくだろう。

真之は、あれこれと思いを巡らせていた。

4

梅雨に入り、雨の日が多くなると、子どもたちは外で遊べなくなり、教室や廊下が騒がしくなる。事故も起こりやすいので、気をつけなくてはならない。真之は休憩中、子どもたちと将棋や九路盤の囲碁で遊ぶように努めた。真之が負けて悔しがると、子どもたちは喜んでくれる。

「頼む、もう一回勝負してくれ」

「あっかーん」

こんなやり取りをしていると子どもたちも寄ってくる。大道や山脇は真之をおちょくる常連になった。沢村も時々勝負を見ていた。

そんな中、校長室への六年生の出入りは止まず、教頭のイライラは次第にひどくなっていくようだった。真之がたまに職員室へ戻ると、いつも人が少なく、教務主任の大沢が押し黙ってパソコンに向かっていた。

学年会では、真之の学級がやや落ち着いてきたこともあってか、岩崎も真之への苦情は言わなくなり、もっぱら実務的な打ち合わせが多くなっていた。中井とは、時々立ち話をすることも増えてきたが、江藤の話にあったような真之への評価を言ってくれることはなく、実務的な話がほとんどだった。以前は井戸端会議めいた管理職のうわさもよく出たが、だんだん重くなる職員室の雰囲気についてはニ人とも語ろうとしなかった。

六月も残り少なくなったある日の五時間目、何とかやれると思っていた体育の授業半ばに雨が降ってきた。やむなく中断して子どもたちを教室に帰し、学習プリントを取りに職員室へ戻ってきた時だった。

「植村！　なんやこれ」

教頭の声だ。真之は急いで職員室に入った。

「成績は糸偏やろ。なんちゅう字書いてるんや」

そう言いながら教頭は書類の入ったファイルで植村の頭を叩いた。

思わず真之は体が固まるような気持ちになって、その場に立ち止った。

「すみません」

つぶやくように植村が答え、教頭は机にファイルを投げ捨てた。

「もう一回全部作り直して持ってきなさい」

そう言い捨てて教頭は校長室へ入って行った。

真之は何か言おうとしたが、すぐに言葉が出なかった。職員室に居合わせた大沢は黙ってパソコンを打ち続けている。

植村は、真之をちらっと見て、何も言わずに出て行った。ちょうどその時、入れ違いにやはり体育を中断した川岸が入ってきた。

真之は一瞬川岸と目があったが、急いで植村の後を追った。しかし、もう姿はなかった。今は自分も子どもたちのところへ戻らなければならない。やむなく教室に戻った真之は、学習プリントを配り、自習させながら、自分はどうすべきだったのかを考え続けた。早く植村に会いたかった。

長く感じる時間がようやく終わった。幸い今日は五時間で終わりだ。終わりのあいさつを済ませると、子どもたちがまだ教室に残っていたが、急いで理科室へ行った。授業はやっていない。植村は準備室で書類を書いていた。

「さっきのことやけど」

いきなり入ってきた真之を、植村は驚いたように迎えた。

「ぼく、見てたんや。君が教頭に叩かれるところを。何か言おうと思ったんやけど、とっさに言葉が出なかったんや。すまん」

「そうですか……」

植村は何か言おうとして黙り込んだ。

「あの書類は何」

「指導の記録て言うか、まあ、授業の記録です」

「ええ？　そんなことしてたん」

知らなかった。そんなことを命じられていたのか。

「いつからやってんの」

「四月からです。専科やるように言われた時、授業の力つけなあかん。毎週やったことの記録出しなさいて言われました」

毎週とは厳しい。まるでペナルティーのようだ。

「授業は見に来てるの、教頭さん」

「二回来られました」

「どんなこと言われた」

「発問をもっとわかりやすく言いなさいとか、板書を工夫しなさい、学習したことがちゃんとまとめれるようにとか、過去の診断テストをよう見て、意識して教えるようにとか……」

「そうなんや……」

そういう指導は間違ってはいないかもしれない。しかし、何かしら冷たいものを感じる。

「子どもたちはどんな様子やった」

「一応静かでした。教頭先生がおったからやと思います」

それもそうだ。自分のクラスも、保護者がいる時は静かになった。子どもたちは当然教頭を意識するだろう。そうやって教頭は植村を一生懸命指導しているのかもしれない。しかし、あんな行為は許せない。相手は子どもではない。しかし、同僚なのだ。いや、子どもにだって体罰は許されない。

しばらく間をおいて、真之は切り出した。

「叩くのはひどい。たかが字が間違っていただけやないか。誰かて間違いはあるで。抗議しよ。一緒に抗議しに行こう」

しかし、植村は黙ったままだった。

植村が行きたくない気持ちはよくわかる。自分もあえて抗議などしに行くのは、出過ぎた真似かもしれない。しかし、やはりこのままでいいとは思えない。君は悔しくないのかという言葉をぐっと呑み込んだ。

「あれはパワハラや。ちゃんと抗議すべきや」

植村は軽く手を挙げた。

「もういいです」

しかし、真之はもう後へは引けない思いだった。

「そしたら君は行かんでいい。ぼくは見ていたものとして抗議する」

植村は驚いたように真之を見た。その時、ドアをノックする音がした。

「おじゃまします」

入ってきたのは川岸だった。

「突然ごめん。今日のこと、私も聞きました」

川岸は、植村をじっと見て言葉を続けた。

「私、あなたたちとすれ違って、様子が気になったから、大沢先生に聞いたんよ。それで教頭さんのやったことがわかりました」

そうだったのか。

「大沢先生に、黙ってるんですかって聞いたら、何をって言わはるんよ。あれはパワハラでしょうと言っても、大げさなこと言うなと返されたわ。見損なった」

川岸の表情が厳しくなった。

「大沢先生は教務主任やけど、市教組の分会長もしてはる。その人がそんなんやから、私思ったわ。この職場には組合はないんやなって」

「ぼくは全市教です」

思わず真之は言った。ここではたった一人だが、自分が全市教の代表なのだ。

「ごめんなさい。私の言い方が悪かった。私は非組やから、組合のことはもうとやかく言わんときます。植村先生は市教組？」

「ぼくも入っていません」

「そうですか」

少し間をおいて川岸は続けた。

「私、このままではウチの職場があかんと思う。教頭さんの態度もずっとおかしい。校長とうまいこといってないからやと思うけど、職員室の空気が悪すぎる。そう思わへん」

「思います。ずっと気になってました」

やはり川岸も同じことを思っていたのだ。

この人の感覚はまったく自分と同じだ。いや、はるかに鋭い。なぜ全市教をやめたのだろう。戻ってほしい。

「だから教頭さんにちゃんと反省してもらいましょう。私も一緒に行きます。組合は無関係。気がついたものが言う。それだけの話です」

「けど、ぼくは」

何か言おうとした植村に、川岸は笑顔を見せた。

「先生は行かんでいいよ。私と高橋先生が、言いに行ったらええ。あなたに頼まれたわけではありません。私らの一存です。高橋先生、それでいい」

「はい」

真之はほっとした。川岸と一緒に行けるのだ。

「先生、さすが全市教やね。頼もしいわ」

川岸はそんなことを言いながら準備室を出た。

真之はちょっと植村の気持ちが気がかりだったが、一緒に外へ出た。

5

二人は、勤務時間が終わるのを待って教頭のところへ行った。真之が、ちょっとお話ししたいことがあるのですがと言うと、教頭は二人を校長室に通してくれた。校長はいない。もう退勤したのか、出張なのかわからないが、いずれにしてもあまり最後までは残っていないようだ。

真之は、今日職員室で植村が叩かれたところを見たことを話し、あれは行き過ぎではないかと思うので、植村先生に謝ってほしいと述べた。

「なんでそういうことを君が言うんや。植村君に頼まれたんか」

教頭はソファーにもたれかかったままの姿勢でそう言った。

「何も頼まれていません。その場にいた者として、思ったことです」

「植村君は納得してるで。さっきも書類直して持ってきたけど、何も苦情なんか言うてない。それどころか、すみませんでしたて言うとったがな。何が問題なんや」

「叩いたことです」

「叩いた叩いたて、ファイルでちょっと触っただけやろ。何大げさなこと言うてるんや」

真之が何か言おうとした時、川岸が鋭く言った。

「あれは指導ですか」

教頭はちょっと口ごもった。

「ファイルで叩くのも指導ですか」

「何が言いたいんや」

「私たちが子どもをファイルで叩き、保護者が抗議に来られたら先生はどう対応されますか」

「ケースバイケースやろ。仮定の話や」

「ですから仮定やなくてあったことにお答えくださ

い。今日、先生がやったことは指導ですか」

川岸の追及に教頭はしぶしぶ指導ではないと答えた。指導だと言えば、体罰は指導ですかと川岸は切り込むだろう。

「指導でないのなら、率直に植村先生に謝ってください。今日はすまなかったの一言でけっこうです」

教頭はうなずいた。

「わかった」

「ありがとうございます」

真之は思わずそう言った。話が収まってほっとしたのだ。

「先生もいろいろご苦労が多くて大変だというのはお察しします。けど、職員室の空気が最近ピリピリして近づきにくいという声を耳にしますので、学校目標が成功するように、よろしくお願いします」

川岸が柔らかい口調でそういうと、教頭もうなずいた。

「失礼しました」

川岸は立ち上がった。真之も深々と頭を下げた。そのまま、校長室を出ようとした時、川岸が立ち止った。

「教頭先生。毎日ほんとにお疲れ様です」

川岸はそう言って部屋を出た。

それから二人は川岸の教室に引き上げた。

「お疲れ様、よかったね」

「はい」

川岸が淹れてくれたお茶を飲みながら、真之は、高ぶった気持ちを静めていた。

「教頭さん、謝りに行くでしょうか」

「さあ、植村先生が帰る時にでも一声かけるんと違う」

「そうですね」

「今日はもう植村先生のところに行かんとこ。私らは、彼と係わりなく抗議しに行ったんやから」

真之もそう思った。これから理科室に行ったら、教頭と鉢合わせする可能性もある。今日はやめた方がいい。

真之は、思い切って尋ねた。

「先生、何で全市教やめはったんですか。許せないことがあった言うのは何ですか」

「それ……」

川岸はちょっと考えていた。

「またいつか話すわ。けど、これだけは言える。私は全市教の運動には賛成や。あなたのような真面目な若い人もいるし、できることは協力するから。今日はここまでにして」

それ以上は何も言えなかった。しかし、いつの日か川岸が全市教に戻ってくれたらと強く願った。

「実はこないだ植村先生と、江藤先生と、三人で、勉強して行こうと相談したんです」

真之がその話をすると、川岸は何度もうなずいた。

「私も仲間に入れて。一緒に勉強したい」

「教えてください」

「何言うてんの。お互い様やんか」

川岸はうれしそうに笑った。

その日の帰り道、相次いでメールが入った。植村と江藤だった。

「今日はありがとうございました。教頭先生が理科室に謝りに来られました。先生らのことは何も言わなかったし、聞かれていません。気持ちがすっきりしました。川岸先生にも感謝しています」とあった。

江藤のメールは短く、「今日はお疲れ様でした。植村先生から聞きました。先生すごいですね」と書いた後に絵文字が添えられていた。

真之の心は弾んだ。よかった。植村に迷惑がられたのではないかという不安が少しあったのだが、これで安心した。

家に帰ると、美由紀が食事の用意をしていた。茄子を炒める胡麻油の香りが食欲をそそる。つわりなどはどこ吹く風らしい。食べながらゆっくり今日のことを話そうと思いながら、何気なく夕刊を見て、思わず声を上げた。

「これ見てみ。民間校長退職やて」

「なんて」

美由紀が火を止めて覗き込んだ。

「この四月、大阪市で全国公募に応募し、民間人校長として就任したN小学校の船場正樹校長（三八）が、就任からわずか三か月足らずで退職することがわかった。船場氏は外資系証券会社出身」

記事は、公募校長としてやりたいことがあったが、地域では求められていないとわかったとか、市教委が求める校長像との間に大きなずれがあると悩んでいたなどと書き、選定責任も問われそうだと指摘していた。

「なんやこれ」

真之は怒りが収まらなかった。

「三か月で辞めるてめっちゃ無責任や。学校がどれだけ迷惑するかわかってんのか」

「ほんまやねえ。けど、辞めてくれてみんなほっとしたかも」

それも一理ある。うちの民間校長も、早く辞めてくれればいい。だが、後任にどんな人が来るかわからないし、振り回されるのは教職員、しわ寄せが来るのは子どもたちだ。

「教育をなめたらあかん。教員免許もない人が、学校の責任者になれるわけがない」と言った父の言葉がいよいよ現実になってきたのだ。

その晩真之は少しアルコールを傾けながら美由紀と長く語り合った。美由紀はもちろん飲めない。真之も遠慮していたのだが、今日は美由紀が勧めてくれたので、缶ビールを一つ開けた。

美由紀は真之の話を聞いて、川岸のことを尋ねた。

「その先生独身?」

「さあ、家のことは聞いてないけど」

「私、何となく想像するんやけど、全市教やめはったのは、組合の運動がどうのこうのと違う言うてはるんやから、何か男女間の問題と違うかな」

「え」

「許せないことがあったという言い方で、ふと思ったんよ」

そうかもしれない。美由紀の勘が当たっているとすれば、何かしらそういう問題があったのだろう。真之にはまだ経験したことのない複雑な問題があったのかもしれない。

いつか話してくれる日を待とう。きっとその日が来る。そして職場に全市教の分会を確立するのだ。植村や江藤にも入ってもらおう。次の青年部の会議で報告しよう。そういえば沢村支援コンサートの話もしなければ。アルコールの勢いも手伝って、真之の気持ちはだんだん大きく膨らんでいた。

第7章　韓国ツアー

1

七月に入り、いよいよ一学期のまとめをする時期に差し掛かった。成績処理、懇談会の準備、夏休みの課題づくりなど仕事は山のようにある。八時、九時まで居残って仕事をする日が続いた。

「お弁当作るわ」

美由紀は、毎朝弁当を作って、真之に持たせてくれるようになった。カップラーメンなどで空腹をしのいで仕事をしていた真之にはありがたかった。美由紀自身も時々自分の弁当を持って出かけるようになっていた。

真之が帰宅すると、待ちかねたように美由紀がその日の出来事を話しかけ、二人はいろいろなことを話し合った。学校の様子や学童の話ももちろんあるが、目前に迫った参院選などの政治的な話題も多くなっていた。

美由紀は学童保育関係の共産党後援会で宣伝活動などにも参加しているし、市民合唱団ピースウェーブでもいろいろな取り組みをしている。当然あれこれと情報もつかんでいる。

一方、真之も小宮山の勧めで、二年前のいっせい地方選挙では共産党に投票し、機関紙の「しんぶん赤旗」も購読するようになった。青年部役員になってからは、遠藤部長たちと共に教職員後援会にも加わっているが、これといった活動はできていない。自分も含めてみんな忙しすぎるということもあるし、教職員という立場の制約もある。美由紀のように自由に活動することはできないのだ。そんなことはお互いにわかっている。だが、美由紀と話し合っていると、それが言い訳に過ぎないような気がして、引け目を感じることもあった。もともと美由紀は真之よりもはるかに行動的だ。実家を出て真之とのくらしになったことによって、いっそう自由に活動しているという気がした。

美由紀はそんな思いを知ってか知らずか、勢いよくしゃべった。

「東京都議選で、共産党大躍進したから、参院選でも絶対伸びると思う。これ、確かな話なんやて」

そうかもしれない。だが、大阪では維新の会の勢いが強くて、なかなか共産党は伸びないのではないだろうか。

真之がそのことを口にすると、たちまち美由紀は反論した。

「そんなことない。この頃、駅で宣伝してても、反応いいし、コータローさん絶対通る」

コータローというのは大阪選挙区で共産党が候補者としている人のことだ。

美由紀の勢いはすごい。妊娠してからむしろ行動的だ。

「おれも何かせなあかんな」

「うん、がんばってがんばって」

「忙しいんやで」

真之は苦笑するしかなかった。

こうやって家では美由紀にあおられる真之だが、青年部の会議では、しきりに持ち上げられた。

「まー君の職場活動、すごい」

「転勤したばかりでようやる」

この間の植村に対するパワハラ問題での取り組みや、沢村支援コンサートの話が、大いに評価されたのだ。

「それで青年同士の職場学習会はもうやったん」

青年部長の遠藤に聞かれて、真之はちょっと口ごもった。実は七月に入ってから、それぞれ忙しくてまだ計画できていないのだ。気にはなっているが、そんなことを話しあう余裕もない雰囲気だった。

「夏休みにゆっくりやればええやん。すばらしい活動やで」

そう言われると真之の気持ちは前向きになった。ともかく一学期を乗り切ることだ。

会議では夏休み中のツアーと秋の教育研究集会について、遠藤が提案した。

「今年の夏の親組合との共催ツアーですが、思い切って韓国へ行きたいと思います」

おおっという声が上がった。

「二泊三日、教育と平和の旅にしたいということで、親組合とも何度か相談しました。プラン作成については退職教職員の会の米原先生にお力添えをいただきますが、ナヌムの家や水曜集会に参加し、日本軍慰安婦問題についても学習したいと思います」

なるほど、橋下市長の暴言問題があった直後でタイムリーな企画だ。役員たちからは、賛成意見が相次いだ。

さらに遠藤は、教研集会のパフォーマンスでチームを作りたい、真之にその中心メンバーになってほしいということも述べた。

「まー君、あの時の演劇経験もあるし、ぜひやって」

「演劇いうても、ちょっと出ただけですから」

真之は戸惑った。二年前、大教組教研集会で小宮山の演出する構成劇に出演し、学童の子どもたちを連れてきた美由紀とも一緒に練習したのだが、自分が中心になるなどということはとんでもない。

「またああいう演劇やるいうことですか」

「必ずしもそうやないけど、私らの思いを何かの形で表現したいということなんよ。今の職場て、どこも閉塞感があるし、しんどい話が多いけど、そんな中でも元気にやっている青年がいるいうことをアピールしたいんや。まー君かてその一人やし」

「それはわかるけど」

「もちろん専門家の力も借りるけど、私らでまずプランを組みたいんや。やって」

遠藤はぐんぐん迫ってくる。

前向きに考えるという返事で即答を避けようとしたが、また小宮山の力を借りることができればやってみたいという気持ちもわいていた。

「夏休み中に、チーム作って相談するつもりやから、よろしくね」

「わかりました」

結局引き受けることになったが、何も自分が台本を作ったり演出したりするわけではないだろう。要は世話役をやればいいのだと自分に言い聞かせた。まだ先の話だという気楽さもあった。

その夜、美由紀にツアーのことを話すと、美由紀はたちまち飛びついてきた。

「私も行きたい。家族が行ってもええんやろ」

「もちろんや。けど、君は体が」

「お医者さんに相談します。絶対大丈夫」

美由紀はすっかり行く気になっている。真之の心も弾んだ。

2

学期末の懇談会に、真之は子どもたちの作文を用意して臨んだ。テスト結果だけではなく、子どもたちがどんな思いを持っているかを紹介したいという気持ちだった。

懇談はおおむね順調だった。「子どもが学校でのことを話すようになった」とか、「表情が明るくなってきた」という声も聞かれたし、授業を見に来てくれていた人たちからも「だいぶ落ち着いてきた」という声が聞かれた。

もちろん、注文もいくつかあった。

「先生は男子中心で、女子のことをあまり見てくれない」という厳しい意見もあったし、「テストの結果が悪いので、もっとわかるまで教えてほしい」という声もあった。

真之としてもそれらの批判はよくわかっているつもりだった。二学期からは、もっと女子の中に入って行きたい。放課後などを使ってわかるまで指導もしたい。

「当面、夏休みに算数教室をやります。プールのある日に、希望者を集めて指導するつもりです」

そんな考えも語りながら懇談は進んだ。

沢村雄大の母は、学童を何とか続けさせるということを言ってくれた。

「みなさんが親身になってくださってありがたいです」

沢村の母は笑顔で話してくれた。

雨宮香織の母親はていねいに感謝の言葉を述べてくれた。「今はまだ不安定ですが、気をつけて見ていきます」という表情は柔らかだった。

そんな中、懇談会二日目の最後に予定していた西浦勇気の母親だけが、最終の六時を過ぎても来なかった。電話も入っていない。どうしたのだろう。勇気の母親が、シングルマザーで夜も働いているということは知っているが、懇談に来られないという返事はもらっていない。

真之は職員室から電話をかけたが、誰も出てこない。妹を担任している森下の教室に行くと、ちょうど森下も終わって教室を出ようとしていた時だった。

「西浦さん来ましたか」

「いいえ、来なかった」

「そちらもですか」

これから家庭訪問しよう。真之はとっさに決断した。

「私も行きたいんやけど、保育所にお迎えにいかなあかんから」

「わかりました。何かわかったら、お電話します」

真之が行こうとするのを森下が呼び止めた。

「高橋先生。私も勉強会寄せてもらうわ。いつになりそうかな」

「あ、すいません。明日にでも相談して決めます。よろしくお願いします」

真之は笑顔でうなずき、職員室へ向かった。


西浦勇気の家に行くと、勇気が出てきた。

「お母さんは」

「まだ帰ってない。懇談会とちゃうの」

「それが、来られなかったんや」

「ふうん」

勇気も何も知らないようだ。いつも母親が帰るのは七時過ぎになるという。

真之は、メモしてきた母親の緊急連絡先に電話した。勤め先のスーパーマーケットの職員が応対してくれてようやく事情がわかった。勇気の母親は、二時間ほど前にスーパーで勤務中に突然胸の苦痛を訴え、救急車でM中央病院へ運ばれたという。

「どういう病気ですか」

「詳しいことはわかりません」

真之は、勇気に誰か頼れる親戚がいないかと聞いた。しかし、四国の高松におばあちゃんがいると言うだけで、あまり行き来もないという。とりあえず面倒を見てもらえる人はいないようだ。

真之は勇気と妹の二人を連れて病院へ行ってみることにした。自転車でも行ける距離だが、妹が心配だ。真之は電話でタクシーを呼んだ。

三人が病院に着き、受付で西浦の名を告げると、入院患者の病棟を教えてくれた。

母親は四人部屋の病室にいた。今は眠っているとのことで、三人は面会室で看護師から話を聞いた。

母親はスーパーの食品を点検中に、心筋梗塞で胸の激しい痛みを覚え、しゃがみこんでしまったという。とりあえず緊急入院して、いろいろな検査を行い、休養させるとのことだ。

「過労ですね。糖尿病も抱えておられるようで、原因の一つだと思います」

少し年配の看護師は、心配そうな子どもたちに笑顔で語りかけた。

「お母さん大丈夫やからね。すぐよくなるよ」

「よろしくお願いします」

真之は二人の肩を抱えながら、頭を下げた。

突然の事態に、勇気もすっかり戸惑ってかほとんど言葉がない。妹も黙っている。

もう七時になる。真之はとりあえず、病院の売店で弁当を買って、二人に食べさせることにした。間もなく母親が目を覚ましたら面会するとして、今夜どうしたものか。いや、しばらく入院となったらどうなるのか。二人が食べている間に、真之は学校へ電話をして助言を求めることにした。

電話に出たのは、ちょうど職員室に戻っていた中井だった。教頭に相談しようと思っていたのだが、事情を話すと、中井がすぐ答えてくれた。

「民生委員さんに声かけてみよ。私知ってるから、今から行くわ」

意外な中井の言葉だった。

「すみません。お世話になります」

「何言うてんの。同学年やないの。話ついたら電話入れるわ」

「はい」

中井の言葉には温かみがあった。


しばらくして看護師が、子どもたちを呼びに来てくれた。母親が目を覚ましたのだ。真之も二人について病室に入った。

母親は、子どもたちを見ると体を起こして、笑顔を見せた。

「ごめんなチイ子、びっくりしたやろ。勇気もごめんやで」

妹のチイ子は、ほっとして気持ちが緩んだのか、わっと泣き出した。同室の人たちが驚いてこちらを見ている。母親は妹を抱き寄せた。

「先生、すみません。お世話をおかけしました」

「いいえ、それより、お体はどうですか」

「はい。大丈夫やと思うけど、明日は検査するからこのまま入院しなさい言われてます」

「そうですか」

真之は、二人のことが気がかりだった。病院に寝かすわけにもいかないだろう。場合によったら、このまま家に連れ帰ろうか。美由紀も協力してくれるだろう。その時、真之の携帯が鳴った。中井からだった。

「民生委員の武田さんに会えました。一緒に勇気君の家に行ってくれて、お隣さんに話してくれた。そしたら入院中、面倒見るから、心配せんでええと言うてくれた。安心して帰ってきて」

「そうですか。ありがとうございます」

ひとまず安心だ。真之は、母親にそのことを告げ、二人を家に戻した。学校へ戻り、教頭に事情を報告し、中井にお礼の電話を入れて、帰宅すると十時を回っていた。懇談会の緊張もあり、さすがにどっと疲れを感じた。

「お疲れさん。遅かったね」

美由紀が餃子《ぎょうざ》を焼いてくれた。よく冷えたビールと一緒に食べながら、今日のいきさつを話した。

「お母さん、大したことがないとええけど心配やね」

「うん」

「過労が原因やろ。シングルマザーで大変やね」

働いても働いても、ワーキングプアと呼ばれる人たちがクラスの中にも数人いる。沢村のように派遣切りされる人もいる。やはり政治が間違っているのだ。

「おれも選挙、何かせなあかんな」

真之は、思わずつぶやいた。

3

長く苦しかった一学期がいよいよ終業式を迎えた。

教室で子どもたちを前にした真之は、始業式のことを思い出しながら、感慨深いものがあった。とにもかくにも一学期を乗り切ったのだ。

「みんなようがんばったね。これから通知表を渡します」

真之は一人一人の名を呼びながら、笑顔で通知表を渡していった。門倉翔太はさっと通知表をひったくった。西浦勇気はニヤッとして受け取った。そして、雨宮香織は軽く一礼して受け取った。

席にすらなかなか着かなかった子どもたちが、今はともかく静かに通知表を受け取っている。

勇気の母も退院して仕事に戻った。ひとまず安心だ。時々家庭訪問して様子を見守って行こう。


終業式の二日後に参院選は投票日を迎えた。

その夜、真之と美由紀は、テレビの前に座り込んで開票速報に見入った。開票が進むにつれて、予想獲得議席が次第に明らかになってくる。どうやら、共産党は大きく議席を伸ばしそうだ。

「やった！　コータローさん通った！」

美由紀がガッツポーズで喜んだ。

明け方少しだけ睡眠をとった二人は、テレビを見ながら朝食をとった。

選挙の結果、共産党は改選三議席を八議席まで伸ばし、議案提案権を持つ十一議席になった。真之が小宮山の勧めで初めて共産党に投票したのは、二〇一一年の一斉地方選挙だった。その次投票に行ったのは、二〇一二年の総選挙だったが、共産党は後退した。応援した党が躍進したことはもちろんうれしい。だが、自民党が伸び、民主党が減ったことで、自民党の力が強まるだろう。維新の会も比例では共産党より多い六議席を取っている。

真之がそのことを言うと、美由紀は首を横に振った。

「維新伸び悩みやて。もっと取れるつもりやったのに、がっかりしてると思うで」

そうかもしれない。美由紀が元気だと、真之の気持ちも明るくなる。今晩あたり、美由紀と外食しようかなどと考えていた時、メールが来た。小宮山からだった。

「お疲れさん、共産党躍進よかったな。ところで、韓国ツアーぼくも行くことになったから、ぜひまー君も参加してほしい」

真之はすぐ返信した。

「美由紀と一緒に行きます。よろしくお願いします」

メールを肩越しに覗き込んでいた美由紀が背中から覆いかぶさってきた。

一週間後の土曜日、朝の九時から真之たちは勉強会を開くことになった。十二時まで勉強し、一緒に昼食を食べておしゃべりしようという計画だ。会場は、江藤が自宅を提供してくれ、お昼は一緒に作ろうという計画だった。

相談がまとまった直後に、同じ日の午後、韓国ツアーの結団式が行われるという連絡が来た。あわただしいが、少し遅れてなら参加できる。真之は、一学期の様子をまとめ、保護者の書いてくれたノートや子どもたちの作文などを資料として準備し、勉強会に臨んだ。

勉強会には、都合で川岸は来られなかったが、江藤、植村、森下が集まった。

江藤は音楽専科として合奏の取り組みを報告した。パートごとにリーダーが中心となって、苦手な子を応援し、全体の演奏を成功させ、保護者からも喜ばれたという実践だった。

植村は五年生の理科で、メダカの誕生の授業を報告した。数日間にわたって卵の変化を顕微鏡で観察させ、子どもたちが興味を示してくれたという話だった。森下は、算数で百マス計算を毎日積み上げ、子どもたちが意欲的になっていったという取り組みを報告した。どれも成功例ばかりだ。

真之も自分の実践報告として「くるりん」の授業の話をした。あの授業は、真之にとって子どもたちとの関係を変える大きな転換期だった。その時の様子などを話し、三年生との合同体育のことにもふれた。

それぞれがよかったことを話し、互いに共感し合ったのだが、何かしらしっくりしない。どうもみんながよそ行きの報告をしているような気がする。この会は、もっと気軽に、失敗や困っていることを語り合おうとしていたつもりなのだが、そうはなっていない。特に植村にはもっと困っていることをぶちまけてほしい。

しかし、それは自分も同じではないか。いかにがんばったかを自慢するような報告になっていたのではないか。

勉強会を終え、一緒にそうめんを食べながら、真之がそんな思いを口にすると、江藤と植村もうなずいてくれた。

「けど、楽しかったよ。またやろ」

森下がそう言ってくれて、真之はほっとした。これで終わりにはしたくない。

　食事の後片付けを済ませ、コーヒーを飲みながら、真之は次回のことを提案した。夏休みの終わり近くに、また集まろう、今度は真之の家に来てもらいたい。そして、悩みや失敗も出し合おうという提案だ。三人も賛成してくれた。

「すみませんがお先に」

　真之は時計を気にしながら立ち上がった。


　江藤の家を辞した真之は、ツアー結団式の行われるエル法円坂会館へ駆けつけた。会場には約二十人の参加者が集まっている。前の方に座っていた小宮山が、真之の入ってくるのを見て、自分の横へ来いと手招きしてくれた。参加者名簿によると、男性十三人、女性十五人のツアーとなる。

　ツアー団長の矢代隆志全市教副委員長のあいさつに続いて、事務局長の遠藤が日程を説明した。ツアーは八月二十日からの二泊三日だ。二十日の朝、関空を発って仁川《インチョン》空港に着き、ソウル市内を観光し、韓国の教職員と交流する。翌日は西大門《ソデムン》刑務所見学、「水曜集会」参加、戦争と女性の人権博物館見学、夜はハラボジ（おじいさん）との交流会と盛り沢山だ。三日目は釜山《プサン》へ行き、豊臣秀吉が築城した倭城《ウェソン》や龍頭山《ヨンドサン》公園の見学などを経て帰国するというプランだ。

　続いてツアーに同行し、アドバイザーとして一部通訳なども務める米原静江が紹介された。

　大阪市の中学校で英語教諭だった米原は、退職後、短大の教授を務めながら韓国語を勉強し、日本軍慰安婦問題などでの研究と活動を進めている。白髪だが、つややかな笑顔が若々しい。

「みなさんとご一緒に楽しく、実りのある旅にしましょう。よろしくお願いします」

　米原のあいさつに参加者は拍手で応えた。

　閉会と同時に、小宮山は早速真之を誘った。

「まー君、久しぶりにちょっと生ビールでもどうや」

「いいですね」

　小宮山と飲みに行くのは久しぶりだった。

　駅前の居酒屋で、二人は乾杯した。

「千葉さんから聞いた。いろいろ大変やったらしいな。けど、ようがんばった」

「まだまだこれからですけど」

真之は、謙遜しながらも、いくぶん誇らしい気持ちだった。ところが小宮山は、そんな真之の気持ちを見透かしたような言葉を続けた。

「確かに、これからが大事やな。二学期、子どもたちがどう変化していくか、職場がどう変わっていくかで、君の苦労が実る」

「はい」

「親父になる日も近いしな」

真之は思わず気持ちが引きしまった。

「おめでとう」

小宮山は真之に乾杯を促した。

「また、先生に助けてほしいんです」

真之が教研集会のパフォーマンスのことを話すと、小宮山はあっさりうなずいた。

「遠藤さんからもちょっと聞いた。ぼくは何をしたらいい」

「演出を助けてほしいんです。台本も直してほしいし」

「それはやめたほうがええ」

小宮山は首を横に振った。

「遠藤さんの意図は青年の力で、パフォーマンスをやり遂げたいということやろ。ぼくが下手に口出ししたら、まー君もかえってやりにくいやろうし、青年自身の取り組みという値打ちが薄れる」

そうかもしれない。しかし、真之としては小宮山に頼ることを前提として引き受けたのだ。自分だけの力でやれるとは思えない。それに、小宮山がいろいろ口を出したとしても、少しも不愉快とは思わない。もともと小宮山とは実力が違うのだ。

真之が考え込んでいる様子を見ていた小宮山がにやりと笑った。

「君ならやれる。自信持ってやったらええ。ぼくは、裏方を手伝わせてもらう。当日、そういう仕事もいるやろ」

「つまり舞台監督ですか」

「まあ、そういうことかな」

小宮山は、ビールのお代わりを注文した。

真之は何となくほっとした。助けてくれることは間違いない。だが、前に出ようとせず、自分を立ててくれているのだ。感謝していたらいいのだと思った。

4

韓国ツアーの日が来た。午前九時、参加者は関空ロビーに集合し、搭乗の時を待った。真之は、教員ではない美由紀のことを気遣っていたが、美由紀は人見知りせず、どんどん周りの人に話しかけていた。

ここ一週間ほど、美由紀は漫画入りの韓国語入門書を読みふけり、会話に備えていたが、そんなことも話題にしている。話のはずむ美由紀を見ていると、むしろ真之の方が取り残されたような気分だった。

「それでは行きましょう」

矢代団長を先頭に、一同は搭乗した。

約二時間で仁川空港に着き、空港鉄道でソウルへ向かう。最初の見学地は景福宮《けいふくきゅう》だ。ビルが立ち並ぶソウルの中心地に、韓流時代劇の世界にタイムスリップしたような空間が広がった。朝鮮王朝の時代に、王の生活や政務の場であった景福宮は、秀吉の朝鮮侵略によって焼失したが、一八六七年、高宗の時代に再建されたものだという。

真之たちは、大きな門をくぐって、正殿の前に立った。山を背景に立つ正殿は二階建ての堂々とした建物だ。屋根が少し反っている。青い空の中を大きな鷹か鷲が羽を広げたようなイメージが浮かんだ。当時の兵士の衣装をまとって歩いている人たちもいる。ここの職員だろうか。

「こうやって、ちゃんと大都会に歴史遺産を保存してるんやね」

美由紀が感心したようにつぶやいた。

「そらそうやろ。日本かて大阪城も姫路城も街の中にあるやん」

「東大寺もあるしね」

美由紀も応じた。

「歴史遺産を大事にせなあかんな。戦争が一番の大敵や」

いつの間にか傍らにいた小宮山がつぶやいた。

景福宮見学の後、一同は、ソウル平和博物館に向かった。ここでは、見学と合わせて、韓国の教職員と交流することになっている。

　その平和博物館は、広い往来から外れた路地の奥にあるこぢんまりした建物だった。博物館というよりは、保育所か学童保育のようなイメージだ。中へ入ると、三十坪ほどのスペースがあり、space-peace（平和空間）という表示が目についた。周りに日本の侵略戦争、朝鮮戦争、ベトナム戦争、イラク戦争などの資料や写真が展示されている。

　もっと大きな博物館を想像していた真之はちょっと意外だったが、だからこそ貴重な存在なのかもしれない。

　笑顔で迎えてくれた金英哲館長が、米原と韓国語で少し言葉を交わした後、思ったよりも流暢な日本語で博物館の説明を始めた。

「韓国には、世界的な規模の戦争記念館があるが、残念ながらまともな平和博物館はありません。私たちは、一九九〇年代後半から始まった、ベトナム戦争での韓国軍によるベトナム民間人虐殺に対する謝罪運動から出発しました。『ごめんなさい、ベトナム』と名付けられた運動です。歴史上初めて韓国社会が加害の歴史に直面せざるを得なくなったのです」

　真之は初めて知った。そうか、ベトナム戦争ではアメリカと一緒に戦った韓国が加害者になるのだ。日本は憲法九条があったから、アメリカの同盟国であっても、戦場には行かなくて済んだのだ。

「この運動の中で、再び自分のような戦争被害者がないよう願った元日本軍慰安婦被害者のハルモニが寄付してくださって、それが平和の種となり、平和博物館建立推進委員会が結成されたのです」

　金館長は、箱モノではなく、平和運動のセンターとして、人々の日常へ入って行けるよう取り組んでいることを強調したのち、驚いたことに大阪の平和博物館「ピースおおさか」について言及した。

「橋下市長はピースおおさかから、加害の歴史を消し去ろうとしていると聞きました。これは大きな誤りです。未来を担う子どもたちに、歴史の真実をきちんと伝え、共に考えあう場所であってほしいです」

　大きな拍手が起こった。

「ではどうかご覧になってください」

金館長の説明を聞きながら、一同が、展示を熱心に見ている時、勤務を終えた女性教師四人が到着した。「平和空間」を交流会場にして、一同は車座に座った。

四人の女性教員は韓国の教職員組合・全教組の組合員だ。資料によると、全教組は、日本の全教とも友好的で、全国教研集会に代表が招かれたりしている。資料を見ると、盧泰愚《ノ・テウ》政権の時代に、民主教育と労働基本権などを求め約二万人余りの教職員で設立されたが、激しい弾圧を受け、千五百人余りの教員が解雇された。その後、金大中《キム・デジュン》政権となり合法化され現在に至っているとある。

四人の教員はまだ若い。全員が青年部と言ってもいい感じだ。簡単なあいさつの後、ツアー参加者を代表して、矢代団長が大阪の教育を巡る情勢報告を行った。

「二〇一一年の一斉地方選挙で、橋下徹知事の率いる維新の会が大阪府議会で過半数を占めると、いきなり、『君が代起立条例』を強行し、さらに『教育基本条例』を提案。反対を押し切って成立させました。橋下氏は知事を辞任して大阪市長に出馬し、府と市のダブル選挙に勝利して、権力を一手に集中させたのです」

四人の教員は矢代団長の言葉を熱心にメモしている。

「橋下氏の手法は、敵を作り、徹底的に攻撃する。既得権を攻撃し、改革者のポーズをとって人気を得ようというものです。そして、府民の中に対立と分断を持ち込むことです。とりわけ公務員と府民、教職員と父母を対立させることに躍起となっています。教育基本条例の内容は多岐にわたっていますが、その本質は、大企業が求める人材の育成にあります。子どもたちには競争をあおり、できなければ切り捨てる。一方で、それを妨げられないように、教職員には管理統制を強め、組合を徹底的に攻撃し、物言わぬ教職員を作り出そうとしているのです」

矢代団長はこの後、教職員の評価を巡る問題や、思想調査アンケート問題、学力テスト問題、高校つぶしなど、この間の橋下政治が進めてきた教育政策を詳しく説明した。

話が終わると、待っていたかのように、韓国の教員から声が上がり、一番年長と思われる教員が立ち上がって話し始めた。金館長が通訳をしてくれる。

「お話を聞いていて、とても共感しました。私たちの教育現場も全く同じです。厳しい思想チェックや管理体制の下で、何とかして子どもたちのためにいい教育をしたいと願い、自主的に研究会を続けています」

一同がうなずく。

「この先生は、学力テストに反対して解雇されましたが、一年間かけてたたかい続け、復職することができました。命がけのたたかいでした」

おおっという声が上がり、みんなが一斉に拍手すると、紹介された若い教員が立ち上がり笑顔であいさつした。

真之にとっては驚きの連続だった。解雇されたということも驚きだが、一年間たたかって復職させるという力もすごい。労働組合としての力がよほど強いのだろうか。それとも、日本社会よりも国民の権利意識が強いのだろうか。

「すごいねえ」

メモを取りながら美由紀がつぶやいた。


交流会が終わると、近くの韓国料理の店に移動して、食事会が行われた。メニューはサンパブ定食と呼ばれるもので、小皿に盛られた何種類ものおかずをご飯と一緒に、野菜に包んで食べる料理だ。マッコリを注文する人もいる。真之にとっては初めての料理だ。美由紀はおいしいを連発しながら、しきりに食べている。

だが、真之は今一つ食欲がそそられなかった。やはり、日本のごはんがおいしいと思いながら食べ物を口に運んでいた。小宮山は、マッコリを味わいながら、しきりに韓国の教員に話しかけている。若いころから小宮山とは顔見知りだという米原が通訳を務めてくれていた。

5

翌日のスケジュールは、西大門刑務所跡の見学から始まった。ホテルでは、夫婦の部屋は確保されておらず、全員が男女別の相部屋だったので、美由紀とは離れていたのだが、朝食時に出てくるのが遅かった。寝坊したと言っていたが、少し疲れているみたいだった。

この日の見学は、まず西大門刑務所歴史館だ。

ここは、日本帝国主義に抵抗する韓国人に刑罰を加えるために、網走刑務所にならって建てられたものだという。がっちりとした赤茶色のレンガ造りの建物から重苦しい歴史が漂っているような気がした。展示室には、処刑された五千余人の写真や銘板が並んでいる。十六歳で犠牲になった若者もいる。獄舎の中へ入り、独房が並ぶ廊下を歩くと、息苦しくなってきた。

外に出ると扇形の隔壁場がある。収監者の運動場だが、互いの対話を防ぎ、監視しやすくするためにいくつもの隔壁を作り、それぞれの空間に入れて運動させたものだという。

痛哭《つうこく》のポプラと名付けられたポプラの木の向こうにあるのが死刑場と屍驅門《シグムン》だ。

「独立運動家を死刑にした後、外部に知られないように運び出した秘密通路なんです」

米原が厳しい表情で説明してくれた。美由紀はずっと黙っている。気分が悪くなったのだろうかと心配になった。

その時、小学生らしい子どもたちの一団が姿を見せた。どうやら社会見学らしい。今は夏休みだから、子ども会か何かの団体だろうか。小学生のうちからこんなところへ見学に来るのかと少し驚いたが、自国の歴史を知ることは当然なことなのだろう。真之も、修学旅行で子どもたちと広島を訪れ、原爆資料館を見学したが、それと同じことなのかも知れない。

美由紀が小学生に向かって手を振った。子どもたちもこちらを見て手を振ってくれている。一瞬、爽やかな風が吹き抜けるような気がした。

この後、一行は日本大使館前で毎週水曜日の昼休みに開かれている「水曜集会」へと向かった。この集会は、旧日本軍によって従軍慰安婦を強制的に務めさせられた韓国人女性やその支援者たちが、日本政府による戦争犯罪認定、真相究明、そして公式謝罪と法的賠償などを要求するために開いているものだ。一九九二年一月から始まり、もう二十年以上も開かれ続けているとのことだ。集会参加はこのツアーの中心的なプランだった。

　会場に着くと、日本大使館前の大通りを挟んだ向かい側に、椅子に座った少女の像があった。写真で見た慰安婦少女像だ。

　チマチョゴリを着た少女のブロンズ像は、固くこぶしを握りしめている。足は素足だ。悲しげな眼差しで、まっすぐ大使館を見つめているようだ。

　少女像の隣にある椅子は、何が正義かをいまだ証言していない、高齢のまま死を迎えている生存者を象徴しているのだという。

　次第に人が集まってきた。少女像の横にハルモニと呼ばれる元慰安婦の女性が三人座り、支援者が並んだ。集まった人たちは圧倒的に若者が多い。高齢者の集会を想像していた真之には驚きだった。若い人たちがこの運動の主体なのだ。

「すごいね」

　美由紀がつぶやいた。同じことを思ったようだ。

　司会進行も若い人が進めている。みんなで歌を歌い、次々と参加者の発言が続いた。大使館側には韓国の機動隊員がずらりと並んで集会を見ている。報道のカメラマンもいる。大使館の窓にはブラインドがきっちりおろされていた。息をひそめているのだろうか。

　スピーチが続き、アメリカのパリセイズパーク市の市長があいさつした次に、米原が指名された。マイクを握って一礼した米原に一行は大きな拍手を送った。

「アンニョンハセヨ　チョヌン、イルボン、サラミムニダ」

　こんにちは、私は日本人です。とあいさつした米原は、そこから日本語でスピーチした。

「私たちは日本の大阪から来た教職員組合の団体です。私たちは、みなさん方に連帯し、日本政府に謝罪を求めて運動しています。その思いをお伝えするためにやってきました」

　米原の言葉が翻訳されると、ハルモニや若者たちから一斉に拍手が起こった。真之は何かしら誇らしい気持ちがこみ上げてきた。

　米原が話している最中に、突然激しい勢いで雨が降り出した。真之は雨具を持っていなかったが、美由紀が折り畳み傘を取りだし、真之に寄り添った。しかし、美由紀の小さな女傘ではとても防ぎきれず、たちまち真之の右肩はびしょ濡れになった。あちこちで傘が開いたが、半分近くの人たちは濡れっぱなしで立っている。しかし、誰もその場を離れようとはしない。そして米原の発言が終わると大きな拍手が起こった。報道陣のフラッシュがたかれている。

この後、二人の発言を経て集会は終了した。若い女性たちがハルモニに花束やプレゼントを渡し、順番にハグしている。ハルモニも若い人の髪を撫でて、それに応えている。温かい心の通い合いが、見ている真之たちにもじかに伝わってきた。

幸い雨も止んだ。真之は美由紀と手を握りあいながら、ハルモニたちの姿を見ていた。

一同は集会の後、急遽《きゅうきょ》ホテルに戻って濡れた服装を着替え、レストランでビビンバ定食を食べた後、「戦争と女性の人権博物館」を訪れた。この博物館は、日本軍慰安婦問題を記録し、その解決を図るための活動拠点ともいうべき場所だと紹介された。

砕石道を歩いて地下室へ降りると、被害者の映像が流れ、壁のあちこちから苦痛の声がこだまする。見学者を戦争の時代にタイムスリップさせるようなつくりだ。慰安所の再現セットは簡易ベッドが置かれただけの部屋だ。ただただ性行為だけを強要する空間であることが生々しく伝わってくる。西大門刑務所といい、なんともいえず重苦しい。楽しい観光ツアーとは程遠いが、こうした施設を見ることを避けてはいけないのだと思う。子どもたちに真実を教える教師として、自らの目と耳で体験すべきことなのだろう。

一通り見学を終えた一行は、ホールを兼ねた常設展示室で、館長の説明を受けた後、自由行動となった。ミュージアムショップをのぞいた後、博物館の庭で美由紀とくつろいでいると、小宮山が近づいてきた。

「なかなか貴重な体験やったな。あの男も一度来た方がええ。強制連行の証拠を出せとか、自分の言うてることが恥ずかしくなるやろ」

「ほんまですね」

美由紀の方が先に相槌を打った。橋下市長のこととなると真之以上にむきになる。

「帰ったら、堺市長選挙や。負けられへんな」

　堺市で九月に行われる市長選挙は、かつては橋下市長の下で府の幹部職員として働き、その肝いりで堺市長になった竹村市長が、都構想に反対する立場に変わったため、維新の会から対立候補が出て争われる選挙となった。

　大教組は、反維新の立場で竹村市長を支持する方針を打ち出している。あの大阪市長選挙と違って堺市のことなので、真之にはそれほど切実感はなかった。だが、小宮山は、この選挙がいかに重要かを熱っぽく話し始めた。

「堺市民の多数は、堺をつぶして都構想に組み込まれることはまっぴらやと思ってる。この選挙で、竹村さんが勝ったら、都構想は大きく崩れる。逆に維新が勝てば、都構想に一歩道を開くことになる。決して堺だけの問題やない。大阪全体の運命がかかった選挙になるんや」

　小宮山はまだまだ話したそうだったが、集合することになり、ひとまず話は途切れた。

　真之は、相変わらずの小宮山の情熱にまた巻き込まれそうな気がしていた。

　その日の夕食は焼肉だった。炭火で焼いた焼肉を葉っぱで包んで食べる。韓国へ来たら焼肉だと思っていた真之は食欲全開で、どんどん箸を伸ばしたが、美由紀は控え気味だった。

「食欲ないのか」

　真之が心配して尋ねると、美由紀はいたずらっぽく笑い首を横に振った。

「大丈夫。けど、ツアーに来てから食べ過ぎてるから控えめにしてる」

「そんならええけど。体調不良かと心配で」

「ありがとう。気を使ってくれて」

　美由紀は野菜を口に運んだ。真之は、さらに焼肉に手を伸ばした。いくらでも食べられそうな気がした。

　その晩は、団交流会だった。主要なスケジュールが終わり、明日は釜山に行って帰国する。そこで今夜は、二日間の感想を語り合う会を持とうということだった。ホテルの会議室に集まった一同は、遠藤の司会で順番に感想を述べあうことになった。

真之は、水曜集会で若者たちががんばっている姿に感動し、雨の中でも自然と続けられた集会が心に残ったと述べ、美由紀も同じことを述べた。

「私は女性の一人として、またやがて母親となる身として、命の大切さと女性の尊厳を改めて心に刻むことができました。参加させていただいてほんとにありがとうございました」

大きな拍手が起こった。周りの視線が、二人に集まるのを感じ、真之は少し恥ずかしくなった。美由紀の言葉はかっこよすぎる。もっと普通にしゃべってほしい。

この後、同趣旨の発言が続き、小宮山の順番が来た。

「今度のツアーで、貴重な経験をし、いろいろなことを改めて学ぶことができました。まだ旅の途中ですが、主催者のみなさん、ほんとにありがとうございました」

小宮山の言葉とともに拍手が起こった。

「私は、この旅を通じて、今、大阪の大事な博物館であるピースおおさかが変質させられようとしていることに思いを馳せています。橋下市長の下で、『子ども目線』を口実に、アジアへの加害の歴史を覆い隠そうとして、ひどい空襲から立ち直った大阪ということだけをアピールするような内容に変わろうとしているのです」

昨日、ソウル平和博物館でも、その話があった。韓国でも注視されているのだ。

「十月末には、リニューアルの最終決定が出されようとしています。ご一緒にピースおおさかを守れの声を上げていきましょう」

矢代団長が応じた。

「小宮山先生のおっしゃる通りです。全市教でもしっかりと声を上げていきます」

やはり小宮山は鋭い。いつも何かしら問題意識を持って生きている。堺市長選挙のこともそうだし、政治家のようでもあり、学者のようでもあり、とにかくすごい人だ。

発言が一通り終わると、遠藤がみんなで歌を歌おうと提案した。

「一応こんなものも用意してきましたので」

遠藤がいつも集会などで使っている手作りの歌集を配り、矢代がハーモニカを二本取り出した。ハーモニカがお得意らしい。

「最初は何から行きましょうか」

遠藤は、美由紀を呼び出し、二人で前に立った。美由紀はうれしそうだ。

「青い空は」「あなたが夜明けをつげる子どもたち」「若者たち」とおなじみの歌が続いた後、米原のリードで「アリラン」を歌うことになった。ハーモニカの音色がもの悲しいメロディーとよく合う。真之も適当に声を合わせて歌った。離れているのに、美由紀の声がはっきりと届いてくる。

韓国の歌の後は「ふるさと」を合唱して、お開きとなった。こうして一緒に歌うことで、みんなの気持ちがいっそう一つになったような気がする。明日は帰国するというのが名残惜しい。もっと旅を続けたい。そんな思いの中、ソウルの夜は静かに更けて行った。

第8章　堺の決戦

1

韓国ツアーが終わって帰国すると、残された夏休みは短かった。二学期からの準備がまだまだ心もとないが、もう新学期は目前だ。今年の八月三十一日は土曜日なので、三十日に全員出勤し、教室を整え、始業式の準備をする。

真之は教室に入ると、子どもたちの机と椅子を拭いて、夏休み中にたまったほこりを払った。

翔太の机、勇気の机、沢村雄大の机。拭いて行くと彼らの顔が浮かんでくる。

二学期の始まりにふさわしい、過ぎ去った夏休みを惜しむ子どもの思いを描いた「忘れもの」という高田敏子の詩を背面黒板に掲示すると、いよいよ新学期を迎えるという気持ちが湧いてきた。まだまだ教室は暑いが、何かしら清々しい気持ちだった。

その日の夕方、真之は法円坂の組合事務所に出かけた。かねてから言われていた秋の全市教教研集会でのパフォーマンスを準備する実行委員会に出席するためだった。

会議には、遠藤、小坂、結城、真之など全市教のメンバー四人のほかに、協力してくれる支援学校や高校の教職員組合からも二名ずつ出席者があった。座長格の遠藤が簡単にあいさつし、みんなが一通り自己紹介と、夏休みの体験などを述べ合った後、会議は本題に入った。

遠藤がイメージしていたのは、演劇的な手法を取り入れたパフォーマンスだが、むろん本格的な演劇ができればそれでもいいし、合唱や群読でもよい。ともかく、今の大阪市の教育現場で働く自分たちや子どもたちの思いや願いをぶつけるものにしたいということだった。

順次、自分の思いつくことを出し合おうということになり、最初に小坂が発言した。

「青年部全員にアンケートで呼びかけて、今、自分が一番言いたいことや要求を、書いてもらったらどうですか。その言葉を拾い上げて、詩のような形で構成する」

結城が付け加えた。

「いい考えやと思います。それを、ただ語るんやのうて、内容によっては、場面にしていったら面白いと思います」

真之の番が来た。

「全市教の大会で、いろいろ素晴らしい発言があったから、それを少し短くして組み入れたらいいと思います」

大会の時は、学級のことで悩んでいて、あまり素直に聞けなかったが、それぞれ中身のある発言だった。今なら、しっかり受け止められる気がする。

議論は次第にまとまり、なんとなく形ができ上がったところで、遠藤が話を取りまとめた。

「そしたら、最終的に、誰が台本を取りまとめるかですが、どなたかお願いできませんか」

問題はこれだ。小宮山のような人に頼めばいいが、遠藤は、自分たち青年部でやることにこだわっている。

遠藤がじっと真之の方を見た。

「高橋先生、やってくれませんか」

「ぼくが、なんで」

「賛成」

すばやく小坂と結城が賛成した。まるで、あらかじめ打ち合わせていたような勢いだった。

「高橋先生は、演劇指導や作文指導に取り組んでおられるし、演劇経験もあります。最適任だと思います」

「そんな、そんなこと……」

断ろうと思った。だが、同時にやってみたい気持ちが突き上げてきた。自信はない。しかし、やってみたい。

真之は、黙ってうなずいた。

その晩、真之の話を聞いて、美由紀は大はしゃぎだった。

「すごいやん、実力見せる時が来たやん」

「実力いうてもなあ」

「あると思うから引き受けたんやろ。できるって」

美由紀は、しきりに真之をあおる。まるで自分の仕事のような意気込みだ。行き詰まったら助けてくれそうだ。

「私の方も、ええ話があったんよ。幼稚園の話。民営化止められるかも」

美由紀は、東出久美から来た幼稚園民営化に反対する会のニュースを見せた。運動が広がる中で、橋下市長もある程度の計画見直しを表明したが、それでもなお十九園の廃止と民営化を二期に分けて実行するというのが大阪市の提案だった。だが、この提案を審議するために二十八日に開かれた市議会教育子ども委協議会で、維新以外の全会派が異議を示したと書いてある。大阪市では維新だけで過半数の議席は持っていないから、他の会派がこぞって反対すれば、計画は実行できなくなる。もしかしたら、公立幼稚園全部を存続させられるかもしれない。

「久美としゃべったけど、やっぱし運動することが大事なんやね。黙ってたらあかんね」

「そうやな」

「あの子も、本音としては署名なんかしてもあかんやろと思ってたんやて。けど、自分らの声が議員さんらを動かしてるんや、感動したって。私もそう思う」

美由紀のテンションはかなり高い。この分だとますます運動に突っ込んでいきそうだ。

そういう自分も、沢村支援の心をつなぐコンサートが控えているし、小宮山が力を入れて語っていた堺市長選挙ももうすぐだ。いずれ応援に行かなければならない。真之は、新学期からの忙しさを思いながら、美由紀の話を聞いていた。


翌日、始業式の前日に、真之は朝から出勤し、気がかりな家庭を訪問した。これは、千葉から教わったことの一つだった。

「はっきり家庭訪問に来たとか言わずに、ちょっと近くを通りかかったので寄ってみたの、という感じで回るといいよ」

千葉の言葉を参考にしながら、真之はまず勇気の家に行ってみた。勇気の家は集合住宅の七階にある。近くを通ったというのもわざとらしいので、一学期の終わりに病気で倒れた母親の様子を聞きに来たということにした。

あの後二度訪問したが、母親はまずまず元気だった。しかし、オーバーワークでまた調子を崩さないとも限らない。

インターホンを押すと、勇気が顔を出し、真之を見てにやりと笑った。

「先生、何しに来たん」

「お母さんどうや。元気か」

「うん」

勇気の妹はテレビを見ていたが、勇気は宿題の仕上げにがんばっていた。まだ算数ドリルなども相当残っているようだ。家の中はどうにか片づいている。

「兄ちゃんえらいね。勉強がんばってやってるね」

真之はそう妹に声をかけて家を出た。


真之は何軒か男子の家を回った後、香織の家を訪ねた。インターホンを押すと母親が出てきて、これから家族そろって出かけるという。夏休み最後なので、みんなで出かけてショッピングと昼食を楽しもうという計画だそうだ。

「それは素敵ですね。ぜひ楽しんできてください」

真之はほっとした。母親がそういうことを考えてくれているのなら、きっと香織も落ち着いているだろう。


これで、行こうと思っていた家は済んだ。昼食までにはまだ少し時間がある。真之は、ふと沢村の家に行ってみようと思った。

家に行くと、家の前に車と自転車が止まっている。来客中らしい。遠慮しようと思った時に、後ろから「高橋先生」と声をかけられた。自転車に乗った学童指導員の藤井だった。

「コンサートの最終打ち合わせで、集まってるんです。先生は」

「明日から二学期なんで、ちょっと子どもたちの様子を見に回っていまして」

「それはそれは、ご苦労様です」

そんな話をしながら、真之も藤井に誘われるようにして家に入ると、すぐに母親が出てきた。

「ご苦労様です。あら、高橋先生もきてくれはったんですか」

「いえ、ぼくはたまたま、雄大君の顔を見ておこうと思って」

「そうですか。あいにく雄大はおばあちゃんのところへ行ってまして」

「そうですか。元気に過ごしてますか」

「はい、毎日遊び放題です」

そんなやり取りの後、引き上げようと思ったのだが、沢村も出てきて、「ぜひご一緒に」と言われて、上がりこむことになった。

部屋の中には、沢村と四人の客がいた。コンサートの司会や舞台監督を務める劇団『川』の団員と、市民合唱団ピースウェーブの団員、それに地域の労働組合の役員だった。

真之は、「息子の担任で、今回のコンサートにも力をお借りしています」と、沢村から紹介されて恥ずかしかった。力を貸すというほどのことはしていない。全市教の青年部で参加を呼びかけたり、職場の江藤と植村を誘ったぐらいだ。

そんな真之の思いをよそに、熱心な打ち合わせが続いている。

「沢村さんのことを紹介するＤＶＤやけど、後で見て意見を聞かせてくれるか」

「藤井さん、オリジナル曲歌うんやったな。タイトル未定やったけど。なんていう曲」

「はい、弾き語りです。タイトル迷ってるけど一応『派遣ブルース』ということでいきます」

「ほう、それは面白そうやな」

そんなやり取りを聞きながら、真之はふと口を挟んだ。

「よかったら、雄大君の作文を紹介してもらえませんか。お父さんのことを書いた作文があるんで。もちろん本人の了解がいると思いますが」

「え、それは」

沢村が驚いたような顔を見せた。

作文は、雄大が一学期をふりかえって書いたものだ。まだ文集にはしていない。争議のことに触れているので、家族の了解を取ってから載せようと思っていたものだった。だが、このコンサートにはきっとふさわしい内容だ。

一同がうなずいた。

2

いよいよ二学期が始まった。九月になっても暑さは和らぐどころか、いっそう厳しくなったように感じる。体育館、教室にはクーラーはない。夏休み、クーラーのある場所で生活してきた子どもたちには、早速試練が訪れる。

　真之は、始業式で校庭に並んだ子どもたちの一人一人に軽く声をかけながら、列の間へ入った。

「おう、真っ黒やなあ」「おう」「お母ちゃん元気になったか」「うん」。

　そんな言葉を交わしながら列を通り抜け、子ども達の後ろに立った。ふと見ると、隣の岩崎のクラスの様子がちょっとおかしい。普通に並んでいるのだが、なんとなくダラダラしているように見える。自分のクラスと比べ、いつも岩崎のクラスはピシッとしていて、これまでは感じなかったことだ。岩崎が近づくときちんとするが、通り過ぎるとだらっとするのがわかる。

　もしかすると、岩崎のクラスはこの夏休み中に変化し始めているのだろうか。

　校長が朝礼台に上がって話を始めた。いつも朝会では、子どもたちの理解不能な話をとくとくとする校長だが、時々は取ってつけたようなギャグも飛ばすので、子どももなんとか聞いている。

　ぼんやりと話を聞いていた真之はふと、気づいた。子どもたちはほぼちゃんと並んでいるのだが、後ろから五人目の山本明日香と、その後ろの上野真知の間がかなり空いている。なんとなく気になる間隔だ。詰めるように言おうか。ここは黙って見ておこうか。その時、岩崎のクラスで後ろの方に並んでいた一人の男子が、ぐらっと体をふらつかせた。

「ちゃんとしなさい！」

　子どもたちの前に立っていた岩崎が厳しくとがめた時、その子はしゃがみこんだ。真之はすぐ駆け寄った。

「どうした。しんどいんか」

　男の子の顔は真っ青だった。貧血だ。養護教諭の三好が走ってきて、男の子を抱きかかえるようにして保健室へ連れて行った。岩崎はしまったという表情でその様子を見ていた。


　朝会が終わって教室へ入ると、真之はまず、子どもたちの健康状態をたずねた。

「しんどい子はいませんか。そうか。よかった」

　夏休みの宿題を集めるのは一仕事だ。子どもたちはそれぞれがんばった工作や自由研究の作品を携えている。「すごいなあ。よくがんばったなあ」「ゆっくり見せてもらうよ」などと声をかけながら受け取る。そんな真之の反応で子どもたちも満足げになる。これは小宮山から学んだことだ。

　学級通信と学年便りを配りながら、真之は山本明日香にそれとなく気を配っていた。明日香の席の前後は男子だが、何事もなくプリント類は手渡されている。何かあるというのは考えすぎかもしれない。

　真之は子どもたちに、用意したプリントを配り「夏休みの三大ニュース」を書こうと呼びかけた。

「夏休みよかったと思うことや、初めて経験したことがいろいろあるやろ。初めて料理作ったとか、一人で田舎へ行ったとか」

　子どもたちがうなずく。

「もちろん、いいことばかりやのうて、困ったことや、悔しかったことを書いてもいいよ。どんな小さなことでもいい。自分の心に残ったことを書いてください」

　作文に少しなじんできた子どもたちは、あっさり鉛筆を握って書き始めた。机間巡視をしていくと、家族でＵＳＪに行ったこと、ＰＬ花火大会を見に行ったこと、初めて海で泳いだことなど、楽しいことが書かれている。

　翔太は兄がキャッチボールをしてくれたと書いている。ボールが速くてこわかったけどうれしかったとある。兄ちゃんが立ち直ってきたのかもしれない。よかった。

　もちろん残念だったことや悔しかったことを書いている子もいる。お父さんと海へ行く約束だったのに仕事の都合で行けなくなったとか、おばあちゃんが骨折したので、お母さんがほとんど家にいなくて淋しかったなどだ。そんな子には一言書き添えて励ましてやろう。

　休憩のチャイムが鳴った。子どもたちは一斉に立ち上がり、席を離れておしゃべりしたり、外へ出て行ったが、明日香は座ったままだった。

　明日香はもともと活発な子だ。友達とも普通に遊んでいるし、これまであまりもめ事を起こしたこともない。学級が特に大変だった四、五月ごろも、普通に勉強していた。夏休み中に何かがあったのかもしれない。だが、まだ声をかけることはためらわれた。二、三日様子を見てからにしよう。

　真之は、帰りに渡すことになっている印刷物に改めて目を通してみた。学校選択制の希望調査の用紙や小中一貫校の募集用紙などが含まれている。職員室の机上に置かれていた時は注意して見なかったが、こうしてどんどん「教育改革」が進められているのだ。新学期のスタートに、影が差したような気持ちになった。

午後からは学年打ち合わせ会が行われた。

二学期は行事が多い。遠足、運動会、展覧会。もちろん学習参観や研究会、土曜授業などもふんだんにある。だが、それらは学年で新たに中身を考えるというよりも、ほとんど昨年通りに踏襲していくので、議論の余地はないに等しい。一通り、行事日程やその他の打ち合わせが終わると、岩崎が言い出した。

「学校選択制もいよいよやね。来年からは間違いなく実施されるわ」

そうなのだろうか。そうなると、この学校の子ども達は、近隣の学校に流出するのだろうか。それとも増えるのだろうか。同じマンションに住んでいる子が、朝、別々の学校に向かうのだろうか。真之は思い切って聞いてみた。

「先生、そうなることは、子どものためになることですか」

「自由に行きたい学校が選択できるいうのはええことなんと違う。親も歓迎すると思うわ」

「そうでしょうか」

「小規模校やと、ずっとおんなじ子と一緒のクラスになることもあるやろ。どうしても合わん子もおるしな。自由に学校選べると助かるで」

「何を基準に親が選ぶかやね。問題は」

中井の言葉に、岩崎はすぐ答えた。

「そらやっぱし学力やろ。そのうちテストの結果も公表されるようになって、親も選びやすくなるで」

「それっていいことですか」

思わず真之は日ごろの思いを口に出した。

「テストの結果がすべてということになると、授業もテスト中心になって、いろいろ問題も出てくるんと違いますか」

これには中井も賛成した。

「私も、テストだけではあかんと思うわ。小学校のうちからあんまりテスト、テスト言うのもどうかと思うけど」

　岩崎は「おや」という目で中井を見て、ちょっと考えながらしゃべった。

「中学校行ったら、結局はテストの結果がすべてになるんやで。違う？　だからほとんどの親は塾に通わすんや。小学校のうちからそうやってテストで鍛えてもらうこと、親も望んでると思うで。学校できっちりやってくれたら塾行かさんでもええやん」

　確かにそうした現実はある。真之の担任した子も、私学受験を目指してがんばっていた。親は学校の授業には期待しない。受験のための勉強をさせると宣言していた。しかしその子は、ストレスを溜めこみ部屋に閉じこもるという事件を起こした。学力優秀な香織もいろいろなストレスを溜めこんでいる。

　だが、真之はこれ以上議論するのをやめた。あえて岩崎に反対して関係を悪くすることはない。黙り込んだ真之を見て、言い負かしたと思ったのか、岩崎はさらに饒舌《じょうぜつ》になった。

「だからこれから、テストで鍛えて行かなあかんねん。平均点低かったら、うちの学校から子どもが逃げていくことになるやろ」

　中井は何か言いかけて黙った。明らかに岩崎とは違う思いを持っているように見えた。

「ところで高橋先生。研究授業近づいてきたけど、教材決まった」

「『ごんぎつね』にします。ちょうど、その時期なんで」

　とっさに真之は答えた。実のところまだはっきり決めていたわけではない。国語ということだから詩の授業や作文の授業も可能だが、研究授業のある十一月にちょうど教科書に出てくる「ごんぎつね」は好きな作品だ。新任の年に授業をしたが、何度でも取り組んでみたい。有名な作品だから教材研究の資料もたくさんある。研究授業には最適の教材かもしれない。

「そう、がんばってね。読解の授業やね」

「はい」

　真之は、岩崎からお手並み拝見という挑戦を受けたような気持ちになった。

3

それから、あわただしい日が続いた。夏休みの作品評価、新たな教材研究、児童会活動などの仕事。こんなことなら夏休み中にもっといろいろやっておけばよかったと思うのだが、毎年同じ繰り返しになってしまう。

さらに真之には大きな宿題があった。教研集会でやるパフォーマンスの台本作りだ。青年部員の声を集めるためのアンケートを送ったが、まだほとんど集まっていない。だが、九月中には台本を完成させ、稽古をしないと、十一月初めの教研集会にはとても間に合わない。この土曜日には沢村支援のコンサートもある。当日は設営やチラシの折り込みなどの作業を手伝うことになっている。

幸いなことにクラスの状態はまずまず落ち着いていた。一学期と比べると全く違う。授業はちゃんと聞くようになっていたし、掃除なども普通にやっている。二学期になってからは保護者も来なくなっていた。

始業式の日に気になった山本明日香も、それから特に目立ったことはないようだった。

一週間が過ぎ、コンサートの日が来た。

真之は美由紀と一緒に午前十時から、会場となっている区民センターに行った。ちょうどホールに椅子を並べる作業が始まっている。美由紀は出演者の控室となっている会議室に入り、真之は椅子並べの作業を手伝った。

舞台ではバトンに手作りのパネルが取り付けられている。「心をつなぐコンサート、人間の使い捨ては許さない――がんばれ沢村さん」の文字がスポットライトで浮かび上がった。

椅子を並べた後は、受付で配布するチラシの折り込み作業だ。沢村さんを支援する会のニュースや労働争議などに係わる裁判などの案内がセットされている。カンパ袋も用意された。

十二時ごろにほぼ準備が終わり、要員に弁当とお茶が配られた。要員たちにまだほとんどなじみがない真之が、黙ってひとり弁当を食べていると、沢村雄大の母が近づいてきた。

「先生、今日はありがとうございます。お忙しいのに」

「いえ、とんでもない」

真之が立ち上がってあいさつを返すと、沢村の母は何度も頭を下げた。

「雄大の作文、読ませてもらいました。お父さんもうるっと来てました」

「そうですか」

「今日自分で読んでくれるとよかったんやけど、やっぱり恥ずかしいからいうことで、司会の人が読んでくれるそうです」

「そうですか。でも、よかったです。差し出たことを提案しまして」

「いえいえ、ありがとうございました。先生のおかげです。あの子が作文をああやって書いてくれるのは、ほんまに先生のご指導のおかげです」

別に指導はしていない。しかし、家族が喜んでくれて何よりだ。真之も心が弾んだ。

開会の午後二時が近づくと客足が多くなってきた。会場に用意した三百席の椅子はほぼ埋まろうとしている。予想以上の参加者だ。真之は少し後ろの座席に座って開幕を待った。

二時になった。司会者が下手袖に登場し、コンサートの開会を告げると、力強い太鼓の音とともに緞《どん》帳《ちょう》が上がった。オープニング演奏はこの地域の太鼓サークルによる八丈島太鼓だ。

太鼓が終わると同時に司会者が主催者あいさつを告げ、話している間にピースウェーブその他の合唱団が並ぶ。切れ目のない進行だ。

最初の合唱曲「人間の歌」に続いて、もう一曲歌ったところで、ギターを抱えた藤井が登場した。

司会者が藤井を紹介する。

「沢村さんのお子さんが通うかもめ学童保育の指導員をしておられる藤井隆さんです。父母会の役員として学童のために尽くしてこられた沢村さんご家族のために、舞台に立ちます。曲は藤井さんのオリジナルで『派遣ブルース』です。どうぞ」

藤井は軽く頭を下げ、椅子にかけるとギターをつま弾き出した。

「親にもらった名前はタケシだけど会社じゃ派遣さん

骨身惜しまず働いたって
明日はどうなる電話待ち」
藤井の声はよく通る。ちょっとしたシンガーソングライターだ。子どもたちにも聞かせているのだろう。
「コンビニ弁当突っつきながら
母の味噌汁思い出す
星も見えない都会の谷間
一人の部屋は寒すぎる」

「変わりないかと母から電話
元気と言えずに口ごもる
帰ってみてもどうにもならぬ
荒れた田んぼがあるばかり」
歌は、物語風に展開し、駅前でビラを受け取ったタケシが、そこに書かれた集会に出かけ、大勢集まっていることに感動するという流れだ。
後ろにいた合唱団もハミングで歌に加わった。
「親にもらった名前はタケシ
おれは人間　モノじゃない
こんなにいっぱい仲間がいれば
きっといつかは変えられる
きっと明日は変えられる」
情感たっぷりに藤井が歌い終えると、大きな拍手が起こった。藤井さんはすごい。しっかり会場の人々の気持ちを一つにした。
続いて、平和の歌を歌うので有名な女性シンガーの歌やフルートの演奏があり、しっとりとした雰囲気の中、コンサートは終盤へと進んだ。
プロジェクターで映像を映しながら、争議の経過をナレーションで報告する「沢村さん物語」が始まった。まじめに働き、若い正社員の技術指導もしてきた沢村の人となりも織り込まれている。最後に家族と団欒する姿が映り、雄大の作文が読み上げられた。
「ぼくのお父さんは、とても働き者です。家に帰って来ると、いつもせんたく物をたたんだり、そうじきをかけたり、お母さんが仕事で帰りの遅い時はごはんも作ってくれます。得意な料理はカレーライスです。
そんなお父さんが、とつぜん会社をやめさせられるなんて信じられません。

ゆうべお母さんとひそひそ話をしていたので心配になりました。でも、お父さんは心配するな、きっと会社にもどると言っています。お母さんは、そんなお父さんをずっとおうえんしていくと言っています。ぼくもお母さんといっしょにおうえんします」

この作文の後、沢村が登場し激励の花束を受け取った。少し涙ぐんで花束を差し上げる沢村に、拍手と声援が飛ぶ。

沢村を包むように合唱団が登場した。最後の演奏になる。

ピアノ伴奏に美由紀が登場した。

「最後の演奏となりました。沢村さんを支援するために創られた歌です。佐伯洋作詞、たかだりゅうじ作曲『こころひとつに』を演奏します」

美由紀のピアノが強く響いた。

「野原に咲いたちいさな花にも
ゆるがない心がある
この胸のなかにわきあがる熱いもの
あなたと手をとりあい
私は立ちあがった　働く者の　誇りを胸に」

会場でも歌っている人がいる。手拍子を添える人もいる。

「こころひとつに闘う道には
ささえあう心がある
この胸のなかに人として誇りをかけ
仲間と笑顔かわし
私は歩みはじめる　働く者の　誇りを胸に」

ゆっくりと緞帳が下りた後、アンコールの拍手に応えて、再び緞帳が上がり、同じ作詞者の「旅のはじまり」を歌って、コンサートは終わった。

沢村はすぐ会場の出口に立って、帰って行く人と握手を交わし、お礼のあいさつを始めた。カンパ箱を持った人たちも傍らに並んで立つ。真之も一緒に並んで立った。出てくる人たちの中にいた江藤が近寄ってきた。

「先生、来てくれたんやね」

「はい、ちょっと遅れてしまったけど、来てよかったです。先生、お疲れ様でした」

「ありがとう、忙しいのに」

江藤は笑顔で首を振った。

「私、こういう場所に来たのは初めてです。なんか感動して、ほうっとしてます。沢村君の作文、先生が指導されたんですか」

「いや、別に指導て。あの子が作文の時間に書いてくれたとおりです」

「そうなんや……」

江藤は本当に興奮気味だった。

「何もできませんけど、カンパだけでもさせてもらいます」

「ありがとう」

江藤は、カンパ箱になんと五千円札を投じて去って行った。本当に感動したのだ。真之は初めて、自分も少し貢献できたという思いに、心が弾んだ。

４

コンサートが無事終わった夜、沢村から真之と美由紀へ、お礼の電話が入った。

「家族の絆がいっそう強くなった気持ちがします。先生のおかげです。ありがとうございました」

沢村のそんな言葉に真之は戸惑った。自分は何もしていない。ただ、作文を紹介しただけだ。しかし、沢村はそれ以上に喜んでくれている。

真之も、沢村への感謝を述べた。

「こちらこそ、あの懇談会で、沢村さんに、授業参観しようと言っていただいて、それからクラスがすごく落ち着いてきました。今でもすごく感謝しています。ありがとうございました」

こんな形で、どの保護者とも助け合っていけたらいい。改めて真之は強く願った。


週が変わって月曜日になり、運動会練習も始まった。相変わらず残暑は厳しい。練習で汗だくになって教室に入っても、汗は引かない。子どもたちの体温でいっそう蒸し暑くなる。教室の窓を開ければ風が吹き込んできて爽やかなのだが、三階以上の教室ではちょっと風が強いと、机の上のプリントなどがすぐに飛ぶので、閉めなければならないこともある。その上、午後は西日が差してますます室温が上がる。三五度以上の時もざらにある。大阪市でも中学校から順次教室にクーラーがついて行くとのことだが、まだ小学校には及んでいない。

月曜日の練習は四時間目だった。中井中心に団体演技で踊る花笠音頭の練習が始まった。

　中井の指導は、丁寧でわかりやすいと思うのだが、子どもたちがあまり乗ってこない。岩崎のクラスの子も、だらだらしているように見える。時々岩崎が厳しく注意するのだが、あまり変化がない。暑いせいもあるだろうが、なぜだろう。楽しむのではなく、やらされているという気持ちが強いのではないだろうか。

　ともかく四時間目を終えて、子どもたちを解散させ、マイクスタンドを片づけていると、すっと香織が近づいてきた。

「先生、明日香と真知らがもめてます」

　そう言い残して香織はさっと立ち去った。

　やはり、あの子らは何かあるのだ。真之はぐっと胸の中に何かが差しこまれるような緊張感を覚えた。

　その日の放課後、真之は二人を呼んで話を聞いた。だが、二人は顔を見合わせてから、「別に」「何もない」と言って、もめていることを否定した。

「ほんまになんもないのか」

「うん―

「それならええんやけどな」

　真之は二人をじっと見た。明日香がつぶやくように言った。

「先生、なんでそんなこと聞くの。誰かに聞いたん」

「いや、誰からも聞いてない」

「そしたらなんでそんなん言うの」

「君らの様子が気になったからや」

　真之は、始業式の時、二人の距離が開いていたことや、その後の様子を見ていて、なんとなく気になったということを話した。

「なんかいやなことがあったら、いつでも相談してな」

　真之は、そういって二人を帰した。二人は黙って出て行った。わざわざ、香織が嘘をつくとは思えない。何かあるはずだ。それを言わないのはなぜだろう。真之はしばらく考え込んでいた。だが、わからないままだった。

　その日の退勤時、真之は久しぶりに川岸と一緒になった。新学期になってからまだ一度も語り合っていない。お互いに学年の中で忙しくしている。

二人は一緒に駅の方へ歩いた。川岸は足が悪いので、ゆっくりと歩く。

「どう、クラスの様子は」

「まあまあです。ちょっと気になることもあるけど」

「そう、いい夏休み過ごせた？」

「はい」

真之が、韓国ツアーに行ったことや、沢村支援コンサートのことなどを話すと、川岸は熱心に聞いてくれた。

「いい経験してきたね。うらやましいね。私は何してたんかな。暑いからボーッとしてたわ」

一緒に歩きながら川岸はふと訊ねた。

「全市教さん、堺の市長選挙がんばってる？」

とっさに返事に困った。役員たちはがんばっているのだろうが、自分は何もできていない。

「竹村さん、応援してるんやろ」

「はい」

「私、実家が堺やから、結構関心あるんやけど、ほんまに大事な選挙やと思うわ」

「そうですね」

「私な、実は市長選挙の時は、投票行かんかったんよ」

「ええ？　ほんまに」

「橋下は大嫌いやけど、平杉さんもどうしてもいややった。あの人のやってきたこと考えたら、どうしても支持できへん。なんで共産党が独自候補降ろしたんやと腹立ったんや」

「そうですか」

そんな人もたくさんいただろう。しかし、橋下が圧勝したことは、今の自分たちに大きく響いている。川岸はどう考えているのだろうか。

「けど、今度の選挙は違うよ。竹村さん、最初に市長になった時は、橋下の肝いりやったけど、これではあかんとはっきり見切りをつけてくれた。だから、絶対応援しなあかんのや」

駅に着いたが、川岸は立ち止まって話し続けた。

「堺は政令都市や。やっとなれたんや。そんな大事な権利を何が悲して、わざわざ手放して、大阪都にしてもらわなあかんのや。何が分割や。結局府に予算吸い上げられるだけやんか。バカにしてるわ」

川岸は、もっとしゃべりたそうだったが、時計を見て、話を止めた。

「先生もがんばってな。私、友達に電話かけたりしてるんよ」

川岸はそう言い残して、真之と反対のホームに上がって行った。真之はふと千葉のことを思った。千葉は堺に住んでいるから、きっと電話かけをがんばっていることだろう。自分もやはり何かしなければならない。だが、そうは言っても忙しい。学級の仕事もあるし、教研の台本書きもある。そう自分を納得させようとしたが、気持ちは落ち着かなかった。川岸の言葉が耳に残っていた。


次の日、二時間目が終わった二十分休憩時に、真之が連絡帳に目を通していると、明日香の連絡帳に手紙が挟まれていた。

「きのうはごめんなさい。私と真知はもめています。私が夏休みのプールで香織となかよくしてたら、真知が、自分がむしされたと思っておこってきました。かってにおこって、私をむししています」

やはりそんなことが起こっていたのか。でもよく話してくれた。事情がわかれば必ず解決できる。

真之は、昼休みに三人を呼んでもう一度話し合った。今度は真知も否定しなかった。

真知は、プールで話しかけた時に、二人に無視されたのでいやだったという。明日香は、何も気がつかなかったが、いつのまにか真知が自分を避けはじめ、理由がわからないまま、しゃべりづらくなっていったという。香織は、最初は何も感じなかったが、だんだん二人の様子に気づいたので、先生に話したという。ますます遠ざかり、だんだん口も利かなくなったという。

「そうか、それわかるわ」

真之はふと口にした。

「先生かてな、人間関係のことで、どうしたらええんかと悩んだり、落ち込んだりしてるんやで」

三人は驚いたように真之を見た。

「先生もそうなん」

「うん。けど、今日君らが自分の気持ちを正直に言うてくれたからよかった」

三人はうなずいた。どうやら落ち着いたようだった。

5

九月十五日の日曜日、朝寝坊した真之が起きると、美由紀はすでに朝食の準備を調え、新聞を読んでいた。

「いよいよ堺市長選挙公示やね」

「うん」

そう言いながら、真之は今一つ意識を欠いていたことに気づいた。そうか。今日が公示日だったのだ。

「私、今日学童の人らと応援に行くけど、そちらは」

「おれは、例の台本書かなあかんから、今日はそれでがんばる」

真之はそう答えたが、なんとなく美由紀に悪いような気がした。

「晩飯作っとくわ」

「ほんまに。私もそんなに遅くはならへんけど、お願い」

美由紀は、例によって新聞の切り抜きを広げた。

「見て、この記事、めっちゃむかつく」

それは八月末の新聞記事だった。

堺市長選の街頭演説で、維新の衆院議員が、「堺市役所にはみなさまがたの税金をむしゃむしゃ食べまくった太ったブタがいます。この太ったブタを追い出し、自分たちのことは自分で考える堺をみなさまの手で作っていただきたい」と竹村市長を攻撃したというのだ。

「あんまりやろ。ようこんな下品なこと言うわ。常識外れてるわ」

もちろん、真之もひどいと思ったが、これは、彼らが追いつめられている証拠ではないだろうか。かなり劣勢に違いない。真之がそのことを言うと、美由紀は感心したように真之を見た。

「すごい、言うことが小宮山先生みたいやんか」

真之は苦笑した。まんざらでもなかった。来週は必ず応援に行こうと思った。

一週間後の日曜日、真之は、全市教の人たちに交じって、教職員関係の堺市長選挙センターを訪れた。いよいよ選挙は投票日まで残り一週間だ。集まった二十人余りの人たちを前に、大教組の役員になった前畑があいさつに立った。

「みなさん。維新の政治は様々な矛盾を引き起こしています。とりわけ教育現場ではそれが顕著です。橋下肝いりの大阪市民間校長が、またしてもセクハラという不祥事。いい加減にしてくれと言いたい。民間校長の不祥事問題が相次ぐ中で、自民、民主、公明各派が見直しを求める意見書を提出しています。区長についても不祥事続出です。しかし橋下市長は、例によって非を認めようとはしません。一般の校長でも不祥事はあると開き直っていますが、さらに問題が起きました。維新の会のM大阪市議の議長就任を祝う政治資金パーティーで、なんと市立高校の吹奏楽部が国歌等二曲を演奏していたそうです。市の職員には演説会に行ったかどうかまで問い詰めているくせに、こんなこと許されますか。絶対に許せません」

そうだという声とともに拍手が起こった。

「橋下市長は例によって、ぼくに批判的な人は選挙で落とせばいいというのでしょうね。この堺で、まずは維新政治に審判を下そうではありませんか。がんばりましょう」

真之は、ぐっと気持ちが高揚してくるのを感じた。あの悔しかったダブル選挙と違って、今度は勝てる、自分もがんばってみよう。

この後、一同はメガホン宣伝と地域へのビラ配布に分かれてセンターを出発した。真之も三百枚ほどのビラを抱えて街に出た。車の行きかう大きな通りから少し細い道に入る。個人の住宅よりも商店が多い。

二年前のダブル選挙で、小宮山と一緒に初めてビラ配布に取り組んだ時は緊張しきっていたが、今回は幾分気持ちに余裕がある。思い切って洋品店や美容院などの店に入って行くことにした。

「市長選挙のビラです。竹村をよろしくお願いします」

黙っている人もいるが、ご苦労さんと言ってくれる人もあり、反応はそう悪くない。勢いづいた真之は、喫茶店に入り込み、レジの傍に立っているママさんに「こんにちは」といってビラを渡すと「わかってますよ」と答えてくれた。

さらにカウンターにいた男性客にもビラを渡す

と、あっさり受け取ってくれた。本当に反応がいい。政党支持にかかわりなく、堺市をつぶすなという思いが強いのだ。そういう選挙なのだ。

通行人にもビラを渡しながら歩いていると、竹村の幟《のぼり》を担いだ若者三人のグループに出会った。ちょっと見た目にはヤンキーのような雰囲気だが、「竹村をお願いします」「よろしくお願いします」と丁寧に訴えながら歩いてくる。思ってもいなかったが、こんな若者たちも選挙活動しているのだ。ますます心強くなった真之は、自分も通る人に「竹村です」と声をかけながら、一時間半ほどかかって気持ちよくビラを配布し終えた。

センターへ戻る道で、太鼓の音が聞こえてきた。大通りに出ると人だかりがしている。祭礼の御輿《みこし》のようだ。メガホン隊の人たちが宣伝を止めて見物している。真之も傍に行った。

「布団太鼓や」

誰かが教えてくれた。

白い法被《はっぴ》に鉢巻の男たちが数十人、大きな台座に乗せた太鼓を担いで練り歩いている。太鼓の上には朱色の布団が重ねて置かれ、金色の綱で結わえてある。台座の上には子どもたちが乗っており、太鼓を叩いて歌っている。勇壮で華やかなお祭りだ。

「選挙やってても祭りは大事やわな」

「ええ時に来たな」

そんな会話を聞きながら、真之は携帯で写真を何枚か撮った。美由紀へのお土産のつもりだった。

三日後の夕方、真之は五時半に職場を出て再度堺を訪れた。駅頭での宣伝に参加するためだ。

竹村氏を支持する会は、堺市内の全駅頭で毎日、日替わりニュースを配布するという作戦を展開していた。教職員も、地元の人とともに、一つの駅を担当している。真之が行ったのは、私鉄とＪＲが一つに合流しているＭ駅だった。

およそ二十人近くの人たちが元気よくメガホンで叫びながらビラを配っている。全市教の野瀬書記長や執行部の人もいる。

「堺市民は大阪市長の指図は受けません」

「堺市をつぶすな、堺市を守ろう」

メガホンの声が力強く響いている。

真之も一緒に叫びながらビラを配った。受け取ってくれた女性が「敬老の百円バス、土日も乗れるようにしてほしいて言うといて」と言い残して駅に入って行った。

だが、もちろん受け取らない人も多い。ウソつき！　と絶叫して通り過ぎる女性もいる。真之は懸命にビラを差し出し続けた。

維新の候補者を乗せた宣伝カーが、名前を連呼しながら駅前の道路を通り過ぎて行った。


八時に宣伝が終わり、帰りの電車を待っていると、野瀬が近づいてきた。

「ご苦労さん、よう来てくれたね」

野瀬は真之に握手を求め、ホームに入って来た電車に乗り込んだ。

「あの石倉新太郎が維新の応援に来て演説会でしゃべったんやけどな。憲法は占領軍に押し付けられたとかしゃべり、聴衆から『堺のことを話せ』て野次られたそうや。そしたら興奮してもうて『失礼な奴や、出てこい』とか叫んだそうや」

「めちゃくちゃですね」

「票蹴《けち》散らしにわざわざ東京から来てくれるて、ご苦労なことや。橋下の演説も『ぼくは酢豚のパイナップルと共産党が大嫌いや』とかいうてひどいけどそれ以上や」

野瀬はいろいろ選挙情勢を話して、「もうひとがんばりや。よろしく」と言い残して下車していった。


真之は、もう一度応援に行くつもりだったが、結局それはできず、ついに投票日の朝が来た。

この日は午後から教研集会の実行委員会があり、パフォーマンスの台本もそこへ提出する約束になっている。美由紀も、学童保育の研究会でほぼ一日缶詰めになる。それぞれが忙しい一日だ。

真之は、昨夜遅くまでかかって何とかざっと書き上げた台本をもう一度手直ししようとパソコンに向かった。行きつ戻りつ原稿を見直していると無性に眠くなり、ちょっとだけと床に転がっているうちに眠りこけてしまった。

目を覚ますともう十二時を回っている。いけない、もう時間がない。真之は急いで原稿をプリントアウトし、昼食抜きで家を飛び出した。

実行委員会では、真之の創った台本が、幸いにも好評だった。「自分たちの言いたいことがよく伝わってきた」「うまくまとまっている」「元気が出る」などの感想が出された。

「高橋先生、ほんとにお疲れ様でした。これから稽古が始まるので、演出の方もよろしくお願いします」

遠藤部長がちょっと改まった口調でそうねぎらい、拍手が起こった。これからの練習を思うと幾分気が重かったが、台本を評価されたことの満足感がより大きかった。自分を褒めてやりたかった。

会議の後、全体会とそれぞれの分科会ごとの打ち合わせが行われた。真之たちは、今後の練習日程や出演者確保の相談を行い、すべてが終わるともう五時を回っていた。このまま書記局に行って開票速報を見ようとする者もいたが、真之は帰ることにした。

すでに帰っていた美由紀と簡単な夕食を済ませ、二人はテレビの前に座った。落ち着かない。早く結果が知りたい。ようやく八時になった。いよいよ開票速報が待っている。

だが、テレビをつけると意外にもすぐ竹村当確というテロップが出た。本当だろうか。チャンネルを変えると他局でも「出口調査の結果竹村市長の当選が確実となりました」とアナウンサーが語っている。間違いない。勝ったのだ。

「やった！」

美由紀が叫んで真之に抱きついてきた。

ついに勝ったのだ。二年前のダブル選挙で、開票前から橋下当確と出た時、小宮山や野瀬と一緒に悔しさをかみしめた、あの時の無念を見事晴らしたのだ。

テレビでは竹村事務所の喜びの姿を伝えている。橋下は敗戦の弁をどう言うだろう。彼の大好きな民意が見事に示されたのだ。言い訳の余地はないはずだ。都構想は破綻したのだ。

スマホに着信があった。小宮山からだ。真之は急いでスマホを取り上げた。

第9章　それでも勇気100%

1

　十月最初の土曜日、いよいよ、教研集会で発表するパフォーマンスの稽古日がやってきた。

　翌日は運動会だ。午前中にひと通り準備を終えたが、まだ自分の分担で気になることもある。しかし、最初の稽古には遅れるわけにいかない。

　午後二時、練習会場として貸してもらった大阪市立支援学校のホールには、真之と遠藤青年部長、小坂青年部役員たち十人が集まった。全市教以外の支援学校や高校の職場からも青年たちが参加している。遠藤の話では、今日は欠席だが参加予定という人は六人いるとのことだ。

　遠藤が簡単にあいさつした後、自己紹介を兼ねて、職場の様子を語り合った。正式採用をめざして採用試験の勉強をしているという青年が二人いる。一人は光田聡美という女性で、遠藤の職場の新任だという。

　中学で演劇部を担当しているが、うまくいかなくて困っているのでアドバイスが欲しいという女性の教員や、研究授業が近いので教えて欲しいという青年もいた。校長のパワハラが目に余るので職場に不満がうっせきしているという事務職員もいたし、ともかく参加したが、忙しくてあまり稽古に来られないと思うという青年もいた。誰もが同じような悩みを抱え、多忙化に苦しみながら参加しているのだ。

「みなさん、大変な中をこうして来てくれて、ほんとにありがとうございます。今、語っていただいた思いをこの集会で率直にぶつけていきたいと思っています。よろしくお願いします」

　そんな風にあいさつした真之は、我ながらすらすらと言葉が出てくるのを感じた。もしかすると、自分も少し場馴れしてきたのかもしれない。だとすれば美由紀の影響が大きい。韓国ツアーの時の美由紀は常に堂々としていた。自分も負けたくないという気持ちがいつも働いている。それは自分を成長させてくれるのだと考えることにした。

真之は、台本を配り、みんなで回し読みすることにした。最初は青年教員たちの言葉が続く。

「五、六年で担任してくれた先生に憧れ、教員になりました。自分もあんな先生になりたい。たくさんの夢と希望がありました」

「一緒に毎日遊ぼう。一日一回楽しく歌を歌おう。たくさん本を読んであげよう。一人ぼっちの子がいないように」

「大好きなサッカーもやりたい。生徒たちとボールを蹴って走るんや。本物の友情をはぐくむんや」

「大学で、どの子も必ず成長すると学んだ。障害を持っている子どもたちと一緒に自分も成長したい。これから子どもと一緒に暮らすんや」

こうした夢のある言葉が続いた後、今度は管理する側の人たちの言葉が続く。

「子どもになめられたらあかんよ。学力テストの対策は特にきちんと、競争に打ち勝つ子を育てなあかん。指導書の通りしっかりやってね」

「国歌斉唱は起立してきちんと歌いなさい。これは職務命令です。立ってるだけではだめ、口元もチェックしますよ。もちろん違反者は処分します。いいですね」

「評価はＳＡＢＣＤです。保護者もあなたを評価してくれます。政治的な活動は禁止されていますから、市政を批判するようなことは慎むように」

いずれも真之が言われた言葉だ。いや、真之はまだ少ない方だ。青年教職員の誰もがこんなことを言われ続けている。

この後、青年教員の悩みの声、そして子どもたちの思いが作文や詩で語られ、後半、全市教とともにたたかいに立ち上がった教職員の言葉が語られる。

「どんな時代でも子どもたちに希望を語るのが、教職員の仕事です。そんな私たちに今大切なもの」

「それは勇気」

「それは絆」

「それは希望」

この呼びかけの後、エンディングには青年部の集会などでよく歌う「勇気１００％」という曲をはめ込んだ。テレビの人気アニメの主題歌だ。

この歌に合わせて、台本のタイトルには「それでも勇気１００％」と名をつけていた。「それでも」という言葉に、自分たちは、どんな教育破壊の攻撃があっても負けないで元気にがんばっているぞという思いを込めたつもりだった。

真之は、一通り読み終えた参加者から感想を出してもらった。

「今の職場の実態がよくわかっていいと思う」

「最後に元気が出るように創られていると思う」

「子どもの作文もよかった」

詩や作文は、千葉からもらった本の中から採ったものだ。

「ほかにご意見はありませんか。気がついたことを何でも言ってください」

中学で演劇部の顧問をしているという、北野誠が思い切ったように手を挙げた。

「あの、気持ちはよくわかるように書かれているんですけど、語りばかりが続くので、ちょっと単調かと」

何人かがうなずいた。それは真之も感じている。

「会話を入れて、劇の場面を作りませんか。管理職と青年のやり取りとか、街頭宣伝する場面とか」

やってみよう。とっさに真之は答えた。自分としてもできればやってみたかったのだ。


「わかりました。次回までにやってみます」

そう言い切ったものの、不安はあった。うまく書けるかどうか、時間が作れるかどうか。しかし、ここは前に進むしかなかった。

もう一度読み合わせをした後、遠藤が今後の練習計画を提案した。

「高橋先生としては、何回ぐらいの練習が必要ですか。あと一か月ですので、大変厳しいとは思いますが」

真之もよくわからない。しかし、少なくとも五、六回は集まらないといけないだろう。いや、十回ぐらい必要かもしれない。もちろん前日は本番と同じようなリハーサルも必要だろう。

真之がそのことを言うと、遠藤は毎週水、土曜日に集まろうと提案した。

「水曜日は七時ごろから、土曜日は午後でどうですか」

みんなは黙っている。明らかに困った感じだった。

「無理ですか」

遠藤の問いに、ほとんどの人がうなずいた。

「土、日にしますか」

それも難しい。みんなそれぞれの用事がある。

「いいですか」

真之は、ゆっくりと考えながら話した。

「次回、配役というか、役割分担を決めたいと思います。それで、この日はこの場面を練習するという予定を決めれば、自分の出番がない時は休んでもらってもいいと思います。最後の二回ぐらいは、ぜひ全員来てもらいたいと思いますが」

これは、真之が二年前に教研集会の劇に出た時にも経験したことだった。演出の小宮山は、出演者の都合に合わせて、稽古日をうまく組んでいた。もちろん、それでも稽古の時には代役が相次いだが、小宮山は、あまり焦らずに乗り切って行ったのだ。

「それでよろしいですか」

遠藤の言葉にみんなは一応うなずいた。しかし、雰囲気はなお硬かった。

「無理しないでください。お互いに現場が第一ですから、ぼくも、どうしても来れないこともあるかもわかりませんし、遠藤さんに頼ることがあるかも」

それは真之の正直な思いでもあった。遠藤もうなずいた。

その日は、予定表と携帯番号やメールアドレスを提出してもらい、早めに切り上げることになった。練習が終わったら、当然、遠藤か小坂が喫茶店か飲み会に行こうと声をかけると思っていたのだが、今日は都合が悪いとのことだった。

「まー君ごめんな、次回から私がみんなに声かけします。ミッちゃんもごめんな。お先に」

遠藤は、同僚の光田に声をかけ、あわただしく出て行った。小坂も職場へ行く用があるからと言って帰って行った。

真之は、取り残された気分で駅への道を歩いた。他の参加者に声をかけないと悪いかなという思いが少しあったが、明日は運動会だし、帰って原稿を手直ししようという気持ちの方が強かった。

書き直して劇の場面を作るとしたら、その場面の演出にも工夫がいる。一人一人の予定を聞いて、稽古のプランも作らなければならない。音響や照明のことなどもまだ全く考えられていない。どっと荷物を背負わされたようで、真之の気持ちは重くなった。小宮山に早く助けてほしかった。

2

運動会は無事終わった。開会式でメモを手にした校長のあいさつもまず無難なものだったし、子どもたちの演技にも熱心に拍手を送っている姿が見られた。校長なりに学校に慣れようとしているのかもしれなかった。

練習中は幾分だらだらしていた子どもたちも、本番になるとそれなりにがんばっていたし、応援の態度もよかったので、岩崎も終始にこやかだった。

翌日の代休日を活用して、真之は懸命に台本を書き直し、水曜日の稽古に臨んだ。だが、来てくれたのは遠藤、小坂、結城、光田、北野、それに真之を含む八人だけで、到底配役が組める状態ではなかった。やむなく、集まったメンバーで、とりあえず仮の役割を決め、本読みをしたが、その中にも、次の土曜日には来られないという人が二人いた。

真之の台本では登場人物が約二十人だ。コロスを減らしたり、一人で二役を兼ねるなどすれば十人ぐらいに減らせるが、それでは貧相になってしまいそうだし、最後の歌も盛り上がらない。真之は、こんなはずではなかったという思いに駆られた。二十人くらいは集めると、遠藤も張り切っていたし、こちらもそれに合わせて考えたのだ。約束が違う。

しかし、早く役割を決めなければ出演者に負担がかかる。三年前、真之が小宮山や美由紀とともに学年ミュージカル「ウィリアムテル」をやった時、配役をなかなか決めようとしない小宮山に不安を覚えたことがあった。その時は、子どもたちがどんどん意欲的になり、自主的に練習したりして舞台を成功させたのだが、自分の力量ではそううまくいくはずもない。

「今日来られた方だけでも希望を優先して、役を決めときましょか。セリフ覚えてもらうのも大変ですし」

真之がそう言うと、いきなり声が上がった。

「セリフ覚えるんですか」

山岡という事務職員の男性だった。

「これ、台本持って読むと思ってましたけど」

もう一人の男性教員もうなずいた。

「ぼくもそう思ってました。国語で群読てあるやないですか。子どもたちにやらせる。あれと一緒かなと」

真之はショックだった。当然、セリフは覚えてもらうつもりだったのだ。みんなそんな認識なのだろうか。

演劇部担当という北野がつぶやいた。

「せっかく劇の場面作っていただいたから、やはりセリフは覚えてもらわなあかんと思いますけど」

「そら、劇やる人は覚えなあかんと思うけど、作文とかは読むんでしょう。台本持ったらあかんいうことないと思うけど」

しばらく、みんなは沈黙した。確かに、この現実を考えれば台本を持って読むということでもいいかもしれない。しかし、それでは、ますます舞台が盛り上がらなくなる気がする。セリフの練習でも、北野は別として、他のメンバーはかなり棒読みだ。自分の力で、その読み方を引き上げていくことができるのだろうか。いや、それより何より、メンバーが揃うのだろうか。

遠藤が、その場をとりなすように話を引き取った。

「次回は土曜日ですから、もっと人も集まると思います。その時、配役やら何やらきちんと決めましょう。私の方からも、ぜひ来ていただくよう、みなさんに連絡を入れます」

真之もよろしくお願いしますとだけ言って頭を下げた。心の中はかなり冷えていた。

その晩、真之は美由紀に少し愚痴をこぼした。

「ほんまにちゃんとできるんかわからん。自信ないわ」

「大変そうやねえ」

美由紀は、あまり大変でもなさそうにつぶやくと、ふと思い出したように言い出した。

「なあ、子どもらと劇やった時、小宮山先生が言うてたやん。ぼくは結果は問題にせえへん、大事なのは過程やて」

「うん、言うてたなあ。けど、あれは教育活動やから」

「一緒と違う。プロの演劇やのうて、全く素人がやるんやから、楽しんだらええんと違う。セリフ忘れても棒読みでもかまへんやん」

人のことやからそう言えるんやと言いかけて、真之は言葉を呑み込んだ。気負いすぎはいけない。楽しくやることが大切ということはわかる。だが、やるからにはやはりできばえも気になる。

「風呂入るわ」

真之は立ち上がった。湯船に浸かって考えようと思った。


その週の学年打ち合わせ会で、岩崎が企画会の報告をした。例によって、行事予定や、月目標の確認など、変わり映えのしない話ばかりだったが、最後に岩崎が言ったことは衝撃的だった。

「いよいよ市教委が、全学校に全国学力調査の平均正答率を公表することを義務付けたんやて。教頭さんが、うちもこれまで以上に学力テスト向上を目指してがんばってもらわなあきません。校長さんも強く望んでおられますと、はっぱをかけはってな。みんな黙ってたけど」

「そしたら、この学校も絶対公表せなあかんいうことですか」

「もちろんや。違反した校長は処分対象になるんや」

岩崎は、さらに勢いよくしゃべった。

「毎日の授業で、テスト対策を強めなあかんということです。計算反復練習とか、漢字テストとかだけやのうて、テストの問題に慣れさせるいうことが大事やから、私は、過去の問題をずっとやらせていくのがええと思う」

六年生が四月当初にテスト漬けにされていたということは江藤からも聞いている。全市的にどの学校もそんなことがやられているのだろう。

しかし、そんなことが本当の意味での学力向上になるのだろうか。そうは思えない。

黙って考え込んでいる真之に、岩崎が穏やかな口調で問いかけてきた。

「高橋先生とこも、大分子どもが落ち着いてきたようやから、いよいよ学力向上にがんばってもらわなあかんね。どう」

真之は不意に雨宮香織の顔が浮かんだ。さっとテストを隠したあの時の香織の顔だ。ちらっとしか見ていなかったのに、不意に浮かんだのだ。

―ほくにはなんで学校が公開せなあかんのかわかりません。文科省も公開は禁止してたんと違いますか。序列化につながる言うて」

「公開したらあかんいうことないやろ。別に個人の成績までわかるわけやないし。保護者にとっては、自分とこの学校がどれくらいのレベルか知ってもらうことも大事なんと違う」

　岩崎は、いつものように高圧的ではなかった。むしろ、真之に言って聞かせるような口調だった。

「学校選択制が始まるから、保護者にはいろいろと選ぶための材料を提供せなあかんやろ。当然のことやないの」

　真之は反論しようと思ったが、ふと、空しさを覚えた。自分が何か言えば言うほど逆に反発される。最後は、ケンカ別れに近いことになる。もう何度も経験したことだった。

「私な、うまいこと言われへんけど」

　中井が思い切ったように言い出した。

「学力つけるいうことと、テスト対策するいうことはまた違うと思う。まだ四年なんやからしっかり普通の授業して、基礎になる力をつけるいうことが大事やと思うけど」

　岩崎は驚いたように中井を見た。これまでになかった中井の物言いだった。

「けど、それでは遅いんと違う。今からテストに慣れさせてやることがあの子らのためになると思うよ。どうせ、中学行ったら、テストで進路も何も全部決まって行くんやで」

「ぼくも中学はそうやと思います」

　真之は穏やかにしゃべろうと気をつけながら話した。

「けど、そうやって点数で評価されることで、苦しんでいる子がたくさんいます。むしろ成績のいい子に多いという気がします」

　真之は香織のことを言おうと思ったが、思いとどまった。香織のいろいろと屈折した感情は説明しにくいし、岩崎にわかってもらえそうもないと思ったからだ。

　岩崎も、それ以上は何も言わず、話題を変えた。

　岩崎の学級は、真之のクラスとは逆に、一学期に比べて、かなり落ち着きがなくなっているように見える。岩崎も、それを感じて弱気になっているのかもしれない。だが、そんな真之に冷や水を浴びせるように岩崎が言い放った。

「高橋先生、研究授業もうじきやけど、準備できてる。指導案できたらすぐ見せてな。学年で責任持たなあかんから」

「はい、わかりました」

研究授業は来月だ。教材は「ごんぎつね」と決めている。指導案などまだ先の話だと思っている真之にはちょっと意外だった。自分たちを無視してやるなと牽制するつもりかもしれなかった。

「ほな、今日は終わりましょ。ご苦労さん」

岩崎は立ち上がって、くっつけていた机を元に戻し始めた。

3

遠藤の努力にもかかわらず、次の練習日も相変わらず参加者は少なかった。初めての参加者が二人いたが、全体では七人にとどまり、最初の集まりよりも減ってしまった。土曜日だから、水曜夜のようなことはないだろうという真之の期待は完全に裏切られた。しかし、ともかく役割を決めなくてはならない。でなければますます厳しくなる。

「それぞれ、希望の役割を言ってもらえますか」

真之の問いかけに、みんなは黙っている。

「別に希望はありません、演出が適当に割り振ってください」

そう言い放ったのは支援学校の教員だった。悪意はなかったのだろうが、投げやりに聞こえた。

「私は、できるだけセリフの少ない役にしてください。これからも来られへんことが多いと思いますし」

「私も」

二人の女性がそう言い、「オレも」「いっしょいっしょ」というつぶやきと笑い声が起きた時、真之は思わず叫んでいた。

「なんでそんなにやる気ないんですか！」

みんなは驚いたように真之を見た。あわてて遠藤が何か言いかけた時、一人の青年が立ち上がった。

「やる気ないのがあかん言われるんやったら辞めさせてもらいます。もともとやる気なんかなかったし——

「待ってください」

遠藤が立ち上がった。

「高橋先生も、そういう意味ではなかったと思いますす。この舞台を成功させたい一心で出た言葉やと思いますから」

横にいた別の青年に促されて青年は座った。

「ちょっと言わせてください」

横にいた青年は手を挙げてからしゃべりだした。

「中学校の教員で長島言います。この劇で訴えたいのは、ぼくらの職場のしんどさと違いますか。まあ、それだけやないかもしれんけど、労働条件がきついということを言いたいわけでしょ」

真之はうなずいた。

「そしたら、おたくらが、もっと、ここに来ている人のしんどさをわからなあかんと思います。みんな、いろいろあってしんどい中を無理して来てるんと違いますか」

隣に座っていた青年も手を上げた。

「ぼくら、毎日七時に出勤して、家に帰ったら十一時です。セブンイレブンですわ。それでも仕事終わらへん。もう限界です」

何人かがうなずいた。もちろんそんな実態があることは真之もわかっている。自分とて同じようなものだ。台本を書くのも随分苦しかったし、無理も重ねた。

しかし、こうしてパフォーマンスをやることになったからには、なんとしても成功させたい。みんなも参加してくれたからにはきちんとやるべきことをやって欲しい。真之がそのことを言おうとした時、突然誰かが入ってきた。

「小宮山先生」

「みなさん、こんにちは。今、稽古中ですか」

小宮山は、にこにこしながらみんなにあいさつした。手に提げているポリ袋からはかすかに甘い香りがする。少し遅れて入ってきたのは、真之の元同僚で今は堺市の小学校に勤めている三輪だった。

「三輪君」

「こんにちは、お久しぶりです」

三輪の出現にも驚いたが、突然小宮山が来るとは思わなかった。当日だけか、よくて前日に来てくれるだけだと思っていたのだ。

真之が戸惑っていると、遠藤が立ち上がって、小宮山を紹介した。

「舞台監督をお願いしている小宮山先生です。それと……」

「三輪です。この四月から堺市の小学校に勤務しています。よろしくお願いします」

三輪は随分歯切れがよくなっていた。出演してくれるつもりなのだろうか。

「三輪君は、ぼくから頼んで応援に来てもらったんや。パソコン関係の仕事してくれる人がいると思ってな。三輪君は達人や」

小宮山がそう紹介し、一同はともかく丸く座った。

「しばらく休憩ということにしてお茶淹れます」

遠藤はそう言って、光田と一緒にインスタントコーヒーの準備をしてくれた。小宮山が持ってきてくれたシュークリームも配られ、少し雰囲気は和やかになった。

真之は手短かに今の参加状況を説明し、稽古がなかなか進まないので困っていることを話した。小宮山はうなずいて聞いていたが、遠藤がコーヒーを淹れ終わると、彼女を呼び寄せた。


「いくつか、ぼくの方から提案させてもらってもええかな。今後の進め方についてや」

「はい」

遠藤がうなずくと、小宮山はゆっくりとしゃべり始めた。

「台本は持って読んでもええんと違うかな。みんなの気持ちにもそれが添うと思うし。そうしたから舞台が壊れるということはないと思う」

真之はうなずいた。

「それから、遠藤さん」

小宮山は少し笑いを含んだ表情で言葉を続けた。

「劇の中で出てくる、管理職や市教委の悪役を組合役員にやってもらったらどうや。お客さんは喜んでくれると思うで」

「出てくれますか」

「何回も稽古に来い言うたら無理やけどな、最低一回来てくれたらできる。それぐらいは付き合ってくれるやろ。三人ぐらい」

遠藤はうなずいた。

「執行委員会で言います。絶対来てくれと」

「それとな、まー君。子役は学童に頼んだらどうや。かもめ学童の先生」

「藤井さんですか」

「そうそう、藤井さんにも頼んでみたらどうや。美由紀さんにも」

それは真之も考えなかったわけではない。以前、小宮山の演出で教研集会の劇をやった時、美由紀の引率する学童っ子は随分活躍した。だが、今度は青年部だけの取り組みという印象が強く、その他の応援を頼むという考えがなかったのだ。

「主体はあくまでも青年部や。けど、だからといって青年しか出演したらあかんということはないと思う。一緒にそれこそ楽しくやればええんと違うか」

小宮山の言葉は、真之の気持ちをほぐし、希望を与えてくれるものだった。


その日の稽古が終わった後、遠藤が場所取りしてくれた駅前の居酒屋チェーン店に、ほぼ全員が集まった。小宮山が来たことで、一挙に和やかになり、誰も帰ろうとしなかったのだ。

乾杯した後、思い思いに注文した料理をつまみながら話が弾んだ。しばらくしてから遠藤の司会で順番にしゃべることになり、三輪の番が来た。

三輪は、大阪市の講師だったが、堺市の採用試験を受けて無事合格したと明るく語った。今は三年生の担任をして元気にやっているという。

「ぼくは、空き時間に採用試験の勉強していて、教頭に注意され、高橋先生と小宮山先生にかばってもらった時のことが忘れられません」

三輪はそんな話をして、二人に一緒に教材研究してもらったり、励ましてもらったりしたことを話してくれた。

「ぼくは、これが組合というものかと思いました。今では堺教組の組合員ですが、自分もいつか後輩を助けられるようになりたいと思っています」

光田が遠藤の方をじっと見ていた。


その晩真之は、美由紀に学童の応援が欲しいということを話した。

「いけるよ。大勢は無理やけど、うちとこだけでもすぐ三人ぐらいは出せる」

「そうか」

「もっと早よ言うてくれたらええのに」

美由紀は、軽く真之をにらんだ。

「でも、やっぱり小宮山先生てすごい人やね」

「うん」

もしかしたら、遠藤が小宮山に相談をしていたのかもしれない。真之には黙って。

しかし、そんな気づかいは無用だった。小宮山に助けられたから、自分のプライドが傷つくなどということは全くない。自分も早く助けてほしかったのだから。

改めて真之は思った。どうしておれはこうも引っ込み思案なのだろうと。小宮山に来てもらうことも、学童の支援も、自分が望んでいたことなのに、なぜもっと頼もうとしなかったのだろう。美由紀に対してもいつも、自分の気持ちをうまく言えず、後出しになってしまう。

「あーあ」

思わず声を出した真之を美由紀は不思議そうに見ていた。

4

それからの稽古は、順調に進んだ。参加者は相変わらず十人程度だったが、雰囲気は随分明るくなり、笑い声が絶えない稽古となった。遠藤の要請で来てくれた執行委員のメンバーも、真之の指示に素直に従ってくれたし、なんとなく自信のついた真之は、細かいダメ出しも出せるようになっていった。

三輪は、パソコンに写真や新聞記事を取り込み、プロジェクターで映し出す仕事や、ＢＧＭを作成して流す仕事などをてきぱきとこなしてくれた。子役は、藤井の協力でかもめ学童の子が、前日の土曜日だけだが稽古に来てくれることになった。出てきて、作文や詩を読むだけなので、それでも十分だ。

小宮山は、真之の言うことに一切口出しせず、黙って見守っていたが、稽古が終わると、出演者に話しかけて激励しているようだった。

いよいよ教研集会を前日に控えた十一月二日の朝が来た。午後から最後の練習を行い、明日は九時に会場に集合してリハーサルを行う予定だった。美由紀の用意してくれた朝食を済ませ、二人でコーヒーを飲んでいた時、卓上のスマホが鳴った。中井からの電話だった。

「おはようございます。先生、今日出勤しはる」

「今日は、ちょっと。明日、全市教の教研集会でパフォーマンスがあるので、その準備で」

「そう……忙しいんやね」

　中井は少し考えているようだった。

「何かあったんですか」

「うん、昨夜うちの組の中山健二とこから電話があってね、お母ちゃんが言うには、先生とこの山脇君が、家へ遊びに来て、お金を取られた言うんよ」

「ええ、ほんまに」

「それで、今日、一緒に子どもらを呼ぶか、家庭訪問するかして、話を聞かなあかんと思って電話させてもらったんやけど」

「わかりました」

　真之は即座に決断した。クラスの子が起こした問題をほうってはおけない。午前中、もう一度舞台のことを考え、チェックするつもりだったがやむを得ない。

「すぐ学校へ行きます」

　真之は冷めたコーヒーをぐっと飲みほした。

「これから出勤？」

「うん。ちょっと事件や」

「そうなん、大変やね。今日は最後の練習やろ」

　心配そうな美由紀に、軽くうなずいて真之は立ち上がった。

　九時前に出勤してすぐ職員室に行くと、中井はまだ来ていなかったが、教務主任の大沢が声をかけてきた。

「おう、高橋君、これ知ってるか」

　大沢は、メモ用紙を見せた。

「平教諭は三十六歳で昇給ストップやで。今は四十二万まで上がるけど、これからは三十五万六千円止まりや」

「ええ、そんなことが決まったんですか」

「教育委員会が給与改定案を提示したんや」

「ほんまに」

「まあ、給料上げて欲しかったら、早いとこ管理職になれ言うこっちゃ」

電話が鳴り、大沢が出たので会話は中断し、真之は席に戻った。大沢は市教組の分会長もしているから、そこからの情報かもしれない。それにしてもひどい話だ。

「それでも、世間は当然やと思ってるよ。先生はもらい過ぎやて」

お茶を淹れながら二人の話を聞いていた事務職員の尾崎がぽつりと言った。そうかもしれない。橋下市長の人気の要因は、もっぱら公務員バッシングにあるとも言われている。しかし、今は真之にそのことをあれこれ思い悩む気持ちのゆとりはなかった。早く中井に来てもらって、一刻も早く解決したかった。

山脇は、大道と一緒によく悪ふざけをするが、最近はまあ落ち着いてきたし、金を盗んだりするとは思えない。ともかく家庭訪問しよう。

考えを巡らせていると、中井がやってきた。

「ごめんな、先生忙しいのに」

「いいえ、とんでもないです」

二人は中井の教室に行き、話し合うことにした。

中井の話によると、中山健二と山脇は、家が近く、保育所の時から仲良しで、クラスが離れてからもよく遊んでいるという。昨日の放課後も、山脇が遊びに来ていたのだが、買物に出ていた母親が家に帰ってきて、台所に何気なく置いてあった塾の月謝袋がなくなっているのに気づいたという。

「中山君に聞いたら、ぼくは絶対知らんて言うし。もしかして山脇君が持って帰ったんと違うか言うんよ」

「すると」

山脇が持ち帰ったという証拠はない。ただ、一方的に疑われているだけだ。中山が嘘をついているかもしれない。だが、自分が山脇を信じたいように、中井としては中山を信じたいだろう。どうすればいいのかわからないが、ともかく山脇に会おう。

真之は山脇の家に電話したが、山脇は塾へ行って、帰って来るのは十二時ごろだという。

「私も中山君の家に行ってみるから、学校で待っといてくれる」

「わかりました」

真之は、仕方なく、教室でできる仕事をすることにして、来週の教材研究を始めたが、山脇のことが気になってなかなか集中できない。教室の掃除でもしようと、窓ガラスを拭いていると中井が帰ってきた。

「どうでしたか」

「やはり、あの子は盗ってないいて言うんよ」

「山脇のことはどう言うてるんですか」

「あいつはそんなことせえへんて言うてる」

　しかし、状況から考えると、親はわが子よりも山脇を疑うだろう。中井も真之の気持ちがわかるのか、困ったような顔をしていた。

　それからじりじりする時間を過ごし、十二時と同時に、真之は山脇の家を訪ねた。家の前まで来るとちょうど帰ってきた山脇と出会った。

「先生、何しに来たん」

「実はな」

　真之がかいつまんで事情を話すと、山脇は真之をじっと見た。

「先生、ぼく疑ってんの」

「疑ってない」

　その気持ちにウソはなかった。

「絶対疑ってない。何か知ってることないか聞きに来ただけや」

「健二どう言うてんの。おれが盗った言うてんの」

「そんなことは言うてない。ただ、自分は盗ってないとだけ言うてるそうや」

「ぼくもあいつは盗ってないと思う」

　話しながら真之は思った。二人はお互いに相手を悪くは言っていない。だが、自分は絶対違うという。考えたくはないが、もしかすると共犯だろうか。いや、そんなことまで考えるのは止めよう。とりあえず、山脇は否定したということにして学校に戻ろう。今日はもう時間がない。これからのことはまた考えればいい。

　真之は、学校に帰り、自分の教室で待っていた中井に山脇とのやり取りを話した。中井はしばらく考えていた。

「私もう一回、中山さんとこに行くわ。山脇君がやってないと言うたことを伝える」

「それで納得してもらえますか」

「仕方ないやろ。私らは警察と違うから、これ以上のことはできへん。取り調べみたいなことはすべきやないと思う」

きっぱりとした口調だった。

「先生、わざわざ来てくれてありがとうな。用事あるんやったらもう帰って」

だが、真之は今は帰れないと思った。中井が戻ってくるまでは、やはり待つべきだ。

「ぼくも一緒に行きましょうか」

真之がそう言うと中井は軽く手を振った。

「私だけの方がええと思う。ちょっと電話入れてから行くわ」

「わかりました」

真之が教室に戻ると、しばらくして中井が入ってきた。

「ごめんな、やっぱり中山が盗ったんやて」

中井は、軽く頭を下げてくれた。

「家に電話したら、あの子が出てな。今お母さん出かけてる言うんや。それでな、先生が山脇君のところへ行ってくれたけど、あの子は知らん言うてる。けど健二は絶対そんなことせえへんて言うてるよって。あんたたちええ友達やねっていうたらな、しばらくしてぼくが盗ったて話してくれたわ」

「そうですか……」

「お金はまだ使ってないみたいやからな。自分でお母さんに言えるかって聞いたら、言えるて言うたから、そうしなさいって電話切ったんよ」

よかった。ひとまず解決だ。

「中山君、先生にはほんまのことを言えたんですね。すごいですね」

「いやいや、そんなことより、あなたが山脇君を信じてあげたことに私は感動したわ。信頼関係作っていってるんやね」

真之は面はゆかった。自分も「走れメロス」のように、ちらっと共犯かもしれないと疑ったのだ。むしろ中山から真実をちゃんと聞きだした中井が立派な教師に思えた。

「お昼一緒に行きたいけど、急ぐんやろ。はよ行って」

「いいですか」

「どうぞどうぞ。お母さん帰ってきたら、また訪問するけど、今日だけで終わる話やないと思うわ」

「そうですね」

「まあ、ゆっくりあの子と向き合っていくわ。先生ほんとお疲れさん、ありがとう」

「はい、そしたら失礼します」

真之は急いで教室を出た。今ならギリギリ稽古に間に合う。よかった。足早に階段を下りていくと上がってくる江藤と出会った。

「あ、先生、いよいよ明日ですね」

「うん、見に来てな」

そう言い残して真之は学校を飛び出した。

5

いよいよ本番の朝が来た。

十時開会の教研全体会を前にして、九時から舞台でのリハーサルを行う。真之は改めて強い緊張感を覚えて、大きく深呼吸した。舞台袖に出演者が揃い、音響と照明の機器には小宮山と結城が付く。パソコンとプロジェクターを操作するのは三輪だ。

一通りリハーサルが終わり、一同は舞台に集まった。大きなミスはなかったが、なんとなく盛り上がらない。本番前の緊張だろうか。だが、今の真之は、あれこれ注文を付ける気持ちにはならなかった。みんなに気持ちよくやってもらうことが大事だ。

「お疲れさんでした。本番がんばって行きましょう」

真之がそう言った時、小宮山が手を上げた。

「ちょっと言わせてもらっていいかな」

小宮山は一人一人に目をやり、柔らかく話し始めた。

「みなさん、職場がほんまに大変な中をこうして苦労して稽古に来られ、そして今から、自分たちの思いのたけをぶつけようとしているわけです。なぜそんなに元気がないのですか。今の舞台では、みなさんの思いがお客さんの心に届きませんよ」

いつもの小宮山にしては、厳しい物言いだった。だがみんなは真剣に聞いている。

「立派な台本がある。これは紛れもなく今の職場の現実です。大変な中を稽古も重ねてきたでしょう。やるだけのことはやったんだから、自信を持ちましょう。思いのたけをそのままぶつけてください。そしたらお客さんたちが、みなさんに必ず反応を返してくれます。それを受け止めて、また返していく。

これが舞台の醍醐味《だいごみ》です」

話を聞きながら、次第に気持ちが一つになって行くのが感じられる。小宮山の話が終わるのと前後して、ホールに「お客さん」、即ち教研参加者が入ってきた。幕が下ろされ、一同はひとまず袖に引っ込んだ。


十時になった。会場はほぼいっぱいだ。あわただしくスタッフがパイプいすを追加する。

オープニングの太鼓とともに幕が上がり、全市教委員長があいさつ、続いて教文部長の基調報告の後、いよいよ舞台が始まった。

仄暗い舞台中央の奥に置かれた台の上に、青年たちが縦一列に並んだ。先頭に立っている光田が前に進み出てスポットライトの輪の中に入り、セリフを語る。

「五、六年で担任してくれた先生に憧れ、教員になりました。自分もあんな先生になりたい。たくさんの夢と希望がありました」

光田の声はよく通る。少し震えがちなのが、初々しさを感じさせる。二人目、三人目と青年たちがセリフを語り、舞台前面に立った。台本は持っているが、読んでいるという感じではない。ちゃんとセリフとしてしゃべっている。

今度は後ろの壇の上に、管理職たちが登場した。いずれも全市教執行部のメンバーだ。

最初は遠藤だ。「子どもになめられたらあかんよ」という件《くだん》のセリフをねっとりとした口調で言う。「くれぐれも勝手なことはしないように」というセリフまで付け加えた遠藤に笑いと拍手が起きた。

次に出てきた野瀬書記長は国歌斉唱を強要し、口元チェックで脅すセリフだ。またまた笑いが起こる。「いつも言うてることと違うやないか」というヤジが飛び、会場はどっと笑いに包まれた。次々と登場する組合役員の姿に、会場の雰囲気はがぜん村芝居と化した。

今度は青年たちが一つに集まる。

「辞めて行く若い仲間がいる」

「突然倒れた仲間がいる」

「定年を待たず先輩たちが辞めていく」

「採用試験に受かっているのに避けていく」

再び会場は静まり返った。

青年たちの告発が続く。

「三百六十五日のうち、三日しか休んでいない。土、日は毎日クラブで出勤。先輩が行くと思うと休めない」

「書類提出がこんなに多いとは。教材研究する間もない。毎晩夜中まで子どものノートを見る」

青年たちの告発は続く。リハーサルの時とは全く違う力強さだ。

ホリゾントに橋下市長の映像が映り、いくつかの声が聞こえてきた。

「教育とは二万％強制ですよ」

「上司の命令を守らない教員は叩き直す」

「みなさんは市民に対して命令する立場です」

何度も聞かされたセリフが響く。

青年たちが再び怒りの声を上げる。

「当選したのだから自分の言うことがすべて民意という市長」

「思想調査アンケート、口元チェック、政治活動の規制、憲法違反の暴走が続く」

青年たちは声をそろえて叫ぶ。

「一番苦しんでいるのは子どもたちだ」

全員後ろに下がり、今度は学童の子どもが登場した。千葉からもらった作文教育の本から選んだ詩と作文が朗読される。

母親に毎日、なんでも早くしなさいと追い立てられる子どもの詩に続いて、中学生の制服を着た子が出てきた。かもめ学童のＯＢだ。

「毎日毎日、何かに追われている

明日は何が起こるのだろう

不安でたまらなくなる

それでも

朝は来る

この気持ちが

私の心から消えるのはいつだろうか」

ここで子どもたちに代わって青年たちがまた登場した。ここからは教員たちの思いが語られる。最初は北野だ。

「留年制って知ってる？　どう思う。子どもたちが真剣な表情でしゃべりだしました。分数わからんかったらまたやり直しやぞ。ずっと三年生やぞ。それは困る。……いつも静かなA君が大きな声で言いました。このまま大人になられへんのはいやや。みんなど一緒がええ。みんなはうなずいていました」

続いて長島が登場した。

「肢体不自由の子どもたちを担当することになって、最初は表情の変化がないと思っていました。うれしそうかどうかもわからない。それがだんだんわかってきました。その子どもたちは、自分からは行動できなくても、抱っこしたり、ゆすってあげたりする中で、うれしいという顔をすることがわかってきたのです」

次に出てきたのは、「毎日がセブンイレブンや」と言った教員だ。彼はゆっくりとかみしめるように語る。

「三月末、評価育成システムの面談で、校長の不当評価により、激しいやり取りになったことがあります。私は、午前中一時間の面談を終え、心底疲れ切り、完全に放心状態になりました。もう辞表書かなくてはならないなあ、でも仕事ないなあ、などと考えながら、昼に南大阪支部の書記局に逃げ込みました」

この話は、真之が組合の大会で聞いた発言をまとめたものだ。苦しんでいる教職員を支える組合の役割が語られ、君が代起立条例反対の駅頭宣伝の場面や、職場での管理職とのやり取りが劇化されて演じられる。

「君に任せられる学級、うちの学校ではどこもないで」と冷たく言い放つのは小坂が演じる管理職だ。

「というて、専科は専門的な人がいてるしな。音楽もでききんやろ」

「ぼくがそんなに……」

「退職した方がええとまでは言わん。よそ行って勉強させてもらい」

言い捨てて退場する管理職を見送る教員。

「ぼくのどこがあかんのや。これでもがんばってきたんや！」

いったんうずくまってしまった青年教員が立ち上がる。

「ぼくはあまりに悔しいので、組合の人に相談し、一緒にたたかおうと勧められて加入しました」

山岡の演じたこの青年のセリフには、大きな拍手が起こった。目頭をぬぐう人もいる。

やはり組合員が増えることは、最大の喜びであり、感動なのだ。真之の胸も熱くなった。

いよいよエンディングが近づく。

「どんな時代でも子どもたちに希望を語るのが、教職員の仕事です。そんな私たちに今大切なもの」

「それは勇気」

「それは絆」

「それは希望」

力強いコールの後、全員が「勇気１００％」を歌い上げる。会場が手拍子と歌で呼応する中、パフォーマンスの幕は静かに下りていった。

真之の胸はりんりんと鳴っていた。やり遂げたのだ。みんなの力が結晶したのだ。


舞台袖に行くと、美由紀が来ていた。藤井もいる。真之は、小宮山とがっちり握手を交わした。

「ようがんばったなあ、まー君。ほんまにようやった」

「先生のおかげです」

遠藤が言葉を挟んだ。

「お二人のおかげです」

みんなが拍手した。美由紀も拍手している。真之は美由紀を見て、不意に涙が出そうになり、あわてて深々と頭を下げた。

ブザーが鳴った。記念講演が始まる。一人一人への感謝は打ち上げの時にゆっくりと言おう。

舞台袖から客席を覗くと、江藤の姿が見えた。植村もいる。二人とも来てくれたのだ。

真之はふと中井のことを思った。あれから中山親子とどんな話をしただろう。そんなことを思いながら、中井との距離がぐっと近くなったような気がしていた。

第10章　研究授業

1

　教研集会の打ち上げ会は、次の日が振り替え休日ということも手伝って、大いに盛りあがった。全体での反省会の後、舞台関係者中心の二次会で飲み、さらにカラオケまで付きあって帰宅すると、十二時を回っていた。

「お疲れ様」

　一足先に帰っていた美由紀が出迎えてくれた。

「だいぶ飲んだ?」

「いや、それほどでもない」

「コーヒー飲む」

「うん」

　美由紀は、すでに用意していたコーヒーを淹れてくれた。香ばしい香りが立ちこめ、真之は何とも言えない寛《くつろ》ぎ感に浸った。

「けど、ほんまによかったね」

「うん、まあ、何とかやったけど、ほとんど小宮山先生のおかげや」

　美由紀は首を横に振った。

「それもあるけど、今回は真之自身のがんばりやと思う。ほんまに」

　美由紀にそう言われるのはうれしかった。一時はもうだめかと思う状態から、ともかく上演にこぎつけ、よかったという声もたくさんもらえたのだ。もちろん遠藤や小宮山の力があったが、自分を褒めてやりたい気持ちもあった。

「なあ、明日みなさん来るの何時やった」

　美由紀にそう言われてはっとした。明日は、職場の勉強会で、江藤や植村を家に呼んでいたのだ。

「二時に来て、夕方には解散する」

「ほな、お昼の用意とかはええんやね」

「うん」

「わかった」

　美由紀はむしろがっかりしているようだった。友だちの東出が来た時の様子からしても、根っからもてなし好きなのだ。

「明日の午前中に、教材研究せなあかん。もう寝るわ」

　真之はすっかり目の前の現実に戻されていた。

　翌日の午後、真之の家に、江藤、植村、それに川岸も加わって三人が集まった。

「森下先生は、今日法事があって行けないけどよろしくということでした。これ、私たちからです」

　江藤がそう言って、クッキーの箱をさし出した。

「私もクッキーや、かちあってしもたね」

　川岸がそう言いながら、おしゃれな袋に入れたクッキーを取り出すと、植村は、バツの悪そうな顔をした。

「ぼく、何も持ってきませんでした。すみません」

「何言うてるんや、そんなこと気にせんといて」

　真之があわててとりなした。この前江藤の家に行った時は、昼食の焼きそばを一緒に作り、材料費を割り勘にしたが、特に土産は用意していなかったのだ。江藤と川岸は、美由紀に気を遣ってくれたのかもしれなかった。

　美由紀は美由紀で、朝からパウンドケーキを焼いたり、花を飾ったりと、もてなしに奮闘していたので、テーブルはたちまち食べ物でいっぱいになった。

「とりあえず、お勉強してから頂きましょうか」

　川岸の言葉で、一同は用意したレポートを出し合い、それぞれの実践を報告し合った。

　川岸の授業報告に続いて、植村も江藤も、それぞれの授業を報告したが、二人の言葉の端々に、五、六年がさらにしんどくなっているということがうかがえた。

　六年生は運動会ではそれなりにがんばったが、終わってからは、その反動のようにだらだらしているらしい。

「六年生のことは、学校全体で見ていかなあかんね。私の前任校も、いろいろしんどかったけど、しんどいクラスには、管理職が先頭に立って応援していたし、みんなで協力する雰囲気があった。けど」

　川岸は、そこで言葉を切った。今の状態はそれには程遠い。民間校長は何を考えているのかわからないし、みんなの気持ちもばらばらだ。だが、そんな中でもこうしてつながりができてきたことは、喜んでいいことに違いない。

一息入れようということで、美由紀がコーヒーを淹れてくれた。

「今日は高橋先生の研究授業の話がメインやね。『ごんぎつね』の教材研究、一緒に考えましょう。よかったら、奥さんもご一緒に」

「はい」

川岸の言葉に、美由紀は喜んで座りこんだ。

「まず、みんながよく知っていると思うけど、『ごんぎつね』についてはどんな感想」

美由紀がさっそくしゃべりだした。

「いたずらばかりしていたごんぎつねが、兵十《ひょうじゅう》というお百姓さんのウナギを盗んで、悪いことした償いに、栗《くり》や松茸《まつたけ》持っていくけど、結局銃で撃たれて死んでしまうという話ですね。私、子どもの時図書館で読んで、めっちゃショックでした。最後に、ごんと兵十が仲良しになると思ってたから、撃たれて死んでしもて、うそ！　何で？　という感じ」

それは真之もほぼ同じだった。子どもの時の読み物はほとんどがハッピーエンドだったから、主人公のごんが死んでしまう物語は、強いインパクトがあったのだ。

「どうしてそんな物語にしたのか、作者についても知っておきたいですね。新美南吉《にいみなんきち》は不幸な生い立ちだったと聞いたような気がします」

「そう、南吉は四歳でお母さんを亡くしているからね。そんなことも作品には反映してるかも。一人ぼっちのごんやから」

江藤と川岸のやり取りを聞いていた植村がぽつりと言った。

「小学校の国語の時、先生が、仲よくなろうとしても狐と人間では身分が違ってわかりあえなかったんや。つまり、それは封建時代の悲劇なんやという意味のことを言いました」

「よう覚えてるね」

真之が言葉を挟むと、植村は首を横に振った。

「いえ、はっきりとは覚えていません。後から、何かで読んだ記憶とごっちゃになってるかも」

「私も、その読みは何べんも聞いた。封建時代の人間疎外による悲劇という解釈」

川岸はちょっと言いよどんだ。

「けど、私、なんか引っかかるんよ。その読み方」

川岸は自分の考えを確かめるように、一言一言ゆっくりと話した。

「ほんとにごんと兵十はわかりあえなかったんやろか。そういう悲劇の物語なんやろかと」

川岸は、用意してきた資料を取り出した。

「これ、南吉の初稿なんやけど、教科書に載っている『ごんぎつね』とはちょっといろいろ違うんよ。私らが読んでいるのは、鈴木三重吉が手を加えて『赤い鳥』に掲載した作品やと思う」

真之は初めて目にする資料だった。指導書にもいろいろ解説が載っているが、そこまでは紹介されていない。

川岸は、しかし、それ以上自分の意見を言おうとしなかった。

「高橋先生がゆっくり読んでみて。何か参考になればいいし。無視してくれてもいいし」

「ありがとうございます」

真之は、川岸の言ったようなことはあまり考えていなかった。ごんの気持ちを、場面に即して考えさせながら読み進め、子どもたちからいろいろな意見をくみ上げたいと思っていたし、一つにまとめる必要はないと思っていたのだ。

しかし、この物語を悲劇としかとらえていなかった真之には、川岸の言ったことが、妙に引っかかった。ごんと兵十がわかりあえたとすれば何を根拠にそう考えるのか。ごんは撃たれてしまったではないか。

真之は、一応まとめてあった研究授業のプランを配ったが、もう一度考えを深めなければと思い始めていた。

2

その夜、真之は、『ごんぎつね』の初稿をざっと読んでみた。一九三一年に書かれたものだ。教科書の文章とは、かなり違いがある。当然ながら漢字が多い。大筋は同じなのだが、文章が荒削りな気がする。

コーヒーを淹れてくれた美由紀にも初稿を見せた。美由紀の意見ははっとすることが多く、素直に聞ける。

「鈴木三重吉が手を加えた言うてはったね」

「うん、そうなんやろな」

真之は鈴木三重吉も『赤い鳥』もよく知らない。

「文章は上手になってるかもしれんけど、なんでここ削ったんやろと思うとこもある」

美由紀が指差した文章は、ごんが洞穴の中で、反省する場面だった。

一人ぼっちでいたずらばかりしているごんぎつねが、長雨の後、村の百姓の兵十が、うなぎを捕っているのを、いつものいたずら心から邪魔したことが物語の発端だ。ごんはその後、兵十のおっかあの葬式を目撃して考えをめぐらす。兵十は病気のおっかあにうなぎを食べさせたいと思っていたのだろう。それが自分のいたずらのせいで果たせなかった。一人ぼっちになった兵十に、悪いことをしたと思う。

その反省の場面で、初稿では「こおろぎが、ころろ、ころろと、洞穴の入り口で時々鳴きました」という文章があるが、教科書の方ではなくなっている。

「この文章、あった方が、なんかしんみりして、ごんの気持ちに合うような気がする」

「そうやなあ」

美由紀はよく見ている。改めて、真之は二つの作品を比べながら読み返してみた。

反省したごんは、償いのためによいことをしようと、兵十の家に栗や松茸を届ける。いわしを盗んで投げ込んだために、疑われた兵十がいわし屋に殴られたりする失敗もあるが、ごんは償い続ける。兵十は神様の仕業だと思って、ごんのこととは思いもつかない。それがちょっぴりうらめしいごんの気持ちも書かれている。この辺りは、ごんの子どもっぽいかわいらしさが感じられておもしろい。

そして、ついに悲劇が起こる。栗を持ってきたごんを、またいたずらぎつねが来たと思った兵十が火縄銃で撃ってしまうのだ。倒れたごんにかけよった兵十は、土間に栗が置いてあるのに気づく。子どもの時、強いインパクトを受けた幕切れだ。

「『権、お前だったのか……、いつも栗をくれたのは―。』

権狐は、ぐったりなったまま、うれしくなりました。兵十は、火縄銃をばったり落としました。まだ青い煙が、銃口から細く出ていました。」

この初稿を読み返し、真之は、はっとした。「うれしくなりました」という文は、教科書にはない。「ごんはぐったりと目をつぶったまま、うなずきました」と書かれている。

「これどう思う」

真之は美由紀に問いかけた。

「うれしくなりましたと言うのは、自分のことをやっとわかってもらえたという気持ちやろ。南吉は、それが言いたかったんと違うか」

「うん、そうかも」

川岸はこのことを言おうとしたのではないだろうか。ごんは兵十に撃たれて死んでしまう。それは確かに悲しい結末だ。しかし、互いにわかりあえず、心を通わせることなく死んでしまったのではない。最後に二人はわかりあえたのだ。

「けど、なんでこの文章カットされたんやろ」

美由紀はつぶやきながら、考えこんでいた。

「うれしくなりました、と書くより、うなずきました、の方がよかったんかなあ」

おそらく、「うなずきました」で十分だと三重吉は考えたのではないか。後は読者に任せようと。

研究授業でこの最後の場面をやるつもりだった真之は、どう学習すべきか考え込んだ。

翌日の放課後、真之は、川岸の教室を訪ねた。昨夜発見したことを聞いてもらうつもりだった。

「そう、そこに注目してくれたの。私と一緒やね」

真之の話を聞いて、川岸はうれしそうにうなずいた。

「私、子どもたちには、あまり暗い話を読ませたくないんよ。わかりあえずに撃たれて死んだというのは、あんまりや」

川岸は、それからかつて授業をした「しまひきおに」という教材の話をした。一人ぼっちで人間と友だちになりたがっている鬼が、どうしても受け入れてもらえず、うちの村は狭いから島を引いてきたら受け入れると言われて、島を引いて、誰もいない海へと進んでいくという物語だ。

「それはそれで、優れた文学作品やと思うけど、私は授業するの辛かった。人間不信になるんやないかと」

「そうなってほしくないという物語なんでしょ」

「そうなんやけど、あの時の私のクラスはしんどかったからね。いじめもあったし」

川岸は遠い目をした。

「今の時代、毎日のように辛い事件が報道されるやろ。他人は怖いと思うような事件ばっかしや。子ども同士も友だちづきあいにすごい気をつかってるわ。いじめや引きこもりは、それだけ人間関係がしんどくなってるいうことや」

「そうですね」

「そんな時代やからこそ、人間は信じあえるということを、文学作品を通じて感じ取ってほしいんや、私は」

川岸の教室のインターホンが鳴った。それを機に、真之は軽く頭を下げて教室を出た。


自分の教室へ帰った真之は、パソコンに向かって学習指導案を開いた。通常、国語の学習指導案では、「教材観」で、指導者がその教材をどう読み取ったかを書く。次に「児童観」で、クラスの子どもたちの実態を書く。そして「指導観」では、その上に立って、この授業を通じて、どんなことに重点を置き、何を教えたいかということを書くのだ。それができれば、以下「指導計画」「本時の指導」と、具体的な指導のプランを書いていく。

真之は「指導観」の部分に手を加えた。

「ごんは兵十に撃たれてしまったが、最後にわかりあえることができてうれしい気持ちになれた。このことを通じて、人は立場や考えが違っても、信頼し合い支え合うことができるということを学ばせたい」

真之は、最後の場面で、そうした意見を子どもたちから引き出したいと思った。そのためにはどうするか。まだ見通しはないが、これから考えて行こう。発問の工夫をしようと思った。

3

指導案を仕上げた真之は、翌日の学年会に提出した。岩崎と中井は、しばらく黙って読みこんでいた。

「先生は、ごんと兵十がわかりあえたということを中心において授業しようというわけやね」

中井がそう言うと、すぐに岩崎が異議を唱えた。

「それは先生の思い込みと違う。そんなこと、指導書で書いてるか？」

「指導書では書いてません。けど、ごんがわかってもらえてうれしかったと思うということは子どもの声として紹介しています」

岩崎は指導書を覗きこんだ。

「それは一つの例を挙げただけやろ。子どもの意見はいろいろあるやないの。撃たれて悔しいという子もおるやろし」

「確かにそうですが」

「先生の考えや思いつきを、子どもに押し付けたらあかんわ」

岩崎は、例によって上から目線の口調でそう言った。

「先生の方が、日頃から私より、子どもの意見を尊重してるんと違うの。そう言うてたやろ」

皮肉に聞こえたが、そうかもしれない。自分の考えを押し付けたらいけないというのはわかる。だが、指導者の思いを押し出すこともあってもいいのではないだろうか。

「先生、指導書の観点をもっと尊重した方がええよ。失礼やけど、指導書作ってる人たちと、先生では比較にならんやろ」

「そらそうですね」

真之は黙り込んだ。何か言うと激しいやり取りになりそうだった。

中井が何か言いかけた時、インターホンが鳴った。

「はい、すぐ行きます」

岩崎が、親から電話やと言って教室を出て行った後、中井がお茶を注ぎながら言った。

「先生の考えもなかなかええと思うよ。自分で考えることは大事や。よう勉強してはると思うよ」

「はあ」

「先生の考えは考えとして、子どもからは自由に意見を出させたらええやん。な」

「はい」

「先生も気がつかんかったことを、子どもがいろいろと言うてくれるよ。あなたのクラスは、のびのびとものが言える雰囲気作ってきてるんやから」

中井の言葉は温かかった。

「ありがとうございます」

真之は、少し気持ちの整理がついた。確かに、自分の考えは考えとして、子どもたちからは自由に意見を出させることが大切だ。文学の授業なのだ。

「私な、マザーテレサの授業思いだしたわ。昔六年でやった伝記文」

その教材は知らないが、マザーテレサの名前ぐらいは知っている。

「マザーテレサが、もうすぐ死ぬという貧しい人をたくさん看取るんやけどな。周りからどうせ死ぬ人なんだから看病しても無駄やろと言われてな。死ぬことが不幸なのではない。誰からも愛されずに死ぬことが不幸なのだと言うの」

中井は、胸に手を当てるようなしぐさをした。

「死にそうな人に、あなたを愛していますよ、あなたは一人ぼっちではありませんよって言い続けてあげるんやて。私それ読んでうるっと来たわ」

「はい……」

「先生の話聞いてて、マザーテレサの病人も、ごんも一緒やなと思った。どんな思いで死ぬかって、すごく大事なことやもんね」

「そうですね。勉強になりました」

中井が何か言おうとした時、インターホンが鳴った。

「はい、わかりました。教室閉めときます」

中井はちょっと首をかしげていた。岩崎に何かあったらしい。

「岩崎先生、これから家庭訪問に行くから、学年会は終わってほしいって」

「何かあったんですか」

「さあ、詳しいことはわからへんけど、親から何かクレームついたんかも」

二人は黙って湯呑みや机を片付けた。教室を出ようとする時、中井がぽつんと言った。

「この頃しんどそうやからね、二組も」

二学期になってから、少しずつ岩崎のクラスが崩れてきたということは感じていたが、やはり中井もそう思っていたのだ。しかし、中井はそれ以上は何も言わなかった。

「がんばってね」

「ありがとうございます」

中井はもうすっかり、身近な存在にかわっていた。学年の間はまだまだぎくしゃくしているが、少なくとも中井とは気持ちよく話し合える。後は岩崎とどう仲よくなれるかだ。何とかして岩崎とも気持ちよく話し合える関係になりたい。このまま学年を終わらせたくないと思った。

真之は、その晩、もう一度学習指導案と向き合い、岩崎の意見も取り入れて、いくつかの部分を修正することにした。

「ごんぎつね」という文学作品を自分がどう読み取ったかということは「教材観」に書く。しかし、その読み取りを子どもに押し付けるのではなく、一人一人の読み方を尊重するということを示そう。

まず、先日、「指導観」に書き加えた部分をカットし、その代わりに「『ごんはぐったりと目をつぶったまま、うなずきました』という文章を通して、ごんの気持ちをどう受け止めたか、児童の様々な思いを引き出し、読みを深めていきたい」と書きこんだ。他方、「教材観」には、ごんと兵十はわかりあえたという解釈を書きこんだ。

「新美南吉は初稿で、『権狐は、ぐったりなったまま、うれしくなりました。』と書いている。ごんが死ぬという悲劇的な結末であっても、最後にごんと兵十がわかりあえてよかったという思いを作品に込めたのではないだろうか。人は立場が違ってもわかりあえる。そうありたいという願いを、この作品から読み取ることができた」

これなら、学年の理解も得られるだろう。これで押していこう。

真之は、指導案を何度も読み返しながら、これから始まる授業を思った。

いよいよ、来週から「ごんぎつね」の授業に入る。子どもたちは、授業に集中してくれるだろうか。そして、研究授業当日は、積極的に発表してくれるだろうか。確信はない。だが、やらなければならない。真之は次第に高まる緊張感を抑えかねた。

「がんばってるね。授業の準備完了？」

パソコンを眺めている真之の背中に回った美由紀が、真之の肩を軽く揉みながら話しかけた。

「いやいや、まだまだや。プリントもいろいろ作らなあかんし」

「そうなん」

「毎時間使う学習プリントや。それに自分の考えを書きこませて、発表させるんや」

「ふうん、がんばってな」

「はいはい」

美由紀はコーヒーを淹れてくれた。いつもより苦めだった。

4

「先生がまず読みますから、聞いてな」

真之は、教師の読み聞かせで、授業をスタートさせた。

「これは、わたしが小さいときに、村の茂平《もへい》というおじいさんから聞いたお話です」

物語は、こうして始まる。真之は、話者になったつもりで、ゆっくりと気持ちを込めて読んだ。時には間を取り、子どもたちの顔を見ながら読んでいった。美しい描写がいくつかある。

「辺りのすすきのほには、まだ雨のしずくが光っていました」

「いいお天気で、遠く向こうには、おしろの屋根がわらが光っています。墓地には、ひがん花が、赤いきれのようにさき続いていました」

真之の生まれ育った家の周りには、まだこんな風景が残っている。ふとそんなことも思い出しながら、読み続けた。物語が進み、いよいよ最後の場面になる。声に力がこもった。

「兵十は、火なわじゅうをばたりと取り落としました。青いけむりが、まだつつ口から細く出ていました」

読み終えた真之は子どもたちの顔を見渡した。みんなしんとしている。

「それでは、初めの感想を書いてください。どんなことでもいい。自分の思ったことを自由に書いてください」

真之は、ワークシートの一枚目を配った。原稿用紙ではない。子どもの顔に吹き出しがつけてある。そこに書きこむのだ。

さっそく書き始めた子ども、なかなか書けないでいる子、隣の子の文を覗き込む子、いろいろだ。真之は、机間巡視しながら、書けないでいる子に声をかけていった。

「そしたら、感想を発表してもらいます。まだ書けていない人も、友だちの感想を聞いてください。発表してくれる人」

　三人の子が手を挙げた。真之はしばらく待ってから、順次指名した。

「ごんはかわいそうと思いました。ごんはくりやまつたけをあげていたのに、兵十はかんちがいでじゅうをうったので、かわいそうでした」

「ごんは最初はいたずら好きだったけど、ちゃんと反省していいことをしたから、やさしいと思いました」

「ごんは本当はやさしいきつねだと思いました。兵十はうった後、しまった、うたなければよかったとこうかいしたと思います」

　友だちの感想を聞いて、発言しやすくなったのか、挙手が続いた。似たような感想がいくつかあってから、香織が手を挙げた。

「ごんは一人ぼっちのこぎつねで、いつもさびしかったのだと思います。ほんとは村の人たちと仲よくなりたかったのだと思います。でも、うまくできなくて、いたずらばかりしていたと思います。せっかくこうかいして、兵十にいいことをしようとしていたのに、うたれてしまってかわいそうです。でも、兵十も、ごんが栗を持ってきてくれていたことがわかって、とてもこうかいしたと思います。兵十も気の毒です。ほんとに悲しいお話でした」

　香織らしいまとまった感想だ。子どもたちもうなずいている。ひとまずこれでまとめようと思った時、めったに挙手しない翔太がちらっと手を挙げた。

「門倉くん」

　翔太は、座ったままぼそぼそと読みだした。

「兵十て。お前なんでごんうったんや。ひどいやんか。いたずらぐらいゆるしたれや。ごんは反省してくり持ってきてたやんか。こうかいするなら初めからうつなや。ぼけが。終わり」

　まわりから笑い声が起こった。いたずらくらい許したれや。まさにこれは翔太の生の声だった。

「門倉くん。よう書いてくれたなあ。その気持ちわかるよ」

　真之はそうフォローした後、続いての挙手を求めたが、もう手は挙がらなかった。

　約半数の子どもたちが感想を述べたが、真之が期待した「ごんはうれしかったと思う」という発言は出なかった。しかし、焦る必要はない。学習はこれからなのだ。

一回目の授業はこうして終わった。


その後、「ごんぎつね」の授業は順調に進み、五回目となった時、岩崎と中井が参観し、授業の進め方を検討することになった。

この日の授業は、墓地まで行って葬列を見たごんが、兵十のおっかあが死んだとわかり、穴に帰って自分のしたことと結びつけて後悔する場面だ。反省するごんの気持ちを読み取ることが中心となる。

いつものように、書き込みをさせていた時、隣の岩崎の教室が急に騒がしくなった。誰かの叫ぶ声や笑い声が聞こえてくる。岩崎が急いで教室を出た。

「何やってんの、あんたたち！」

岩崎の声がはっきりと聞こえる。プリントに向かっていた子どもたちが少しざわめいた。

「言われたことがちゃんとできない子は出て行きなさい。出て行け！」

岩崎の声がまたはっきり聞こえた。子どもたちをびしっとさせるいつものやり方だったに違いない。ところが、驚いたことに、三人、四人と、教室から出てきた子どもたちが、廊下を通り過ぎて行くのがわかった。

「待ちなさい！」

岩崎が急いで後を追った。中井が、真之に軽く会釈して岩崎の教室に行った。

真之には忘れられない思い出がある。新任の時、「子どもになめられたらあかん」と学年主任に言われ、怖い教師を演じようとして、「勉強する気のないやつは出て行け！」とどなったら、一人の子に本当に出て行かれ、「待て、勝手なことするな」と叫んで、子どもたちに「先生が出て行け言うたんやろ」と言い返されたのだ。

その失敗は、真之の心に深く刻まれ、子どもたちとどのように接するべきかを教えてくれた。この学校に来て、荒れている子どもたちに接した時も、思い通りに行かない時も、心が折れそうになった時も、決して忘れることはなかった。

今、それと同じことを岩崎がやってしまった。やはり、子どもたちを管理し、力で押さえつけるやり方は破綻《はたん》するのだ。岩崎のようなベテランでもそうなるのだ。

中井が行ったことで、隣は落ち着いたようだ。授業に集中しよう。

「はい。それでは、思ったことを発表してもらいます」

真之の言葉で、四人の子が手を挙げた。

その日の放課後の検討会は中止となった。子どもたちを下校させた直後、中井が「今日は止めにしましょう。岩崎先生、授業ほとんど見てないし」と言いに来たのだ。もちろん真之にも異存はなかったが、岩崎からは何の言葉もなかったのが、少し引っかかった。

「あれからどうなったんでしょう」

「さあ……私から聞いてみるけど、プライドもあるやろから、岩崎先生が何か言うまで、もう黙っとき」

「わかりました」

中井は軽くうなずいて出て行った。

その日は岩崎からは何の話もなかったが、月曜日の朝、職員室で出会うと、「迷惑かけました」とあいさつがあった。あれからどうなったんですかと聞きたい気持ちはあったが、あえて聞かなかった。

「もう先生の授業は、大丈夫やと思うから、今の調子でがんばって。本番期待してます」

岩崎は、いくぶんぎこちなくそう言い残して、教室へ急いで行った。

児童朝会を告げる音楽が流れてきた。真之はいつものように運動場に出たが、岩崎は教室から子どもたちを送り出しているらしい。子どもたちに対して慎重になっているようだった。

朝会が終わり、子どもたちが教室へ向かう。いつもは、子どもたちを見送って、担任同士で話しながらいったん職員室へ行くのだが、岩崎は子どもと一緒に教室へ上がって行った。

歩きながら中井が話しかけてきた。

「すっかり先生とこも落ち着いたね。見違えるようやで」

「そうでしょうか」

「ほんまやで。四月、五月は大変やったやろ。ようがんばったね」

「ありがとうございます」

「それも、先生の信念を通してやから、えらいと思うわ」

「はあ」

「以前一緒の学年やった時は、岩崎先生も、あんな風やなかったんやけどね。なんでかな」

　中井の言うあんな風というのは何を指しているのだろう。管理主義ということだろうか。学力主義ということだろうか。それとも、もっと深いものだろうか。よくわからないが、すべて岩崎に合わせているように見えていた中井は、やはり違った考えを持っているのだ。

「いよいよ来週やね。がんばってな」

　中井はそう言い残して、真之の傍を離れて行った。

5

　研究授業の日は、「ごんぎつね」の冒頭のように、からっと澄み切った青空だった。美由紀に送り出されて駅への道を歩きながら、真之は次第に胸が高まってくるのを感じた。それは、初めてこの学校を訪れた時とも、始業式の時とも違ったプレッシャーだった。絶対に失敗したくない。ここまでがんばってきた成果を見せたい。職場の人たち、特に岩崎や教頭に自分の力を認めさせたい。そんな思いがどうしようもないほど湧いてきて、真之は、次第に冷静さを失っていた。

　電車に乗った時メールが来た。千葉からだった。

「研究授業だね。美由紀さんから聞きました。がんばって研究してきたんやね。まー君のちょっと緊張した顔が浮かびます。けど、何も参観者を気にする必要ないよ。子どもの顔を見て授業してね。楽しくね」

　ありがとう、思わず真之はつぶやいた。心に少し落ち着きが戻ってきた。

　授業は五時間目だ。少し早目に給食と掃除を終え、始業五分前に子どもたちを着席させた。すでにプリントは配布し、黒板には題名と作者名を書き、掲示物も貼ってある。

「トイレ行きたい子、いませんか」

誰もいない。

「ほな、先生が行ってきます」

どっと笑いが起きた。教室を出ようとする時、

「先生緊張してるで」という声が聞こえた。

トイレを済ませ、戻ってくると、すでに参観者が教室に入っていた。チャイムが鳴る。授業開始だ。

「それでは、今日の授業を始めます」

真之はゆっくりとみんなの顔を見回し、次の言葉を言おうとしたが、なぜか言葉が出てこない。口の中がからからになっているのを感じた。

「先生、緊張してんの」

勇気がそう言うと、参観者から小さく笑い声が起こった。

「してます」

真之は笑顔を見せ、読み手を指名した。音読は、座席順にしている。今日の最初の読み手は吉岡大介だ。

「その明くる日も、ごんは、くりを持って、兵十のうちへ出かけました。兵十は、物置でなわをなっていました。それで、ごんは、うちのうら口から、こっそり中へ入りました」

吉岡の読み方はなかなかいい。落ち着いた口調で読んでいる。徐々に真之は落ち着きを取り戻していった。

三人の子が交代して読み終えた後、真之は発問を投げかけた。

「その明くる日というのは何があった明くる日なのかな」

すぐに五人の手が上がった。真之は少し待ってから続けて指名した。

「加助と兵十が話してるのを聞いて、がっかりした」

「自分がくりやまつたけを持ってきているのに、神様のしたことと思われて、おれは引き合わないなあと思った」

「そうですね。それなのに、次の日もくりを持っていくごんのことをどう思いますか」

子どもたちは少し考え込んでいる。間もなく三人の手が上がった。

「兵十もいつかそのうちわかってくれると思った」

「わかってもらえなくても、兵十が喜んでくれるならいいと思った」

「自分と同じ一人ぼっちの兵十やからくりをあげたい」

発言は次第に活発になっていく。普段よりも多いくらいだ。授業は進んで、兵十がごんを撃ってしまう場面にさしかかった。

「兵十がごんに気づいて足音をしのばせて近よっていく。みんなは、兵十になんと言ってあげたいですか」

これはかなり考え抜いた発問だった。勢いよく数人の手が上がった。誰に指名しようかと思った時、岩崎の教室から、ガタンという物音と、子どもの叫ぶ声がした。あわてて、岩崎が教室へ向かった。続いて中井も教室から出た。

子どもたちがざわめいた。どうやら喧嘩《けんか》が起きたらしい。しかし、もちろんかかわってはいられない。今は授業に集中しなければならない。真之は、遅れて手を上げた沢村を指名した。

「ごんは、いたずらをしに来たのとちがう。うったらあかん。うつな！」

沢村は、まるで登場人物になったように、叫んだ。「おお」という声と拍手が起きた。

「気持ちがこもってたなあ、沢村くん」

授業は集中を取り戻した。いよいよ、今日最大の山場になる。撃たれたごんの気持ちを考える場面だ。

「ごん、おまいだったのか。いつも、くりをくれたのは」

真之はこの兵十の言葉を、五人の子に続けて音読させた。みんななかなかいい。驚いた気持ちがよく出ている。真之は、一人一人の読みを褒めながら、いよいよ決定的な発問を繰り出した。

「この兵十の言葉を聞いて、ごんはどんな気持ちだったでしょう。ぐったりと目をつむったままうなずいたごんの気持ちを書いてみよう」

プリントには、横たわるごんの絵が描いてある。そこに付けた吹き出しに、ごんの気持ちを書くのだ。

机間巡視をしていると、岩崎と中井が帰ってきた。代わりに教頭が行ってくれたようだ。中井は真之を見て軽くうなずいたが、岩崎は目を伏せていた。

子どもたちはどんなことを書くだろう。うれしかったか、それとも恨み言か。ともかく受け止めてみよう。

「それでは書いたことを発表してください」

一斉に半数近い手が上がった。翔太が挙げている。真之はまず翔太に当てた。

「兵十、やっとおれのことわかってくれたんやな。ありがとう」

意外だった。翔太はいっぱい恨み言を書くだろう。早めに当ててやろうと思ったのだ。ところがなんとありがとうという言葉を書いてくれたのだ。発言が続いた。

「わかってくれてうれしいよ」

「もっと早くわかってほしかった」

「兵十さん、あの時はごめんな」

「おれと気づいてくれてよかった」

「もっと早くなかよしになりたかった」

こうした発言が続き、「ひどいや、うつなんて」といった発言は二人だけだった。

この後、ばたりと銃を落とした兵十の気持ちを考えさせる予定だったが、もう残り時間はわずかとなった。まとめの音読をしなければならない。

真之は一人一人の顔を見ながら、ゆっくりと語りかけた。

「ごんが撃たれて死んでしまったのは悲しいけど、兵十と最後に心が通い合ってよかったですね。そんな気持ちを込めて読んでもらいましょう」

最後の音読が続く中、チャイムが鳴った。

「兵十は、火なわじゅうをばたりと取り落としました。青いけむりが、まだつつ口から細く出ていました」

山本明日香が気持ちを込めて読み終えた。

「青いけむりを見ながら、兵十は何を思ったでしょうね。みんなもいろいろなことを思ったでしょう。次の授業で出し合いましょう」

真之の言葉で授業は終わった。研究授業をやり終えたのだ。

子どもたちとあいさつを交わしながら、真之は、一人一人に感謝したい気持ちでいっぱいだった。

子どもを帰らせた直後に、岩崎が入ってきた。

「ごめんな。今日は」

「いえ」

「授業の足引っ張ってしもて、ほんまに悪かったね」

「そんなことないです」

実際、真之は何も迷惑したという実感はなかった。こうして下手に出ている岩崎が気の毒にさえ思えた。

「けど、授業はよかった。あなたはえらい。ほんまにそう思う。お世辞とちゃう」

そこへちょうど中井が入ってきた。

「お疲れさん。よかったよ。すごくよかった」

二人に褒められた真之はちょっと戸惑った。これまで学年会では、ぶつかることばかりだった。それが今、こんなに褒められている。

岩崎も今、気持ちは苦しいに違いない。完璧に管理していた子どもたちが、思い通りに行かなくなっている。今日の出来事も、教頭たちに見られてかなり屈辱を感じているはずだ。だが、下手に励ましの言葉は言えない。むしろそれは一層岩崎のプライドを傷つけるだろう。

「いろいろ指導していただいて、ありがとうございました。先生方のおかげです」

真之はそういって頭を下げた。幸い皮肉とはとられなかったようだった。

討議会はほとんど授業に好意的だった。授業の展開、子どもたちの発表、音読。それらすべてに高い評価が続いた。川岸は、教材解釈が素晴らしかったし、子どもがのびのびとして楽しい授業だったと発言してくれた。

司会者から同学年の発言を求められた岩崎は、子どものけんかで迷惑をかけたことを詫びた後、次のように発言した。

「四年生は、どのクラスも落ち着きがなくて、特に高橋先生は転勤してこられたばかりで、ほんとに苦労されたと思います。今日は四年の授業を見ていただいて、よくがんばってくれたと思います。今日は四年の授業を見ていただいて、ありがとうございました」

最後に校長がしめくくりのあいさつをする。本来なら指導的発言をいろいろすべき立場だが、この校長には望めそうもない。いつもごく簡単なあいさつしかしないのだが、今日はちょっと違っていた。

「私は子どもの読む物語を軽く見ていましたが、今日は、なかなか奥深いものを感じました。ありがとうございました」

教頭がおやという目で校長を見た。

「高橋先生、これからもがんばってください」

校長のこの発言で、研究討議会は終了した。

真之にとって記念すべき一日だった。転勤先での初めての授業で一応成功したこと、自分の考えでやり通せたこと、とりわけ翔太が二回も発言したことなど、うれしいことがいくつもあった。がんばった自分を褒めてやりたい気持ちだった。

職員室へ戻ると岩崎が近づいてきた。

「学年でお茶でも行こうと思ってたんやけど、私ちょっと家庭訪問するので、またにしてくれる」

「はい。お疲れ様です」

「ごめんな。中井さんにも言うといて」

そう言い残して岩崎はあわただしく出て行った。けんかをした子どもの家に行くのだろう。

「お疲れさん。コーヒー淹れよか」

入れ違いに入ってきた中井がそう声をかけてくれた。

第11章　掲示板

1

研究授業が終わって、次の週になった。二学期を締めくくり、成績付けや懇談準備にかかる時期だ。

だが、学校の中は落ち着かなかった。六年生の荒れは、次第に目立っていたし、岩崎の学級も急速にひどくなっていた。低学年も順調とは言えないようだし、学校全体が乱れてきているのだ。

そんな中でも、民間校長は何の指導力も発揮せず、子どもたちとの接触もほとんど見られなかった。一時期、校長室に遊びに来ていた六年女子も、それに飽きたのか、出入りしている様子はなかった。

教務主任の大沢は、連日六年生の応援に入り、教頭も時には授業を見に行っているようだったが、岩崎のところへは来る気配がなかった。中井の話では、ベテランの岩崎の力でともかく二学期を乗り切ってほしいということらしかった。

学年打ち合わせも、岩崎の都合で一回飛ばされた。真之や中井と話したくないという思いなのだろう。しかし、こんな時こそ、学年の一致協力でクラスを立て直すべきではないのか。学校全体でも、もっと今の問題点を出し合い、全職員の協力で、子どもたちに向き合うべきではないのか。小宮山や千葉から学んできた真之にとっては、当然のことがこの学校では実行されないのだ。

真之は思い切って、中井に話を持ちかけた。それは、学年の体育をすべて合同でやろうということだった。岩崎の負担を減らすという意味もあるし、自分が川岸と一緒にドッヂボール大会をやってクラスの雰囲気を好転させたようなことも期待できるのではないだろうか。

中井もそれに賛成したが、問題は岩崎が応じるかどうかだった。

「私からさりげなく言うてみるわ」

「学年でサッカーの試合をしましょう、いうのはどうですか」

真之がそう言うと、中井は首を横に振った。

「あかんて。勝ち負けを気にしはるやろ。嫌がるで」

「そうですね」

真之はふと思いついた。

「学年解体するんです。各クラスでメンバー四人ずつに分けといて、三つ組み合わせて、十二人のチームを作るんです。学級の勝ち負けは関係なしで」

我ながらいい考えだと思った。岩崎のクラスの子どもたちも、他のクラスと入り交じって、雰囲気も変わるかもしれない。

「それでいきましょう。それやったらいける」

中井も感心したようにうなずいてくれた。


その晩、真之が帰ると、美由紀が待ちかねたように話しかけてきた。

「すごいよ。幼稚園民営化、否決されたんやて。久美からメール」

美由紀の話によると、市議会本会議で、橋下市長から提案のあった十九の幼稚園廃止のうち、十四園が存続となったという。残念ながら定員の少ない五つの幼稚園が廃止されるが、ほとんどは守り切れたと言える。

「もうあの市長の思い通りには行けへんよ。堺のあと、つまずいてばっかしやん。岸和田も、泉北も」

「ほんまやなあ」

真之も、組合ニュースなどでいくつかの情報は知っていた。堺に続いて岸和田市長選でも、隠れ維新と呼ばれる候補が負けたし、府議会では、泉北高速鉄道の売却が否決された。

泉北高速鉄道は、大阪府の第三セクターが運営していたが、その株をアメリカの投資ファンドに売ろうとして、住民の強い反対にあったのだ。松井知事は、高すぎる運賃の値下げのためだと主張したが、乗り継ぎ運賃の値下げはわずか十円に過ぎなかった。これに対し、N電鉄に売却すれば八十円の値下げが約束されていた。当然ながらこれはおかしいという住民の声が上がり、それに押されて、維新の府議四人が造反し、米ファンドへの売却は阻止された。

その結果四人を除名した維新会派は、府議会過半数を割り込んだのだ。「今回はやっつけられた」と松井知事が悔しそうに語っている姿が、テレビに映し出されていた。

「けど、何と言うても今度の件が一番すごい。久美、ほんまにようがんばったもん」

美由紀は興奮気味に次々としゃべった。

「それでな、あの子、会っておしゃべりしたいて言うてるから、一度行ってくるわ」

「また遊びに来てもろたらええやんか」

「うん、けど、二人連れてくるのは大変やし」

「そうか、赤ちゃん生まれたんやったな」

「まだ四か月やからね。いろいろ参考になる話聞いてくるわ」

美由紀の出産予定日は二月だが、まだ学童保育で元気に働いている。年明けには産休を取る予定だが、もっとぎりぎりまで働いてもいいなどと言っている。

「代替の人はくるんかな」

「もちろん、もう手配してもらってるし」

「それならええんやけど」

美由紀は至って楽観的だが、ほんとに大丈夫なのだろうか。来てくれる人が見つかるのか心配になった。

二人の相談した合同サッカーは、岩崎も賛成し、四回にわたって行うことになった。

真之は、チーム編成、代表選出、審判になった子どもたちとのルール確認など、事前の打ち合わせに力を注いだ。クラスを解体したことで、子どもたちも気分転換したようだ。

一回目の試合に集まってくる子どもたちはいつになくきびきびしていた。準備体操もしっかりとやっている。これなら大丈夫、うまくいくだろう。朝礼台の上で体操する真之の心は弾んでいた。

三回戦が無事終わり、後片付けを済ませた時、岩崎が声をかけてきた。

「お疲れさん、いろいろ気い使うてくれてありがとう」

「あ、いえ」

「あの子ら、すごく楽しんでるわ。私の体育の時とは顔つきが違う」

真之はちょっと戸惑った。これまでに、自分たちの好意は感じてくれてもいいはずなのに、何も言おうとしない岩崎に、所詮この人とはわかりあえないまま終わるのかと思っていたのだ。

「あと一回やけど、よろしくね」

「はい、がんばります」

真之がそう答えると、岩崎はふと口ごもった。

「先生、年賀状出しはる」

「はい、少しは」

「もう買いはった」

「いえ、まだ」

真之は、年賀状のことなど全く頭になかった。例年、三、四十枚は出しているが、いつも大晦日の頃にずれ込んでしまう。言われてみれば、今年は結婚したのだから、夫婦連名であいさつを兼ねた年賀状を出した方がいいのかもしれない。

「実は、私の娘がＪＰに就職したので、年賀状助けてて言われてるんよ。ノルマがきついんやて」

「そうですか」

「よかったら、何枚か買うたってくれへん」

「わかりました」

とっさのことで、真之は考える間もなく百枚を注文した。

「ありがとう。ごめんな、無理言うて。ありがとう」

それは岩崎のこれまで見せたことのない笑顔だった。

その晩、真之は年賀状を注文したことを美由紀に話し、連名で親戚や友人たちに出そうと提案した。

「実は私も頼まれて買ったんやけど。五十枚」

美由紀はそう言いながら、年賀状を取り出した。

「そっちは誰から。友達か」

「うちの学童の保護者。郵便局へ勤めてはるから、父母会でも買ってあげたりしてるんやけど」

「どこも大変なんやなあ」

真之は岩崎の顔を思い出した。本来なら自分などに借りを作りたくなかったろうが、我が子のこととなると必死なのだ。

「今年はクラスの子に出そかな。今まで返事しか書いたことなかったんやけど」

「私も学童の子に出す」

二人は顔を見合わせて笑った。

2

終業式で通知表を渡す真之の心は穏やかだった。この二学期、子どもたちともずいぶん気持ちが通じるようになったし、運動会、研究授業などで、自分なりに力を尽くしたという充実感があった。

「みんな、いいお正月を迎えてください。三学期には揃って元気な顔を見せてね」

あいさつを交わし、真之は廊下に出て子どもたちを見送った。一学期の終業式とは違い、ちゃんとあいさつをして帰って行く子が多い。

一人ひとりに声をかけながら、真之はふと思った。どの子も楽しいお正月を迎えられるだろうか。スーパーで働く勇気の母親は、正月休みを取れるのだろうか。争議をたたかっている沢村の家庭はどうだろうか。

真之は子どもの頃、いつも家族とにぎやかな正月を過ごしてきた。母の手作りのおせち料理を食べ、一緒に伊勢神宮を参拝したり、水族館に行ったり、いとこたちとトランプや百人一首で遊んだ。そして今年は美由紀という伴侶と過ごす。一緒にいるだけで少しも退屈しない。そんな幸せなお正月をどの子にも過ごしてほしい。そんなことを思うのは、実のところ教員になって初めてだった。

岩崎の教室から子どもたちが勢いよく出てきた。休みになるのを喜んでいるようだ。サッカーの試合で親しくなったせいか、真之に手を振って帰って行く子もいた。

終業式の夜は、クリスマスイブでもあった。

美由紀は学童のクリスマス会で少し遅くなるが、食事は帰ってからするということだったので、真之が夕食の用意を引き受けていた。といっても、ほとんどデパートで買ってきたものを並べるだけである。鳥の骨付きモモ焼き、カニサラダ、それに小さめのクリスマスケーキとノンアルコールのシャンパンだ。

「ただいま」

八時ごろに美由紀は帰ってきた。手にはケーキの箱を下げている。

「ああ、ダブったか」

「そっちも買ってきたんやね。これは父母会のみなさんから頂いたの」

「そうか、ケーキバイキングやな」

二人は早速食卓で向かい合った。シャンパンを抜き、乾杯する。

「今日午前中、久美のところへちょっと行って来たの。あの子、ほんまに喜んでた」

「そうか」

「議会の傍聴も行ったし、議員要請行動も行ったし、署名も必死で集めたんやて」

美由紀は、東出久美がいかにがんばったかを、熱を込めて語ってくれた。

「私、あの子がそんな風に活動するて想像できんかったけど、やっぱり子育てのことになったら母親はすごい力を発揮するんやね」

美由紀もそうなるのだろう。いや、今でも彼女は十分行動的だ。

「それでどうだった。子育ての様子は参考になった?」

「まあ、それは大したことなかった」

美由紀はいたずらっぽい笑いを浮かべた。

「二人になったらいろいろ大変なんやて。出産前後に、お姑《しゅうとめ》さんがお兄ちゃんをいっぱい甘やかしてしもたんやて。おっぱいやってるとな、岳ちゃんが赤ちゃん返りして甘えてくるんやて」

「ふうん、そうなんや」

「いきなりお兄ちゃんらしさを期待してもあかんみたい」

生まれた子も男の子だったという。やがて兄弟でにぎやかに遊んだり喧嘩したりするのだろう。

「いろいろな行事もあるしね。お食い初めとか、七五三とか、お誕生会とか。そのつど親戚が集まるから気い遣うとも言うてたわ」

「はあ……」

間もなく自分も父親になる。忙しさにかまけてあまり考えていなかったが、親になるということはそうとう大変なことなのかもしれない。真之は気持ちが引き締められる思いがした。

「私、出産の時、実家に帰った方がいい。それともお母さんに来てもらう方がいい」

真之は戸惑った。どうするのがいいかわからない。

「お正月に相談しましょ」

大晦日には三重の実家に帰り、年を越したら二日には大阪に戻り、その足で美由紀の実家に行くことにしている。

「君はどっちがええんや」

「あんまり実家に帰る気ないんよ。母が来てくれるのは、まあ安心やけど」

「そうか」

しばらく美由紀の母、節子さんと同居することになる。だが、別段気づまりではない。真之にとっては、知的で優しい人だ。

「ところで、年賀状作らなあかんな」

「うん、そっちは休みになったからよろしく」

美由紀はあっさりと言い放った。

「休みて言うけど、まだ出勤日もあるで」

真之は言い返したが「お願いしまーす」の一言で押しつけられてしまった。

翌日、真之は年賀状を作り始めた。まずは美由紀との連名年賀状だ。去年もらった年賀状を参考にしながら、文面を考えた。


「明けましておめでとうございます。

私たち二人は、昨年春結婚し、共に働きながら家庭を築いてきました。二月には、第一子が誕生します。これからもどうかよろしくお願いします。高橋真之　美由紀」

この文章と共に、韓国ツアーの時撮ったツーショットの写真を貼りつけることにした。

だが、我ながら何とも味気ない文章だ。美由紀もたぶんケチをつけるだろう。その時、「では君がやれ」と言って美由紀に頼んだ方がいいのではないか。

しかし、予想に反して美由紀は何も言わなかった。

「ありがとう。これでいいけど、ちょっと余白を作ってくれる」

「余白か」

「うん、私、出す人には一言ずつ書くから」

それは真之も考えていた。小宮山や千葉に出す時は、当然何か書かなければならない。

「わかった」

真之はパソコンに向かった。

「行ってきます」

美由紀を送り出した真之は、早速ごろんと寝っころがった。


その晩、二人が宛名を書いていると、美由紀のスマホが鳴った。

「久美や。はいはい……ええ、ほんまに」

美由紀は立ち上がってかなり長く話していたが、電話が終わると、勢い込んでしゃべりだした。

「めっちゃひどい。考え出すことが悪魔や」

「どうしたんや」

「幼稚園の先生の給与カットするんやて。仕返しや」

美由紀の話によると、今日、大阪市人事委員会が、保育士・幼稚園教員の給与引き下げの報告を市長に提出したという。

「全市教の幼稚園の先生らが、幼稚園民営化反対でがんばって運動したやろ。反対するのは民間に比べて公立幼稚園の給与がええからや。だから民間並みに引き下げたるんやて」

「……」

真之は言葉を失った。確かに考えることが悪魔的だ。人事委員会の報告はもちろん市長の意向を受けてのものだろう。

「一番ベテランの人で、一か月七万円位カットされるんやて」

それはひどい。ひどすぎる。組合としても猛抗議することになるだろう。

「久美たちも、反対の請願する言うてたけど、集めるのしんどいかも。いつも公務員は恵まれすぎ言うて宣伝されてるから」

「そやなあ。けど、久美さんたちも応援してくれる言うんやから、組合だけの孤立したたたかいにならんで済むやろ」

真之は思った。幼稚園教員を保護者が応援してくれ、沢村のような民間労働者を全市教が応援する。この支え合いが大切なのだ。

二人は、年賀状を脇へ置いて語り続けた。

3

新年を迎え、短い冬休みは瞬く間に過ぎた。三学期になって最初の土曜日に、真之たちは、江藤の家に集まった。植村、川岸、それに森下も加わって、勉強会は初めて五人になった。新年会を兼ねてということで、食べ物を持ち寄り、三学期の抱負などを語り合おうという会だった。

座卓の上には、鳥の唐揚げ、煮豚、ワカサギのマリネ、ポテトサラダなどが並び、少しだけという約束のもとに、ビールで乾杯した。

正月にスキーに行った植村や、親元で過ごした江藤と真之、子育て真っ最中の森下、みなそれぞれの正月を過ごしているが、川岸だけは、一人静かに寝正月だったという。

この人は何かしら背負っているものがある。

立ち入ってはいけない何かだ。なかなかその話は聞けない。そんな真之の思いをよそに、みんなはうち解けてしゃべった。

「三学期はまとめの時期やけど、みなさんどう。どんなことをがんばるつもり」

川岸の言葉で一瞬みんなは静かになった。実のところ真之は迷っていた。最後の参観日をどうするか。

小宮山と同学年だった時は、学年ミュージカルや、卒業式の取り組みで学年の最後を飾れたのだが、さて今年はどうしたものか。劇などをするにはもう時間がないだろう。

「実のところ、考えがまとまってないんです」

真之がぽつんと言うと、森下が意外そうに反応した。

「四年生は二分の一成人式やるんと違うの」

「二分の一成人式、ですか」

「そう、毎年やると思ってました。去年の四年もやってはったし」

真之は知らなかった。森下の話によると、最近は学校でやるところが多いそうだ。十歳になった節目を祝い、親子で手紙を交換したり、みんなで歌ったり、作文を読んだりするというものだ。

(これをやろう)

真之はとっさにそう思った。学年で取り組めればいいし、もしまとまらなければ自分のクラスだけでやってもいい。劇をするほどの準備はいらないだろうし、保護者も喜んでくれそうだ。

「学年で相談してみます。やりたい言うて」

真之の言葉に、川岸がうなずいた。

「体育も一緒にやったんやろ。一緒にやれると思うよ。岩崎さんもだんだんあなたのことを認めてきたんと違う」

「そうだといいんですが」

「六年生は大変です。卒業式もどんな感じになるのか。私、歌の指導することになるけど、ちゃんと声出してくれるかどうか」

江藤の言葉にみんなはうなずいた。六年生の荒れは、始業式でも目立っている。真之が小宮山と共に子どもたちを送り出した時のように、「君が代」を歌うとか伴奏するとか、そんなことで悩む以前に、まずちゃんとした卒業式ができるかどうかという状況なのだろう。

「私な、今のままでは絶対あかんと思う」

「はい」

小さくうなずいた江藤に、あわてて川岸が付け足した。

「違う違う、私六年生の学年をどうこう言うてるんと違う。学校全体の体質を言うてるんや」

川岸は、みんなの顔を見渡してしゃべりだした。

「どの学校でも、いろいろな問題は起こるし、しんどいクラスもあると思う。けど、そんな時、校長を先頭にして、学校全体で解決を図ろうとできるかどうかや。ここはそんな空気がないでしょ」

「民間校長ですからね」

真之の言葉に、川岸は首を振った。

「違う。それは根本的なことやない。校長がどうこう言う前に、みんなの問題として考えなあかんと思う」

「けど、それはやはり校長の責任と違いますか」

真之の言葉に、川岸はまた首を振った。

「もちろん校長の責任は大きいけど、実際に子どもたちと関わっているのは私たち職員一人ひとりやろ。子どものためにならんようなことがいっぱいあっても、職員会議で、ほとんど誰も発言しない。三学期になったら、ますます沈黙や。これでええの。こんなんで学校目標のまとめなんかできるの」

「ええとは思いませんが」

「みんなが、おかしいと思うことや、やらなあかんと思うことは言わなあかんと思う。子どもにかて、そう指導してるんと違う」

少し重苦しい沈黙が続いたあと、江藤が真剣な表情で言い出した。

「先生のおっしゃることは、よくわかります。正しいと思います。けど、発言しない人の気持ちも考えてください。みんな自分を守りたいんです。浮き上がりたくないんです。私もその一人です。すみません」

川岸は笑顔でうなずいた。

「ごめんな。きつい言い方して。あなたの言う通りやと思います。私も黙っていたことの方が多いし。けど、悔しいねん」

みんなはまたしばらく沈黙した。

何かいい考えはないだろうか。みんなの意見を言いやすくする方法はないだろうか。

「あの」

植村が小さな声で言い出した。

「会議で発言するのではなくて、紙に書いてもらうというわけにはは。アンケートみたいに」

「誰が集めるの。私らが書いてくださいて言う権限もないし」

「そうですね」

川岸は、否定しながらも考え続けていた。

「コーヒーでも淹れましょか」

江藤がそう言って立ち上がった時、川岸がふと真之を見た。

「高橋先生、全市教の掲示板貸してくれへん」

「ええ?」

職員室には市教組と全市教の組合掲示板がある。教研集会の案内や、要求を書いたステッカーなどを貼ってはいるが、普段からあまり意識はしていなかった。

「組合員と違う私が言うのは悪いんやけど、あの掲示板なら、自由に使えるやろ。そこに紙を貼って、みんなの声を書いてもらうんよ」

「書いてくれるでしょうか」

「最初は私らが書くんよ。名前なんかは書かずに。そのうち、一言書いてくれる人も出てくるんと違う」

森下が膝を乗り出した。

「そこで書くのは目立つから、メモ用紙かなんかに書いたものを箱に入れてもらって、こちらで貼るのがいいかも」

次第にみんなの気持ちが盛り上がってきた。うまくいくかどうかわからないが、とにかくやってみる価値はある。

真之は胸が高まるのを覚えた。


その晩、真之は昼間の様子を美由紀に詳しく話した。

「すごい。みんなめっちゃ前向き」

「そうやなあ」

実のところ真之は、いったん盛り上がった気持ちがいくぶん冷めていた。これからことがそううまく進むとは思えない。五人が何か書くにしても、まったく無視されるのではないだろうか。自分たちだけの空回りに終わるのではないか。

「花さき山の花みたいに、誰も貼ってくれなかったりして」

真之が、学童の藤井から聞いた話を持ち出すと、美由紀は笑った。

「何言うてんのよ。全然逆やろ」

「そうか」

「校長先生が、みなさんのがんばったことを書いて貼りだしなさいて言うたらあの花さき山と一緒やけど、それとは違うやろ。自分たちの声を校長先生にぶつけるんやろ」

確かにそうだ。美由紀の話を聞いているうちに、真之は何かしら力が湧いてくるようだった。

4

月曜日から早速真之たちは行動を開始した。

「今年度のまとめの時期が来ました。みんなで学校運営についての意見を出し合いませんか。日頃思っておられることを書いて、全市教の組合掲示板に貼ってください。管理職の先生方に見ていただこうと思います。よろしくお願いします。呼びかけ人。川岸ゆかり・高橋真之・江藤博美・森下奈津美」

川岸はこの呼びかけと、余白をつけた紙を職員全員の机に配り、掲示板に白い模造紙を貼りつけた。

呼びかけ人は最初、川岸と真之のつもりだったが、二人とも転勤して一年目だから、反発を招きかねない。江藤と森下も考えた末に呼びかけ人になってくれた。植村には配慮し、名前を出さなかった。

真之は全市教、森下は市教組、川岸と江藤は組合に入っていない。まさに組合の垣根を越えた呼びかけだった。

まずは、自分たちの意見を書こうということで、翌日、それぞれの意見を貼り出した。名前はもちろん書いていない。無記名で書いてもらうためだ。

「学力テスト対策で普通の授業が圧迫されています。普通の授業を大事にしたいです」

「困難を抱えた学級には、管理職の先生方が率先して支援の体制をとってください」

「職員室が暑すぎたり寒すぎたりして仕事に集中できません。予算を考えてのことでしょうが辛いです」

「会議は省けるものは省いてください。クラスのことをする時間が取れません」

「急な研修はやめてほしいです」

これらの意見を手書きやパソコンの文字で貼りつけると、黙って見ている職員の姿が見受けられるようになった。しかし、五人以外に、意見を書く人はなかなか出てこなかった。

教頭か教務主任からクレームをつけられるのではないかと真之は身構えていたが、彼らは何も言わなかった。無視するつもりかもしれない。

「もし、何か言われたら、すぐに連絡し合って一緒に話し合いましょう」

川岸もそう言っていたが、不思議と反応はなかった。週が変わり、月曜日に出勤すると、初めて意見が増えていた。

「教職員のスポーツ交流会は不要。やるならせめて時期を考えてほしい」

「運動会の入場行進は不要。小学校から始める必要はない」

この日をきっかけに、連日、意見が貼り出されるようになった。会議に関するもの、行事について、研修について、そして職場環境。意見は多岐にわたり、掲示板を埋め尽くす勢いとなって行った。

学年会では、真之の提案が通り、二分の一成人式を学年としてやることになった。

「今からではもう無理なんと違う」

中井が慎重な意見を述べたが、真之の意図が、学年で協力する参観にしたいということはわかっていたようで、結局賛成してくれた。

　真之は、子どもたちの代表で実行委員会を作り、運営させてはどうかと提案したが、それには岩崎だけでなく中井も難色を示した。

「子どもの意見を聞くのはええけど、やはり担任が主導してやらんと難しいんと違う。もうあんまり時間が無いんやから」

　中井の言葉で、真之も主張を引っ込めた。やはりもっと早く提案すべきだったのだ。しかし、以前の学年の空気では、真之が積極的な提案をすることは難しかったし、今だから受け入れてもらえたともいえる。

　二分の一成人式では、一般的には、保護者からのお祝いの言葉や子どもたちの合唱、作文朗読、呼びかけなどが考えられる。保育所や学童など地域の人たちの参加もあればいい。

「まずはプログラムを作らなあかんね。それと、早いとこ講堂も借りとかな」

　プログラムは、いろんな資料を基にして、来週早々に決めようということになった。保護者の協力を得るために、来週学級委員の人たちと相談することも決めた。

　一通り、話が終わったところで、岩崎が言い出した。

「先生、面白いことやりだしたね」

「掲示板ですか」

「そう、先生はそのうち何かやりだすやろと思ってたわ」

「すみません。生意気なことを」

　岩崎は意外と笑顔だった。

「ええのと違う。校長さん、まるで頼りにならんし、ああやって刺激与えるのもええよ」

「そうですね」

　初めて意見が一致した。

「私な、権利ばっかり主張する組合の人って嫌いやねん」

「はい」

「けど、先生は、クラスの仕事も一生懸命やから、私は認めています。ほんまやで」

　岩崎は、変わったのかもしれない。管理主義的なやり方だけではだめだと悟ったのだろうか。クラスの雰囲気も少し落ち着いてきたようだし、人を見る目も変わったのかもしれない。

中井は終始うれしそうにうなずいていた。


掲示板は意見でいっぱいになり、新しく貼りかえることになったが、その後も意見が続いた。中には「二学期の学級懇談会はいらない」とか、首をかしげるようなものもあったが、ともかく、過半数の教職員が意見を書いてくれているようだった。

そんなある日、真之が職員室に戻ると、教務主任の大沢が掲示板をじっと眺めていた。さりげなく通り過ぎようとした時、大沢が後ろから声をかけてきた。

「高橋君。これな」

文句をつけられると思って真之は身構えた。

「はい、何か」

「書いてもらった意見、どうするつもりや」

「校長先生に見てもらうつもりですが」

「見てどうするんや」

「それはいろいろ考えてもらって、もっともなことは受け入れてもらって」

「無駄やて」

大沢は、皮肉っぽい笑いを浮かべた。

「あの校長さんが、いちいちこんな意見を考えてくれると思うか。受け取って終わりや。受け取りもせんかもしれん」

そうかもしれない。だが、直接いろいろな苦労をしている教頭はどうなのだろう。やはり無視するのだろうか。

「教頭さんも、一緒やと思うで。これはどういう立場での意見ですかいうやろ」

「職員の意見です、だけではだめですか」

「いや、そんなんでは話にならん。学年か、部会か、委員会か、どこかを通しての意見か、または職員会議での発言か。なんやねんて言われるで」

「はあ」

「まあ、組合なら組合でもええわ。けど、これ、別に組合の意見と違うやろ。君とこの分会いうわけやないやろ」

「そうです」

「そやから、教頭さんも無視してるんや。言いたいことがあったら会議で言えいうことや。まあ、意見が出ても最後に決めるのは校長やけどな」

それはそうかもしれない。だが、意見が出にくいからこそ考えたことなのだが。

「名前も書かんと意見だけ言うてもあかんで。ずるい」

「そうかもしれませんが」

「まあ、石らにちゃんと名前出してやってるんやから、それは認めるけどな」

大沢はそう言い残して席に戻った。真之はどう言っていいかわからなかった。


その日の放課後、真之は、川岸に大沢に言われたことを話した。大沢は必ずしも攻撃的な口調ではなかったし、むしろ、これからのことを考えろと忠告してくれたのかもしれない。そう話すと、川岸はうなずいた。

「その通りや。会議を開いてもらお」

川岸は何度も首を振り、一言一言考えながらしゃべった。

「この結果をプリントして、全職員に配る。それから、管理職に申し入れる。この意見についてみんなで話し合うための会議を開いてほしいて訴えるんや。それがほんまの学校目標最終評価なんや」

川岸は、しゃべりながら次第に笑顔になって行った。

5

真之たちは、掲示板に貼られた意見を、分野別にまとめ、「ご意見ありがとうございました」と書いたA4のプリント二枚にまとめた。

川岸と真之、それに江藤の三人が職員室の教頭のところへ行くと、意外なことに、校長室へ通された。校長も中にいる。校長、教頭と三人は、プリントを前にして向かい合った。

「ご苦労さん。書かれた意見は参考にさせてもらいます」

教頭はそう言って、三人の顔を見た。もう出て行けという顔つきだった。

「私たちは、この意見を話し合う会議を持ってほしいんです。そこで校長先生のご意見もお聞きしたいし、みんなで率直に話し合う場を持ちたいんです」

川岸がそう言うと、教頭は冷たく笑った。

「なんでそんな会議を開かなあかんのや」

「それは」

川岸が言いかけた時、教頭はたたみかけた。

「会議が多いからかなわんて、ここにも書いてあるやないか。何のために最終評価の会議があるんや。そこで話しあえば済むことやないか」

「職員会議ではなかなか意見が出ないから、意見を出していただこうと」

ひるまず話す川岸の言葉をまた教頭が遮った。

「それがおかしいやないか。意見があるならそこでちゃんと言えばええやないか。それをこんな、自分の名前も書かんと苦情だけ言うておかしいやないか。無責任なネットの書き込みと一緒やないか」

真之は思わずこぶしを握った。この人は職員の気持ちが全くわかっていない。なぜ、みんな発言しないのか。なぜ事なかれ主義になるのか。

「あの、お言葉を返すようですが、私たちは発言しにくいんです」

真之は、思い切って発言した。それはかねがね学年の会議でも思っていたことだった。

「ぼくらは、校長先生に評価され、それで給料が左右されます。わざわざ余計なこと言うて睨《にら》まれたくないと思います。だんだんみんなしゃべらんようになっているのは、そのためやと思います」

校長はかすかに笑った。教頭はじっと真之を見てから言った。

「そうか。そしたら、君はなぜ、こんなことをわざわざ言いに来たんや。おれは勇気があるぞという姿を見せるためか」

「違います」

真之は語調を強めた。

「ぼくは子どもが好きやから、学校がよくなってほしいんです。それだけです」

校長が軽くうなずいた。

川岸もすぐに付け加えた。

「みんなが生き生き働ける学校でなかったら、子どもたちはまっすぐ育っていきません。テストだけ力入れてもだめなんです」

「君も二人と同じ考えか」

教頭は江藤に問いかけた。江藤は強くうなずいた。

「私はお二人のようにしっかりした考えは持ってい

ません。でも、二人がこの学校に来られて、やっておられることを見て、信頼しています」

しばらく沈黙が続き、教頭が何か言いかけた時だった。

「わかりました」

校長が初めて言葉を発した。

「会議をやりましょう。みなさんのご意見を聞かせてもらいます。日は教頭先生に決めてもらいます」

意外な言葉だった。だが、校長がそう言ったからには教頭は否定できない。

「ありがとうございます。よろしくお願いします」

川岸が頭を下げ、三人は揃って校長室を出た。

「意外ですね。校長さんがあんなこと言うて」

江藤の言葉に、真之も応じた。

「ぼくもびっくりしました。何か裏があるのかと思った」

「私は裏はないと思う」

川岸は言い切った。

「校長さんが、高橋先生の研究授業の時、ポロッと言うたこと覚えてる？　子どもの読み物が奥深いと感じたって」

「言いました。ちょっとあれって思ったけど」

「校長もいろいろわかってきたんかなと思ったんよ。教育ということが」

「それならいいんですが」

「変わるか、辞めるかしかないよ。まともな人なら」

川岸は、なぜか自分に言い聞かせるような口調だった。

翌日の放課後、真之と川岸は教頭に呼ばれた。

「昨日の会議の話やけどな。わざわざ日を取るのもなんやし、話も重なるから、最終評価の会議の時に一緒にやることにしますわ」

「しかし」

川岸を遮って、教頭が続けた。

「言いたいことはわかってるて。正式な議題のあと、一時間ぐらいとって、自由に学校運営について言いたいことを言うてもらうから。それでええやろ」

真之は川岸と顔を見合わせた。

「それからな、意見の中で、もっともやと思う点については、最初にこちらからの考えを言うから。それでなお、言い足りないことは言うてもろたらええ」

二人はうなずいた。

教室へ戻りながら、川岸は何か考えている様子だった。ともかくここまで来られてよかったと思うのだが、川岸はまだ不満なのだろうか。

「先生、ちょっと入って」

川岸は、真之を教室に誘った。

「お茶淹れるわね」

川岸は真之に椅子をすすめ、ポットのお湯を急須に注いだ。

「よかったね。ここまできて」

「はい」

「多分、私らが発言すれば他の人も思ってることを言うてくれると思うわ」

「そうですね。そうだといいけど」

「大丈夫。私な、先生を見てると、人が信じられるんや。ほんまに」

川岸は、しばらく黙っていたが、ぽつりと言いだした。

「私な、あなたくらいの時に、好きになった人がいたんよ。新任で行った学校の先輩。全市教の分会長もしててね。勧められて入って、個人的にもお付き合いした。二人で一泊旅行も行ったし、結婚するつもりやった」

真之は緊張した。勝手に想像していたような話を川岸が初めて語りだしたのだ。

「けど、その人は他にずっと付き合ってた人がいた。そして、私と秤《はかり》にかけて、その人と結婚した」

真之は何か言おうと思ったが何も言えなかった。

「私、その時思ったんよ。この人は、私を組合に誘うためだけにやさしくしてくれたんかなと」

「けど、加入してからもずっとお付き合いしてたんでしょ」

「そうなんやけどね。それは、私が付きまとうから仕方なく付き合ってくれてただけかなとか思えてきて、人が信じられんようになったし、そんな自分が嫌になったし、あの人のいる組合にはおりたくないと思ったし」

川岸は、ちょっと涙ぐんでいるようだった。

「その方は、今どうしてるんですか」

「教頭試験受けて、管理職になったらしいけど、もう別にどうでもいい。今なら会っても、自然にふるまえると思う」

「そうですか」

「もう、誰とも結婚する気もないし、生きてくためにはちゃんと仕事していかなあかんと思って、がんばってきた。見てわかってると思うけど、私、子どもの時の病気で、足のハンディもあるしね。まあ、選んでもらえなかったのはそれもあったかも」

「そんなこと、全然問題と違いますよ」

　思わず真之は大きな声を出した。

「先生は、尊敬できる先輩です」

「ありがとう。私もあなたを信頼できる。だから、もう一度全市教に戻る」

「え、ほんまに」

「教頭さん相手に、いろいろやったからね。組合に守ってもらわな」

　川岸は手を差し出した。握り返す真之の胸に、喜びが熱い湯のようにあふれ出た。

終　章　父となる日

一

川岸に続いて、江藤も全市教に加入してくれ、港小学校には、一気に三人の全市教分会が誕生した。

真之が、週末に開かれた青年部の会議でこの間の職場活動を報告すると、大きな驚きと共感が広まった。

「そんなことができるて信じられへん」

「ようやったね。うちはもう組合掲示板もないいんよ、作らなあかんね」

「一挙に二人も組合加入てすごい。ビッグニュースや」

だが、真之としては、浮かれてはいられなかった。要求した会議がどんな結果を生み出すかが心配だったし、どんな巻き返しがあるかもしれないと思えたのだ。

遠藤は、そんな真之に笑顔で言った。

「会議の結果がどうなろうと、職員一人一人の意思が管理職を動かしたのはすばらしいことやわ。それに火をつけたのが、まー君たちやから、ほんとすごい」

それは確かにそうだ。職場に大きな変化が生まれつつある。これから、川岸や江藤とは同じ組合員なのだ。いずれ植村にも加入してもらおう。

会議はこの後、橋下が大阪市長を辞任し、出直し選挙をやるということが話題となった。市長与党の維新の会は、市議会で過半数を握っていないので、都構想実現のための法定協議会設置などの無理押しが利かない。業を煮やして出直し選挙を強行し、再選されれば、自分の言うことが民意だ、黙って従えというつもりなのだ。各党とも、辞任を認めず、選挙になっても無視する構えらしい。選挙そのものが壮大な無駄遣いとなるだろう。

ひとしきりしゃべった後、会議は間もなく開かれる青年フェスタの話に移った。青年フェスタは大教組青年部最大のイベントだ。真之も毎年参加している。二年前、青年部役員を引き受けたのもその会場だった。千葉も毎年、作文教育や学級づくりの講師で参加している。今年はぜひ江藤や植村に参加してほしい。

「夜の交流会で、職場のこと発言してな」

「わかりました」

真之は大きくうなずいた。


真之が帰宅すると、かもめ学童の藤井から手紙が届いていた。中身は沢村支援共闘会議のアピール文書だった。五月の結審に向けて、署名をさらに広げることと、三月二十三日に行われる支援集会の案内だった。

「沢村さん支援の文書や」

真之は夕食の用意をしていた美由紀にもすぐ見せた。

「裁判勝ってほしいね」

「うん」

美由紀の言葉にうなずいたものの、藤井の添え状から察すると、裁判の見通しは必ずしも有利ではないらしい。できる限り署名も集めよう。川岸たちにも頼んでみよう。真之はあれこれと署名の頼める相手を思いめぐらした。

「久美にまたドカーンと預けるわ」

美由紀は、自信たっぷりの笑顔を見せた。


次の週から、二分の一成人式の準備と練習が始まった。保護者への案内、お手紙の募集やあいさつの依頼。子どもたちには、小さいころの思い出や、これからの希望を作文に書かせる。そして、歌や「よびかけ」の練習をすることなどが必要になる。

歌は中井が指導し、真之は「よびかけ」を担当することになった。もういろいろ考えている余裕はない。ともかく短いものを創ることにした。

全体を三章に分けてみた。一、幼いころの思い出、二、家族や周りの人への感謝、三、これからの夢や希望。そして最後を歌で締めくくる。

真之は、この内容で、子どもたちにアンケートを取った。子どもたちが書いてくれたことをもとに構成するつもりだった。

幸い仕事は順調に進んだ。週末の青年フェスタまでに仕上げるつもりだった。

金曜日の夜、真之が帰ると、美由紀が待ちかねていたように話しかけてきた。

「今日病院へ行ったんやけど、予定日より少し早く生まれそうなんやて」

「え、ほんまに」

「お母さんに日曜日から来てもらおかなと思うんやけど、いいかな」

「もちろんや。明日フェスタに行くから、明日から来てもろたらもっと安心やけど」

「うん、そう言う」

美由紀は安心したようにうなずいた。

「不安か」

「うん、ちょっと緊張してきたけど、まあ、大丈夫やろ」

「気をつけてな」

月並みな言い方だったが、特に言葉が見つからなかった。真之は、美由紀のお腹に軽く手を添え、顔を押し当てた。美由紀はその頭をぐっと抱きしめた。

翌日の青年フェスタには、江藤も来てくれた。箕《みの》面《お》駅で待ち合わせ、山道を登って行くと、前を歩いている千葉を見つけた。サンタクロースのような真っ赤なコートを着ている。

「千葉先生」

真之が声をかけると、千葉は、振り返って軽くジャンプした。

「まー君！　うわさは聞いてるよ。ようがんばってる。ほんとえらい」

いきなりべた褒めされて真之は恥ずかしくなった。江藤がうれしそうにうなずいている。

「前の職場でお世話になった千葉先生。今度組合加入してくれた江藤先生です」

真之が紹介すると、二人は、前から知り合っていたかのように、真之そっちのけでしゃべりだした。真之は二人の後を歩きながら、幸せな気持ちだった。

一泊二日の青年フェスタを終え、高揚した気持ちで帰宅すると、美由紀が出迎えてくれた。

「お帰りなさい」

「ただいま、お母さんは」

「いったん帰った。また、生まれる時に来るって」

「え、そうか」

　真之はちょっと意外だった。ずっと居てくれると思っていたのだ。

「とりあえずあなたが留守やから来たけど、まだ家ですることもあるから、いよいよとなったら電話しなさいって」

「ふうん」

　美由紀はそこで話を打ち切り、食事の支度を始めた。真之は、風呂に入りながら考えた。

　義母はなぜ帰ったのだろう。もしかして、親子喧嘩でもしたのだろうか。美由紀はかねがね、実家の親たちに対しては言い方がきつい。いろいろわがままなことを言って、愛想を尽かされたのではないだろうか。

　食事中は、フェスタの様子をあれこれ聞くなど、もっぱら聞き役だった美由紀が、食後、コーヒーを飲みながら、この二日間のことを話し始めた。

「私、お母さんといろいろしゃべったんよ」

「そうか」

「私がちょっともらした言葉がきっかけでね、あんたは私らのことを誤解しているって言われて」

　美由紀は、ちょっと目を赤くしていた。

「ダメな娘の私もやっと母親になりますって言うたら、とたんにお母さんがいっぱいしゃべりだしたんよ。もうびっくりするくらい」

　義母は、美由紀のことをダメだと思ったことはない。父も同じだ。姉ちゃんはいい子だが、美由紀は困った子だと思われていると、あんたは、何回も言って来たが、それは誤解だと言われたそうだ。

「高校受験の時でも、大学受験の時でも、美由紀は美由紀の考えを通したでしょ。結果としてうまくいかなかったこともあったけど、私らはそれを尊重し見守ってきただけですよって」

　そういう両親なのか。美由紀の口から聞いていたイメージとはだいぶ違う。

「せっかく受かった教員も辞めてしまって、ずいぶん泣かれたねって言ったら、それは、あんたに怒ったりがっかりしたりして泣いたんと違う。あんたの辛い気持ちを考えると泣けてきたんやって。それ聞いたら、ちょっとウルッときてしもた」

　そうなのか。それも初めて聞いた。

「けど正直のところ、それは嘘やと思ったんよ。私はあの時、絶対親を悲しませたんやから」

「そうやろな」

「けど、お母さんは、今の私の気持ちを考えてそう言うてくれたんやと思う。私もけっこうナーバスになってるから」

「そうか」

「あんたは強い子やから自信を持って出産を迎えなさいって」

美由紀は、涙ぐみながら笑顔を見せた。

「私も、お母さんの気持ちがわかるようになるかな。もうすぐ」

真之は、何か言おうと思ったが、いい言葉が見つからなかった。黙って美由紀を見ていた。

2

それから三日後の夜十時過ぎに、美由紀の陣痛が始まった。美由紀が実家に電話すると、一時間ほどして義母が自ら運転して駆けつけてくれた。

「陣痛はどう」

「うん、あれから一回来た。今も来てる」

「三十分刻みやね。まだあわてることないから、リラックスしてなさい」

「はあい」

「入院グッズは用意できてるよね」

「うん」

「ほな、病院へ連絡しましょう」

節子ママはさすがにテキパキしている。美由紀もすっかり安心した表情で、ソファーにもたれこんだ。

「陣痛が十分間隔になったら来なさいって。ベッドは用意してくれてるから。多分朝になるでしょう」

「そうかなあ」

「シャワーでも浴びて寝てなさい。真之さんも安心して寝てください」

「寝とっていいんですか」

「いいですよ。明日もお仕事でしょう」

「はあ」

ちょっと意外だった。明日は休まなければいけないと思っていたのだ。義母はそんな真之の気持ちを見透かしたように言った。

「大丈夫。生まれたらすぐ連絡しますから。それから、少し早めに帰れるようだったら帰ってきてください」

「わかりました」

義母の言い方は柔らかく、しかも一言一言きっぱりしている。この人がついていれば安心だ。真之は、少し肩の力が抜ける気がした。

「あなたたち、まだ、男の子か女の子か聞いてないんですね」

「はい」

美由紀は、前もって聞かない方が楽しみだと言って、聞こうとしなかった。真之もそれに賛成したが、心の中で名前はいろいろと考えていた。しかし、美由紀はそれも生まれてから考えましょうと言って、話に乗ってこなかった。

（いよいよ明日、おれは父になる）

美由紀の傍らで、真之はその晩、ほとんど眠れなかった。義母にも寝床を用意したが、私はいいからと言って、持参した本を読んでいた。コリン・デクスターという作家の海外ミステリーだった。

朝になったが、美由紀の陣痛はそれほどテンポを速めていなかった。真之は、義母の用意してくれたコーヒーとオープンサンドの朝食をしたため、ともかく出勤することにした。美由紀に何か言いたかったが、例によって、いい言葉が見つからない。

「がんばってな」と、月並みの言葉を残して、家を出た。

今日は仕事が手につかないだろうと思っていたが、子どもたちの前に立つと、普段通りの自分が戻ってきた。算数と社会科の授業をこなし、二十分休憩となった時、職員室に戻り、義母の携帯に電話を入れた。

「さっき病院へ来たところ。生まれたらすぐメールするからね。大丈夫。安心してお仕事してちょうだい」

「はい。ありがとうございます」

いよいよだ。もうすぐ生まれるのだ。男の子だろうか、女の子だろうか。真之は内心女の子を望んでいたが、もちろん男の子だからといってがっかりするわけではない。ともかく元気に生まれてほしい。

自分が生まれた時はけっこう難産だったと聞いている。母もつわりはあまりなかったが、生まれる時は時間がかかって大変だったという話は何度もきかされた。美由紀はどうなるのだろうか。早く無事に生まれてほしい。

次第に高鳴る気持ちを抑えながら、ともかく四時間目が終わった時、真之はまた電話を入れた。

「まだなの。少し時間がかかるみたい」

「入院したら、すぐ生まれるというわけではないんですか」

「人によるのよ。もう少し待ってね」

義母の口調は落ち着いていた。待つしかないのだ。給食が始まったが、食べる気がしない。牛乳だけ飲んで、さりげなくおかずとご飯を返した。こんなことは四月当初の、ろくに給食を食べなかった時以来だった。

生まれたらすぐ連絡をくれるだろうし、何度も電話しては迷惑だろうと思いながらも電話をかけたかった。こんなことなら休暇を取るべきだったと思ったが、いったん出勤してしまうと帰りにくい。午後は、二分の一成人式の練習もある。早く生まれてくれと叫びたかった。

落ち着かない気持ちで五時間目を終えたが、メールはまだ来ない。六時間目のチャイムが鳴り、子どもたちが講堂に集まってきた。

真之が指導する「よびかけ」の練習が終わり、続いて中井の指導する歌「タンポポ」の指導が終わり、子どもたちが自席に戻った時だった。子どもたちと向かい合って立っていた真之の胸ポケットでスマホが振動した。メールだ。急いで開くと、新生児の写真が目に飛び込んできた。（おめでとう！ かわいい女の子が生まれたよ！）の文字が添えられている。

思わず真之はつぶやいた。

「女の子や」

それほど大きな声を出したつもりはなかったのだが、子どもたちが一斉に真之の方を見た。

「生まれたの」

中井が声をかけてきた。

「はい」

真之がうなずくと、中井は、大きな声で子どもたちに呼びかけた。

「みなさん、高橋先生に赤ちゃんが生まれました。おめでとうございます」

オーという声とともに、拍手が起こった。真之は戸惑いながら、子どもたちに向かって頭を下げた。

「先生、すぐ帰ってあげて。後はやっとくから」

岩崎がそう言ってくれたので、真之は、礼を言って講堂を出た。教室に行って、明日の予定を書いてから職員室に行くつもりだった。


病院に着くと、義母が玄関ロビーで待っていてくれた。

「おめでとう。よかったね」

「ありがとうございます」

「美由紀、ほんとにようがんばったわ。なかなか生まれてくれへんから、辛かったと思うけど。さすが、あの子は強い」

義母は、真之を美由紀のベッドに案内してくれた。傍らには生まれたばかりの子が眠っている。美由紀は、真之を見て、小さくピースサインを送った。

「二人でゆっくり喜んでね」

義母はそんなことを言って部屋を出た。

「ありがとう」

真之は美由紀の手を握った。美由紀もぐっと握り返してきた。しばらく二人は黙って手を握り合っていた。

「お母さんが、幸いあなたに似てるっていうんやけど、そうかな」

「さあ」

まだそこまではわからない。父親となった実感も十分ではない。だが、赤ちゃんの顔を見ていると、胸の中に何かしらじわっとした思いがこみ上げてきた。喜びと緊張と、興奮と感動と、いろんなものが入り交じった思いだった。


義母がすでに連絡してくれていた真之の母から電話があり、ひとしきり話した後、今度は美由紀の父からも電話があった。どちらも孫の誕生に興奮気味で、電話は長く続いた。

義母は明日また来るからと言って実家に戻り、美由紀としばらく話し込んだ真之も、一人で家に帰った。

二人で相談して決めた名前は真裕美《まゆみ》だった。

二人とも、いわゆるキラキラネームはつけたくなかった。誰でも読めるような名前がいいということで一致したのだ。真之が、自分の真と美由紀の美を取って真美という名前を提案したが、美由紀は首をかしげた。

「真美だとまさみともまみとも読めるでしょ」

「うん」

「真裕美はどう。千葉先生の裕子からもらっていいかもしれない。三つの字にそれぞれの思いが込められる。真実を大切に、心にゆとりを、そして美しく。二人の思いは一致した。

二人で話しあって決めた名前を、真之は、筆で書いてみることにした。

自分たちの子は真裕美だ。高橋真裕美だ。

筆を持つ手に力がこもった。

3

出産後、三日経った日曜日、真之が病院を訪れると美由紀が待っていたように話しかけた。

「明後日には退院できるって。順調やから」

「そうなんや」

「それでな。お母さんが、しばらく実家に来たらどうやっていうんやけど、どう思う」

「え、お義母《かあ》さんがしばらく付いてくれるということやったんと違うの」

「うん、そうやったんやけど」

美由紀はこの出産を通じて、長い間父母に感じていた距離感がなくなり、実家に戻るのも悪くないと思ったようだ。義母もそのあたりの空気を読んだのだろう。

「学校が春休みになって、真之さんも少し息をつけるようになったら、帰るということにしたらって」

「そうやなあ」

正直のところ、真之にはありがたかった。年度末を控え、二分の一成人式をはじめ、学級の締めくくりをしっかりつけたかったし、職場の問題もいろいろある。子育てに戸惑うことなく、仕事に集中できるのは何よりだった。

「しばらくお別れやなあ」

「うん、寂しい？」

「別に」

「なんやのそれ」

美由紀は、口をとがらせ真之をにらんだ。


美由紀が退院して実家に帰った翌日は、真之たちが申し入れた会議の行われる日だった。

真之たちは改めて、職員の声をまとめたプリントに、「最終評価の会議の後で、掲示板に書かれた声について、話し合う場が持たれることになりました。みんなで率直な意見を出し合いましょう」と付記し、全職員の机上に配布した。

果たしてどんな会議になるのか。真之にも全く読めない中を、まず最終評価の会議が始まった。プリントには、年度当初に決められた学校運営目標の達成状況が書かれている。
一、国語の診断テスト正答率を三％アップして七〇％にする。二、読書量年間二十冊以上にする。三、あいさつ運動を行う。四、廊下、階段を走らない。この四つが目標とされていた。
しかし真之は、率直に言って、日常的にその目標を意識した教育実践など、ほとんど行ってこなかった。岩崎が、具体的方策など適当に作文したらいいと言い放った言葉に示されるように、みんなの意識の中では、ほとんど問題にされていないのだ。当然のように、それらの目標は、各学年から「ほぼ達成された」「達成した」などの報告が寄せられ、全体として成功したという結論が導き出される。そういう決まりきった儀式が毎年繰り返されていたのだ。

真之の前任校でも、それは似たようなものだったが、小宮山や千葉をはじめとして、何人かの教職員はそれなりに意見を述べ、誠実に目標と向かい合おうとしていた。ここでは、そういう雰囲気は感じられない。

研究目標では、国語科を中心に研究し、研究授業を積み重ね、大いに成果が上がったとのまとめが報告されたが、それにも真之は冷めた気持ちだった。

これといった意見も質問も出ないまま、各部ごとに報告は淡々と続き、会議は終了した。

教務主任の大沢が終了を告げた後、教頭が立ち上がった。

「みなさんから出された意見について、しっかり読ませていただきました。納得できるご意見もいくつかありました。学校長からお話しさせていただきます」

続いて校長がメモを見ながらゆっくりと発言した。

「出された意見の中には、会議の持ち方に関するものが多く見られました。省けるものは省いてほしい、急な会議はやめてほしいなどです。省けるものは省いた方がいいと私も思います。しかし、会議を開かないということは、意見を聞かせてもらう場が減るということでもあります。現に今日もみなさん方のご要望でこうして会議を持っているわけですから、はい省きますとは言えません」

校長はほとんど顔を上げず、メモを読み続けた。

「学力テスト対策で普通の授業が圧迫されています、普通の授業を大事にしたいです、というご意見がありましたが、学力向上のために、学力テストがあるわけですから、普通の授業かテスト対策かというとらえ方ではなく、どちらも大いにがんばっていただきたいと思います」

「困難を抱えた学級への支援は教頭先生を先頭に、取り組んでいます」

こういった調子で校長は、一つ一つ書かれた内容に反論するようなコメントを続けた。それはおそらく教頭が作成したものだろう。校長は最後まで、ただメモを読むだけなのか。それが校長なのか。

「以上、申し上げましたが、私としては、十分納得できるご意見もありました。しかし、それをどうするかということについて、ここで私が言うことは控えさせていただきます」

ざわめきが起こった。

「なぜなら、私が来年どうなるかということは教育委員会の人事で決まることですから、今はわからないからです。新しい校長が来られた時、この学校をどう運営するかについて、私が決めておくことはできません。すべては次期校長の意向で決まることです。以上です」

校長が座ると同時に、川岸が手を上げた。

「教職員の意見を聞く場をこうして持っていただいてありがとうございます」

まず、感謝を述べた川岸は柔らかい口調で発言した。

「来年度の学校運営が来年度の体制で決められることは当然ですが、こうして一年間の実践を踏まえて出された意見を、もし、校長先生が代わられたとしても、きちんと申し送りしていただけるのでしょうか」

　教頭がうなずいた。

「伝えることはもちろんします」

「ありがとうございます」

　川岸は、立ったまま意見を続けた。

「私は、学力テスト中心の授業をしていたら、この前の高橋先生のような授業は絶対できないと思います。校長先生もあの時、子どもの読み物の奥深さがわかったとおっしゃいました。高橋先生が、子どもを中心とする授業づくりに努力され、学年がそれを支えてこられたからこそできた授業だと思います。子どもの本当の学力をテストの数字だけで計るような教育をやっていたのでは絶対できません」

　川岸の言葉を聞いて何人かがうなずいた。

「ほかにご意見ありますか」

　教頭がそう言ったが、手が上がらない。やはり会議では思ったことが発言しにくいのだ。このままでは終わってしまう。何か言わなければと真之は焦った。

　その時、岩崎がすっと手を上げた。何を言うつもりなのだろうか。

「私は、大阪市の方針に従って、学力をつけなあかんと思ってやってきました。そのためには厳しさも必要だと思ってきました」

　岩崎は言葉を切って真之を見た。

「けど、それだけではあかんのやということが、学年の先生たちを見ていてわかりました。勉強させてもらいました」

　岩崎がこんなことを言うとは思ってもいなかった真之は、思わず頭を下げた。なんと岩崎が、この大事な時に、真之を助けるようなことを発言してくれたのだ。

　これをきっかけとして、手が上がり始めた。職員室のクーラーのことや、研修会の日程のこと、運動会のやり方など本音の意見が次々出てきた。厳しい最中にある六年からも意見が出た。子どもたちが競争を強いられ、ストレスを溜めている、塾通いが続く中で、学校の授業をまともに受けようとしない子がいるなどの声も出た。それは、真之たちが教研集会で演じた劇の中の声と見事に重なり合っていた。

「そろそろ終わりにしていいですか」

教頭の言葉を聞き、真之は思い立って手を上げた。聞くかどうか迷っていたことだった。

「校長先生。民間から学校へ来られて、この一年間でどんな感想を持たれたかお聞かせください。ぜひ教えてください」

教頭が表情を固くして真之に何か言おうとしたが、校長はすっと立ちあがった。

「学校というところは、子どもを育てるところだと思いました。難しい仕事です」

その後、しばらく立っていたが、それ以上何も言わずに座った。

校長は何を考えているのだろう。もしかして、自分は教育現場には不適格だと悟り、この年度末に退職するつもりなのだろうか。それとも教育の勉強を真面目に取り組み、もっと校長らしくなろうと考えているのだろうか。それはわからないが、校長がほんのわずかだが変化したことは確かだった。

「それではこれで閉会します」

教頭の言葉で会議は終わった。川岸が真之の方を見て、「よかったね」とつぶやいた。真之もうなずいた。

4

いよいよ二分の一成人式の日がやってきた。

四時間目にリハーサルを行い、五時間目の授業が本番となる。あの会議の後、岩崎も中井も特に発言のことは触れなかったが、学年三人の呼吸はかつてないほど合っていた。真之も学年全体にのびのびと思った通りの指導ができ、やるだけのことはやったという思いだった。

三十分ほど前に学級委員の人たちが来てくれ、受付の席に着いた。

「今日はご苦労様です」

真之があいさつすると、すぐ笑顔のあいさつが返って来る。和やかな雰囲気だった。

ほどなく来賓として招いていた地域の保育所の所長などもやってきた。学童指導員の藤井もギターを手にして現れた。子どもたちに贈る歌を歌ってもらうことになっている。

講堂の椅子は、舞台と直角に子どもたちと保護者が向かい合う形に設営し、来賓や担任たちも特別な席は設けず、保護者席に座ることにした。舞台は使わないことにし、緞帳を下ろしたままで、国旗や校旗は掲揚されていない。その辺はまったく学年任せだった。

ところが保護者の意識は、かなりフォーマルなものだった。驚いたことに、着物姿の保護者も何人かいる。一方、真之たちはまったく普段の服装だ。

「私らもオシャレしとくべきやったね」と中井がささやいた。

開会の時間だ。中井のクラスの代表がはじめの言葉を述べ、続いて、小海永二の「いのち」という詩が群読された。この詩は、真之が、子どもたちの意見を聞きながら選んだものだ。地球上には、いらないものなどない、互いに支え合っている、どれも大切な命だとうたい上げている。

次に、三人の子どもが、小さい頃の思い出や、今日までの歩みを書いた作文を読む。中井のクラスの女子は、一年生の時肺炎になって命も危ないと言われたが、必死に看病してもらって無事に治ったという体験を語ってくれた。続く岩崎のクラスの男子は、父と続けてきたサッカーの話をし、将来ワールドカップに出るのが夢だと語った。次は真之のクラスを代表して香織が読む。

「私は、小さい時から、とても大事にされて育ちました。習いたいことも、したいことも何でもやらせてくれました。兄や妹に負けたくないと思い、親にみとめられたいと思いました。だから、一生けんめいいい子のふりをしてきました。テストでまちがいがあると、友だちに見られないようにかくしていました。でも、ある日、そんな自分がとてもいやになり、家出しようと思いました」

香織の作文はちょっと今までの二人とは違う。会場に少し緊張した雰囲気が漂い、内容を知っている真之も緊張した。

「でも、そんなことをして心配をかけた私を、お父さんも、お母さんも、お兄ちゃんも妹もとてもやさしくゆるしてくれました。お母さんは、あなたの気持ちをわかってやれなくてごめんと言って泣いてくれました。

今では、テストも平気で見せられるようになりました。家に帰っても、時々わがままを言い、時々おこられます。妹ともよくけんかをします。でも、家族といっしょにいることがとても楽しいです。家族のみなさん。ありがとうございます」
大きな拍手が起こった。真之も胸を熱くしながら拍手した。香織の気持ちはあの時語ってくれた美由紀とまるで同じだ。きっとみんなこうして家族の絆を強めていくのだ。
三人の作文が終わると司会の子どもから、「スペシャルゲストの登場です」と言って紹介された藤井が、ギターを持って登場した。
「みなさん。今日は二分の一成人式おめでとうございます。かもめ学童の指導員をしている藤井です。今日はお招きをいただきありがとう。お祝いの気持ちを込めて歌を歌います」
藤井は用意された椅子にかけると、ギターを弾きながら歌い始めた。

生まれてくれてありがとう
初霜下りた明け方近く
きみはでっかい産声上げた
きみがいるからやさしくなれる……

それは、市民合唱団・ピースウェーブがよく歌っている「ありがとう、きみへ」という歌だった。藤井のギターで聞くのは初めてだった。

生まれてくれてありがとう
蝉のしぐれが降る昼下がり
きみは初めて自分で立った
きみと一緒に成長したい

マイクなしで、藤井の声は温かく、しかも力強く響いた。今では父親となった真之にはこみ上げるものがあった。そうだ。自分も子どもといっしょに成長するのだ。そして、美由紀とともに親子三人でしっかりと歩いて行くのだ。

生まれてくれてありがとう
白木蓮が今年も咲いて
きみの背丈はぼくらを超えた
きみはもうじき一人で歩く……

藤井は歌い終えると、軽く一礼し、そのままギターを弾き続けた。ギターをバックに、保護者からのお祝いの言葉が紹介されるのだ。中井、岩崎のクラスの母親に続いて、山本明日香の父親が立ちあがった。

「明日香、二分の一成人式おめでとう。明日香が生まれた日、お父さんは家で、生まれるのを今か今かと待っていましたが、いつの間にか寝てしまい、病院に行った時には、もうお母さんのお腹の中から出て生まれた後でした。お父さんもお母さんも女の子が生まれてほしくて、明日香が生まれた時はとてもうれしかったです。そんな明日香ももう十歳。最近お母さんに似てきたのが少し心配です」

笑い声が起こった。明日香はちょっと恥ずかしそうにうつむいている。

「明日香が三年生、四年生の時はお兄ちゃんの野球が忙しくて、一緒に遊んであげられなくてごめんね。もう野球も終わったから、これからは、お買い物、スケート、映画、明日香に付き合うよ。タバコを止めて、貯金もしているんだよ。最後に、お父さん、お母さんの子どもに生まれてきてくれてありがとう。お兄ちゃんの妹でいてくれてありがとう。これからも元気で、笑顔の似合う明日香でいてね」

明日香の父は、時々声を詰まらせながら読んでくれた。温かい拍手が起こる。真之も真裕美が生まれた日のことを重ねながら拍手を送った。

最後は子どもたちの「よびかけ」と合唱だ。子どもたちが一斉に立ち上がった。

「お父さん」

「お母さん」

「地域のみなさん」

「ぼくたち、私たちは」

「今日二分の一成人式を迎えました」

子どもたちは元気よく「よびかけ」を語り続ける。少し不ぞろいだが、声はよく出ているし、何よりも明るい。

保護者の中には目頭をぬぐっているものもいる。ふと見ると、いつの間にか、勇気の母親が来ていた。仕事を抜け出してきてくれたのだろうか。よかった。よくぞ来てくれた。

「ありがとう　家族のみなさん」

「ありがとう友だち」

「これからもいっしょに進んで行こう」

子どもたちの「よびかけ」は「タンポポ」の合唱で幕を閉じた。保護者の中には一緒に歌っている人もいる。真之も歌った。


こうして二分の一成人式は、子どもたちと保護者と教職員が一つになって、共感に包まれながら終了した。帰って行く保護者たちを見送る真之に、口々に感謝の言葉が寄せられた。

「すごく素敵な式でした。涙出ました」

「先生、一年間ありがとうございました。お世話になりました」

「先生が担任でよかったと子どもが言うてます。ほんまにありがとうございました」

真之は、何度も頭を下げながら、喜びをかみしめた。前任校で卒業式を終えた時の感動をも上回る満足感だった。

学年三人は、その日の放課後、子どもたちが帰った後、岩崎の教室に集まった。岩崎の用意してくれたケーキの箱を開け、紅茶を淹れての打ち上げだった。

一通り、成人式の感想を出し合った後、岩崎が改まった態度で言い出した。

「中井先生、高橋先生、一年間ほんとにありがとうございました。二人のおかげで、何とか学年を終われます」

岩崎が改まってそんなことを言い出すとは思ってもいなかった真之はあわてて立ち上がり、「こちらこそお世話になりました」とあいさつを返した。中井も同じだった。

「違うねん。私、ほんまに感謝してるんです」

岩崎はちょっと言葉を詰まらせた。

「私の学級ぼろぼろになってたこと、わかってはるやろ。いろいろえらそうなこと言うてたのに、あんたらは、何にも言わんと、誠心誠意助けてくれた。ほんまにありがとう」

真之は、何も言えず、手を振って否定しながらただ頭を下げた。

5

次の日の放課後、真之は、子ども新聞の最終号打ち合わせのため、音楽準備室に江藤を訪ねた。一通りの打ち合わせが終わって、部屋を出ようとした時、江藤がぽつりと言いだした。

「先生、植村先生から何か話ありましたか」

「いや、別に」

「植村先生、大沢先生に市教組に入るよう言われたそうです」

「え、ほんまに」

「うちの組合も少しはがんばらなあかんから、ぼちぼち入ってくれ言われたそうです」

「それで、入ったんですか」

「いえ、断ったそうです」

よかった。それなら、こちらに入ってくれる可能性もある。

「けど、植村先生は、私に言いました。片方だけ断ったら、気まずいから、全市教の方も入られへんって」

そうか。植村の性格ならありそうなことだ。自分だって、最初に小宮山に勧められた時に断ったのだから、慎重になるのは当然かもしれない。

「私、植村先生は、もう、私たちと一緒に勉強したりしてるんやし、仲間と思っていたからちょっと意外でした」

「そうやね。でも、いつか入ってくれる時が来ると思うよ。ぼくは信じてる」

真之は何の根拠もなくそう言ったが、江藤は深くうなずいた。

「そうですね。私も入ったんやし」

江藤は初めて笑顔を見せてくれた。

よく考えると、大沢も、職場をよくしようという思いがあるのかもしれない。組合は違っても一緒にできることはあるはずだ。植村にも隔てなく接していこう。小宮山が自分にしてくれたように。

いったん波立った真之の気持ちは落ち着いた。

修了式の前日となった日曜日は、橋下出直し選挙の投票日だった。もちろん投票に行くつもりはない。おそらく大阪市長選挙史上最低の投票率となるだろう。

真之は、修了式に配る最後の学級通信を仕上げ、午後から沢村支援集会に出かけた。支援コンサートと同じ会場の区民センターに着くと、いつものようにギターを抱えた藤井が声をかけてきた。

「二分の一成人式、すばらしかったですね」

「ありがとうございます。藤井さんの歌もよかったです。感動しました」

「いやいや」

藤井はまんざらでもなさそうに笑った。

「そういえば、先生、お子さんが生まれたんですね。おめでとうございます」

「ありがとうございます」

明日、美由紀は自分のもとへ帰って来る。親子三人のくらしが始まるのだ。川の字になって寝るという言葉がふと浮かんだ。


集会は、経過報告、弁護団からの報告、労働組合からの激励があり、最後に原告の沢村が決意表明のあいさつに立った。

「みなさん、今日はお忙しい中をありがとうございます。みなさんの温かい励ましをいただき、元気にがんばっています。

つい先日、息子が二分の一成人式を迎え、学校で祝っていただきました。子どもたちの読む作文を聞き、今日までの日々を思い出し、胸が熱くなりました。大切な家族のためにも、私は絶対負けられません」

がんばれという声とともに大きな拍手が起こった。

「同時に、このたたかいは、私一人の問題ではなく、働く仲間全体の問題だと受け止めています。働く者が大切にされる世の中をめざし、私はこれからもたたかっていきます。ご支援のほどよろしくお願いします。ありがとうございました」

大きな拍手とともに、藤井のギターで歌が湧きあがった。沢村支援のテーマソング「こころひとつに」だ。

こころひとつにたたかう道は
支えあうこころがある
この胸の中に人として誇りをかけ
仲間と笑顔かわし
私は歩み始める　働くものの　誇りを胸に

歌声とともに集会が終わって、ロビーに出た時、思いがけず、そこに小宮山が立っていた。

「先生」

「おう、まー君、来てたんやな」

「はい」

「別な会議に行っててな。来るのが遅れたんや。けど、ええ集会やったな」

小宮山は、ニヤッと笑った。

「どや、久しぶりにちょっと行くか。今は一人暮らしなんやろ」

「はい、明日は帰ってきますけど」

「そうか、それは楽しみやな」

会場の後片付けを手伝ってから、二人は連れ立って駅の方に歩いた。

久しぶりに小宮山と差し向かいで、真之は、この一年間のことを次々としゃべった。呆然と立ち尽くした学級のひどさ。民間校長のあきれた言動。そして、川岸とともに取り組んだ職場活動、彼女の組合加入。その話を小宮山は何度もうなずきながら聞いてくれた。すでに話し済みのこともたくさんあったと思うが、小宮山は初めて聞くように受け止めてくれた。

「まー君、ほんまにようがんばったな」

小宮山は、ビールを追加し、もう一度乾杯した。

「君は、ほんとに誠実な男や。その誠実さが、人の心を変えていくんや。つなぎ合わせて行くんや。うれしいなあ」

小宮山はぐっとグラスを傾けた。

「今度はぼくのことやけどな」

そういえば、自分ばかりしゃべっていたと、真之は気づいた。

「はい」

「だいぶ迷ったんやけどな、もう少し続けることにした。フルタイムの再任用や」

「そうですか。よかったです」

「一応は定年やからな。退職教職員の会に加入もしたし、もう、辞めて第二の人生を歩もうと思っていたんやけど」

小宮山のことだから、退職したらやりたいことはいっぱいあるだろう。学校現場に残ってくれるということに感謝したい気持ちだった。

「そんなわけでな、組合の方ももう少し手伝うつもりや。……おっ、出たな」

小宮山は言葉を切って、店のテレビに注目した。忘れていた大阪市長選挙の投票が終わったことをテロップが告げている。投票率は過去最低の二三％にとどまったとのことだ。

「よし」

小宮山は小さくガッツポーズをした。

「この投票率から見て、おそらく橋下の得票は、前回の半分くらいになるやろ。市民の信任を得たとは言わさんで」

「ほんまですね」

小宮山はふっと遠い目をした。

「今すぐは無理でも、いずれ橋下市長を打ち破る日が来るやろ。子どもたちのためにも、その日を一日でも早くしたい。ぼくもできることは何でもやるつもりや」

店を出ると、暖かい風が吹きつけてきた。ビルの上には春の月がかかっている。

「さあ、明日は大事な修了式やな。お互いにいい日にしよう」

「はい」

握手した小宮山の手は、一年前と同じように温かく、力強かった。


（参考文献）
○清水結三著、福田敦志解説、大阪保育研究所編集『荒れる子どもとガチンコ勝負―子どもと育つ学童指導員』（フォーラム・A）――第3章
○なにわ作文の会編『教室で読んであげたい綴方小1・2』（部落問題研究所）――第6章

あとがき

私は、大阪の小学校を舞台に、高橋真之という青年教師の成長物語を書き続けてきました。短編「新任教師」「オーストリア王の帽子」、それに続く長編小説「明日への坂道」(『明日への坂道』二〇一四年、光陽出版社収録)です。これらの作品の中で、真之は、小宮山、千葉という優れた先輩たちに出会い、子どもたちのくらしや思いに寄り添うこと、意見は違っても、教育活動を通じて教職員が支え合うことの大切さ、権力に屈せず、教育の自主性を守ることの大切さなどを学びとってきました。後に生涯の伴侶となる松永美由紀との恋もまた、真之を成長させました。

本作は、真之が、美由紀と結婚するところから始まります。そして、小宮山や千葉と離れて、新たな職場の中で様々な困難を乗り越え、教師として、人間として成長していく姿を描こうとしたものです。内容は「明日への坂道」の続編ですが、一つの独立した物語として読んでいただけます。「つなぎあう日々」のタイトルは、真之の歩みが、子ども、父母、教職員の心をつなぎあわせて行く物語にしたいという願いを込めてつけたものです。

大阪市はここ数年、維新の橋下・吉村市長の下で、異常な教育介入が行われ、子どもたちも教職員も大きな困難に見舞われています。教職員と父母の分断、教育基本条例による教職員の管理統制、幼稚園つぶし、民間校長の導入、その暴政は枚挙にいとまがありません。

しかし、そんな中だからこそ、教職員と父母・市民のかつてなかった新たな共同や連帯も生まれ、粘り強く楽天的なたたかいがくり広げられています。この作品では、可能な限りそうしたたたかいを描くことに努めました。

最後になりましたが、学校・学童保育現場の取材に際してご協力いただいたみなさん、とりわけ子ども観・教育論に関わって貴重な助言をいただいた土佐いく子さんに心から感謝を申し上げます。

二〇一七年九月

松本喜久夫

松本喜久夫（まつもと　きくお）
1945年三重県生まれ。日本民主主義文学会会員。三重大学卒業後、大阪市の小学校教員となり、演劇教育にとりくむなかで、多くの脚本を執筆。2006年退職後、日本民主主義文学会に加入し、戯曲と小説を執筆。
著書に『明日への坂道』（2014年、光陽出版社）、『おれはロビンフッド・松本喜久夫脚本集』（2011年、晩成書房）ほか。

つなぎあう日々《ひび》

2017年10月20日　初　版

著　者　松　本　喜久夫
発行者　田　所　　稔

郵便番号　151-0051　東京都渋谷区千駄ヶ谷4-25-6
発行所　株式会社　新日本出版社
電話　03（3423）8402（営業）
03（3423）9323（編集）
info@shinnihon-net.co.jp
www.shinnihon-net.co.jp
振替番号　00130-0-13681

印刷　亨有堂印刷所　　製本　小泉製本

落丁・乱丁がありましたらおとりかえいたします。

ISBN978-4-406-06177-3 C0093　Printed in Japan